미하엘 엔데 동화 전집

Michael Ende

미하엘 엔데
동화 전집

미하엘 엔데 | 유혜자 옮김

차례

분명히 밝혀 두자면
-머리말을 대신하여-

우리 집 식구들은 할아버지 할머니부터 젖먹이까지 일단 책을 읽기 시작하면 다른 것은 아무것도 못한다. 급히 해야만 하는 일, 도저히 뒤로 미룰 수 없는 일을 처리하기 위해 잠시나마 책에서 눈을 떼는 일을 못한다는 것이다. 그렇다고 우리가 급한 일이나, 도저히 미룰 수 없는 일을 아예 하지 않는다는 말은 아니다. 다만 우리 가족은 그런 일이 생기더라도 굳이 책에서 눈을 뗄 필요는 없다고 생각한다. 하고 있던 일을 포기하지 않으면서 다른 일도 잘할 수 있는 것 아닌가? 물론 그런 과정에서 크고 작은 실수가 빚어진다는 것은 인정한다. 하지만 그런들 어떠한가?

예를 들자면 할아버지는 편안한 소파에 앉아 한 손에는 파이프, 다른 손에는 책을 들고 독서를 하는 중이다. 시간이 한참 지난 다음 할아버지는 앞에 놓여 있는 작은 탁자 위의 재떨이에 대고 파이프를 두드린다. 분명히 밝혀 두자면 그것은 재떨이가 아니라 꽃

병이다. 할아버지는 둔탁한 소리를 듣고는 기침약 먹는 걸 깜박했음을 뒤늦게 깨닫는다. 그래서 꽃병을 들어 그 안에 담긴 물을 다마셔 버린다.

"흠, 흠! 오늘 커피는 아주 진하구먼. 차가운 게 좀 흠이야."

그런가 하면 코에 안경을 걸친 할머니는 다른 방 소파에 앉아 뜨개질을 계속한다. 할머니의 무릎 위에도 두꺼운 책이 한 권 놓여 있다. 할머니는 책을 읽으면서 긴 털실 양말을 뜨는 중이다. 그런데 분명히 밝혀 두자면 할머니가 뜨고 있는 것은 양말이 아니다. 그것은 아주 크고 긴 뱀처럼 온 집 안 가득 이리저리 엉클어져 있다. 책장을 넘기던 할머니가 괴상스런 그 모습을 곁눈질로 슬쩍 보고는 중얼거린다.

"이런, 집에 또 불이 났구먼. 아무리 그래도 소방관들이 소방호스를 저렇게 팽개치고 가 버리면 안 되지."

아버지는 초상화를 그리는 화가다. 화실의 화폭 앞에 앉은 아버지는 어느 부잣집 귀부인을 그리고 있다. 머리에 멋있는 꽃모자를 쓴 귀부인은 무릎 위에 개 한 마리를 안고 있다. 아버지는 한 손에 책을 들고 읽는 중이라서 다른 한 손으로만 그림을 그린다. 초상화가 완성되자 귀부인은 다소 기대에 부풀어 긴장된 표정으로 아버지 곁으로 다가간다. 그림이 꽤 그럴 듯하게 그려졌다. 그런데 분명히 밝혀 두자면 그림이 이상하다. 꽃모자를 쓰고 있던 부인의 얼굴에는 개의 얼굴이, 무릎 위에 있는 개의 얼굴에는 부인의 얼굴이 그려져 있다. 황당한 부인은 초상화를 사기는커녕 화만 내고 휙 가 버린다. 그 모습을 본 아버지는 무척 섭섭해 한다.

"나 원 참! 원래 얼굴보단 좀 못하지만 엇비슷하게는 나왔는데……."

어머니는 부엌에서 수저로 냄비 안의 음식을 저으며 식사 준비를 한다. 가스 불을 켜는 것을 잊어버렸기에 망정이지 그렇지 않았다면 음식은 벌써 시커멓게 타 버렸을 것이다. 어머니도 한 손에 책을 들고 독서에 빠져 있다. 다른 손으로는 수저를 쥐고 계속해서 음식을 젓는다. 분명히 밝혀 두자면 손에 쥐고 있는 것은 수저가 아니라 체온계다. 한참 후 어머니는 그것을 귀에 갖다 대고는 설레설레 머리를 가로젓는다.

"벌써 한 시간이나 늦었어. 이렇게 하다가는 제 시간에 못 끝내겠다."

누나(열네 살)는 마루에 있는 전화기 옆에서 수화기를 귀에 바짝 갖다 대고 있다. 알다시피 전화기는 열네 살짜리 여자아이들을 위해 발명된 물건이다. 만약 전화기가 없다면 산소통이 없는 잠수부가 공기 부족으로 죽듯이 그들 모두 정보 부족으로 죽게 될 것이다. 게다가 누나는 다른 한 손에 책을 들고 읽고 있다. 그러면서도 친구가 들려주는 재미있는 이야기들을 잘 들을 수 있는 모양이다. 그런데 분명히 밝혀 두자면 누나는 아직 전화번호도 누르지 않았다. 그러니 무슨 소리를 잘 듣고 있을 턱이 없다. 그렇게 한두 시간쯤 지나고 나면 누나는 대수롭지 않다는 듯이 말한다.

"그런데 네가 지금 계속해서 말하고 있는 '뛰뛰뛰…….'라는 사람이 도대체 누구니?"

남동생(열 살)은 학교에 가려고 집을 나선다. 물론 동생도 손에

책을 들고 열심히 읽고 있다. 그렇게라도 하지 않으면 지루한 전철 안에서 할 만한 일이 또 뭐가 있겠는가? 기우뚱거리던 전철이 덜커덕하면서 위로 올라가다가 다시 아래로 내려가더니 더 이상 꼼짝하지 않는다. 분명히 밝혀 두자면 동생은 전철을 타고 있는 것이 아니라 우리 집 승강기에 탄 채 내리는 것을 잊고 가만히 서 있는 중이다. 그렇게 몇 시간이 지나고 나서도 여전히 학교 앞 전철역에 도착하지 않자 동생이 걱정스럽게 한 마디 한다.

"허구한 날 늦으니 오늘도 내 잘못이 아니라는 걸 선생님이 믿어 주지 않겠지?"

우리 집 식구 중에 제일 나이가 어린 아기는 침대 위에 누워 있다. 당연히 아기도 책을 읽는다. 어른들과 다른 점이 있다면 들기 가벼운 유아용 책을 읽는다는 것이다. 아기는 더 크고 무거운 책을 읽을 수 있도록 잘 먹고 무럭무럭 자라나야 하기 때문에 다른 한 손에는 우유병을 쥐고 있다. 그런데 분명히 밝혀 두자면 아기가 들고 있는 것은 우유병이 아니라 커다란 잉크병이다. 아기는 그것을 마시지는 않고, 가끔씩 잉크를 한두 방울 머리 위로 떨어뜨린다. 그러면서도 아기는 별로 싫어하지 않는다. 어쩌다가 큰 잉크 방울이 책갈피에 떨어지기라도 하면 큰 소리로 엉엉 울며 이렇게 외친다.(우리 집 아기가 말을 유창하게 할 줄 안다는 것을 의심하지 말길 바란다.)

"누가 불 좀 켜 줘. 집 안이 너무 어둡단 말이야!"

우리 집 고양이도 다른 고양이들과 마찬가지로 생쥐를 잡아야 하는 의무가 있다. 그게 유일한 임무이기 때문에 옷장 옆에 난 쥐

구멍 앞에서 몇 시간이고 생쥐를 기다린다. 물론 고양이 앞에도 작은 책이 펼쳐져 있다. 그렇게 지루하게 기다리는 동안 별달리 할 수 있는 일이 뭐 있겠는가?(고양이가 책을 읽을 수 있다고 믿는 사람은 말도 할 줄 안다는 것을 이상하게 생각하지 않았으면 좋겠다.) 어쨌든 고양이는 하루 종일 쥐구멍 앞에 버티고 있다. 그런데 분명히 밝혀 두자면 고양이는 쥐구멍 앞에 있는 것이 아니다. 고양이가 책을 읽고 있는 동안 생쥐들이 고양이의 몸을 돌려 전기 콘센트 앞으로 밀어 놓은 것이다. 한동안 그렇게 앉아 있던 고양이는 갈퀴 발톱을 구멍 안에 밀어 넣었다가 꼬리에서 불꽃이 번쩍 튀는 듯한 짜릿한 느낌에 깜짝 놀라며 외친다.

"우아! 이 책 정말 흥미진진한데!"

우리 집 청개구리는 유리로 된 어항 속에 산다. 청개구리가 맡은 일은 사다리를 오르락내리락하면서 일기 예보를 하는 것이다. 청개구리는 책만 읽지 않는다면 자기의 임무를 제법 잘 수행한다. 우리 집에서는 청개구리도 우표만 한 크기에 방수가 잘되는 책을 갖고 있다.(책을 읽는 청개구리가 말도 할 줄 안다는 것에 관해서는 더 이상 설명할 필요조차 없다.) 다만 문제는 청개구리가 책만

열심히 읽고 본연의 임무에는 관심이 없다는 점이다. 양심의 가책을 느껴서인지 가끔은 자기의 임무를 기억할 때도 있다. 그럴 때면 젖은 손에 책을 든 채 서둘러 사다리를 기어 올라가다가 허겁지겁 끝도 없이 아래로 내려간다. 분명히 밝혀 두자면, 청개구리는 사다리의 디딤판이 아니라 허공에 발을 디뎌 올라가다가 결국 요란한 소리를 내며 아래로 떨어지고 마는 것이다.

청개구리가 초록색 다리를 주무르며 말한다.

"아마 곧 천둥이 내리칠 거야. 개굴개굴."

우리 집에서 책을 읽지 않는 유일한 생물은 묘하게도 브로크하우스 대형 백과사전 제8권 속에 살고 있는 책벌레다. 책벌레는 책을 단순히 먹을 수 있느냐, 없느냐의 차원으로만 생각한다. 그렇기 때문에 책이 좋다든지, 나쁘다든지 하는 책벌레의 판단은 별로 큰 의미가 없다. 우리 식구들과 우리 집에 살고 있는 다른 생물들도 그를 진정한 우리 가족의 일원으로 인정하지 않는다.

　이쯤에서 과연 내가 가족의 다른 일원들과 어떤 관계를 맺고 있는지 궁금해하는 사람도 분명 있을 것이다. 솔직히 나도 잘 모르겠다. 분명히 밝혀 두자면 난 그들을 전혀 알지 못한다. 그들이 이 세상에 존재하긴 하는 걸까? 아마 내가 지금 이 글을 쓰고 있는 동안에도 책을 읽는 중이기 때문에 이야기가 이렇게 되어 버린 것 같다.

　여러분도 우리 식구들처럼 책에 푹 빠져 보시길 바란다. 분명히 밝혀 두자면 여기까지 책을 읽은 여러분은 이미 그렇게 한 셈이다. 자, 모두 조용히 하고, 책을 계속 읽을 수 있도록 나를 가만히 놓아주기를 바란다!

마법 학교

    나는 어린 친구들이 학교 이야기를 무척 궁금해하고 듣고 싶어 한다는 것을 잘 알고 있다.(내가 잘못 알고 있는 건가?) 그래서 먼저 소원 나라 학교에서는 어떻게 수업이 진행되는지부터 차근차근 이야기해 주겠다.

    소원 나라는 옛날이야기나 동화책 속에서 '소원을 말하면 그대로 이루어진다.'고 소개되는 곳이다. 소원 나라는 많은 사람이 생각하고 있는 것처럼 우리가 살고 있는 나라에서 그렇게 멀리 떨어져 있지는 않다. 그래도 그곳에 가기 어려운 것은 사실이다. 소원 나라에 살고 있는 사람들은 낯선 사람들이 한꺼번에 몰려오는 것을 싫어하기 때문에 초대를 받은 사람만 그곳에 갈 수 있다. 많은 사람이 섭섭해 하겠지만, 사실 따지고 보면 그렇게 한 것이 오히려 잘한 일이다. 내가 여기에 적게 될 글을 읽으면 누구나 고개를 끄덕이게 될 것이다.

옛날에 여러 나라에서 활동했던 마법사들은 대부분 소원 나라 출신이었다. 그런데 요즘 소원 나라 사람들은 몇몇 특별한 사람만 제외하고는 소원 나라 밖으로 나가는 것을 별로 좋아하지 않는다. 소원 나라에서 사는 사람은 누구나 간단한 마법 정도는 할 줄 안다고 말해도 크게 틀린 말이 아니다. 그렇지만 전문적인 마법 기술을 제대로 익히려면 학교에 가야 한다.

옛날 옛적에, 여러분이 세상에 태어났을 때보다 훨씬 더 오래전에 난 먼 여행을 자주 떠났다. 그러다가 그 유명한 소원 나라에도 갔었다. 물론 공식 초청장을 받고 갔다. 그곳 사람들의 풍습을 깊이 연구하기 위해 소원 나라에 얼마간 머물게 된 나는 그곳 아이 두 명과 친하게 지냈다. 아이들은 쌍둥이였는데 남자아이 이름은 머그였고, 여자아이 이름은 아말라스빈타였다. 여자아이는 쉽게 말리라고 불렸다. 둘 다 아홉 살이었고, 파란 눈에 머리카락은 검었다. 머그는 짧은 밤송이머리였고, 말리는 긴 말총머리를 묶고 다녔다.

아이들은 내가 방을 얻어 묵고 있던 집 주인의 아들과 딸이었다. 집주인은 무척 친절했다. 아이들 역시 착해서 나를 잘 도와주고 따랐다. 난 그 아이들의 도움으로 학교 수업도 종종 참관할 수 있었다. 물론 학생들을 방해하고 싶지 않아서 맨 뒷줄에 있는 의자에 앉아 가만히 듣기만 했다.

머그와 말리가 다니는 학교는 가고 싶으면 아무나 갈 수 있는 학교가 아니었다. 보통 아이들보다 소원을 비는 힘이 아주 강한 아이들만 다닐 수 있는 곳이었다. 아이들은 대부분 소원이 생기면 간절하게 빌기는 하지만 금방 그것을 잊어버리곤 한다. 그런데 마법 학교에 다니는 아이들은 소원이 이뤄지기를 아주 오랫동안 열렬히 빌 수 있는 특별한 재주가 있다. 그리고 그런 재주가 있는지 없는지 가리기 위해 아이들은 입학하기 전에 시험을 치른다.

내가 참관한 학교의 학급에는 학생이 모두 일곱 명이었다. 머그와 말리를 제외한 나머지 다섯 명의 아이들을 일일이 소개하자면 이야기가 너무 복잡해지기 때문에 하지 않을 생각이다. 나중에 들은 이야기지만 한 학급의 학생 수는 반드시 열 명 이내 홀수로, 그러니까 최소한 세 명부터 최고 아홉 명까지라고 한다. 만약 아홉 명보다 많은 학생이 입학을 신청했다면 학급을 하나 더 만들고, 그 숫자가 만약 짝수라면 한 사람이 더 올 때까지 기다려야 하는 것이다. 그 이유는 잘 모르지만 어쨌든 그렇게 해야만 한다고 들었다.

담임 선생님은 로자마리노 질버 씨인데 얼굴이 둥그스름하고 나이를 짐작하기 어려운 남자 선생님이었다. 안경을 코에 걸치고, 파란 하늘색 중절모를 머리에 쓰고 다녔다. 입가엔 언제나 잔잔한 미소를 띠고 있어서 웬만한 일로는 전혀 흔들리지 않을 사람처럼 보였다.

내가 처음 학교에 갔을 때 모든 학생은 각자 자리에 앉아 기대에 가득 찬 얼굴로 선생님을 쳐다보고 있었다. 나는 앞에서 말한 것처럼 맨 뒷줄 의자에 앉았다. 선생님은 아이들에게 인사를 하고 자신을 소개한 후 우리가 사는 곳에서와 마찬가지로 한 사람, 한 사람씩 돌아가며 이름을 물었다. 그렇게 한 다음 선생님은 칠

판 옆에 있던 푹신한 의자에 앉아 깍지를 낀 손을 배 위에 올려놓
고 눈을 지그시 감은 채 가만히 있었다. 아이들은 한참 동안 기다
렸다. 머그가 더 이상 참지 못하고 외쳤다.

"질버 선생님!"

그래도 선생님이 아무런 말도 하지 않자 머그가 더 큰 소리로
물었다.

"마법은 언제 배우나요?"

질버 씨가 눈을 뜨더니 작은 안경 너머로 아이를 인자하게 쳐다
보며 말했다.

"애야, 그렇게 소리 지르지 말아라. 난 귀머거리가 아냐. 조금

만 더 참고 기다리렴. 중요한 것을 한 가지 가르쳐 주어야 하는데 그것을 어떻게 가르쳐 줄지에 대해 생각하고 있는 중이란다."

다시 조용히 생각에 잠겨 있던 선생님이 아이들에게 물었다.

"너희는 마법을 배우고 싶어서 이 자리에 모였다. 그렇다면 그 것을 도대체 어떻게 배울 거라고 생각했는지 각자의 생각을 말해 보도록 하자."

말리가 손을 번쩍 들었다.

"저는 수많은 주문과 공식들을 달달 외워야 된다고 생각했어요. 또 손으로 하는 동작이나 표시 같은 것도 배워야 하고요."

그러자 다른 아이들도 한 마디씩 하기 시작했다.

"아마 실험실 안에서 쓰는 기계나 병 같은 것을 다루는 방법도 배워야 할 거예요."

"그리고 약초나 가루 같은 갖가지 재료도요."

"마술 지팡이!"

한 여자아이가 소리쳤다.

"마법의 비밀이 담긴 책도 읽어야 해요."

한 남자아이가 말했다.

"마법의 검!"

머그도 신나게 소리쳤다.

"그리고 멋있는 외투도 입게 될 거예요. 부드러운 파란색 천에 별무늬가 찍혀 있는 긴 외투를 입고, 뾰쪽 모자도 쓰고……."

말리가 꿈을 꾸는 듯한 얼굴로 말했다.

"너희가 얘기한 것들은 경우에 따라 중요할 수도 있지만 어떤 때는 전혀 도움이 안 되는 외적인 도구들이란다. 정말로 필요한 것은 그것보다 훨씬 더 쉬우면서도 다른 한편으로는 훨씬 더 어려운 것이지. 그것은 너희들 마음속에 감추어져 있단다."

질버 씨가 아이들의 말을 끊으며 말하자 아이들은 할 말을 잃고 가만히 듣기만 했다.

"그것은 바로 소원의 힘이라는 거야. 마법을 부리려면 소원의 힘을 마음대로 다룰 수 있어야 돼. 하지만 그렇게 되기 위해서는 먼저 자신이 진정으로 원하는 것이 무엇인지를 알고, 그것을 다루는 법을 알아야 하지."

질버 씨가 잠깐 뜸을 들이더니 말을 이었다.

"자기가 정말로 원하는 것이 무엇인지만 확실하게 알게 된다면 다른 것들은 저절로 다 풀리게 돼. 그렇지만 진정으로 소원하는 것이 무엇인지 알아내기란 그리 쉬운 일이 아니지."

"알아낸다고요? 저는 소원이 있으면 그것이 이루어지게 해 달라고 곧바로 비는 걸요. 그것도 얼마나 열심히 비는데요! 그런데도 마법은 부릴 수 없던 걸요."

머그가 불만스럽게 말했다.

"그래서 내가 진정으로 소원하는 거라고 말한 거지. 그것은 자기 자신의 마음을 잘 알고 있는 사람만이 알아낼 수 있단다."

질버 씨가 말했다.

"자신의 마음이라고요? 그야 다들 잘 알고 있지 않나요?"

말리가 물었다.

"아니, 모두 그런 것은 아냐. 절대로 그렇지 않지."

질버 씨가 한숨을 길게 내쉰 다음 말했다.

"소원 나라에 살고 있는 우리는 그것을 비교적 잘 아는 사람들 중에 속하지만 밖에 있는 보통 세상에서는 대부분의 사람이 자신의 마음을 알 수 있는 기회가 별로 없단다. 그들이 그것을 가치 있는 일이라고 생각하지 않기 때문이야. 그냥 어떤 사람이 무엇을 좋아하거나 싫어하면 다른 사람도 그것을 좋아하거나 싫어해야 된다고 생각하지. 그렇지 않나요?"

질버 씨가 갑자기 뒤에 앉아 있던 나를 쳐다보며 물었다. 아이들이 모두 나를 향해 고개를 돌렸다. 난 당황해서 어쩔 줄 몰라 하다가 고개를 끄덕였다.

"그래서 사람들은 자신이 진정으로 원하는 것이 무언지 모른 채 살아간단다. 다만 알고 있다고 생각할 뿐이지. 가령 유명한 의사나 교수 혹은 장관이 되고 싶다고 말하는 사람의 진정한 소원은 그 사람 자신도 미처 모르고 있지만 단순하고 착한 정원사가 되고 싶은 것일 수도 있거든. 또 어떤 사람은 돈과 권력이 많은 사람이 되고 싶다고 말하지만 그의 진정한 소원은 서커스의 광대가 되고 싶은 것일 수도 있어. 많은 사람이 세상 사람들 모두가 행복하게 살아가고, 서로에게 친절하고, 진실이 승리하고, 평화로운 사회가 되기를 진정으로 바란다고 말하지. 그러나 자신들의 진정한 소원이 뭔지 알게 되면 스스로 몹시 놀라게 될 거야. 그들은 남들이 자신을 덕망 있고 선한 사람으로 봐 주길 바라기 때문에 그렇게 말하는 거란다. 그들의 진정한 소원은 그런 것과 전혀 다른 것이고, 심지어 정반대되는 것을 마음속으로 빌기도 해. 그래서 그들은 자기 자신과 절대로 하나가 될 수 없단다. 즉, 자신의 마음을 제대로 알지 못한 채 빌게 되는 낯선 소원에는 자신도 모르는 마음이 들어 있기 때문에 마법을 할 수 없게 되는 거야."

"그렇다면 자기 자신과 하나가 되고, 자신의 진정한 소원을 알고 있는 사람만이 마법을 할 수 있다는 말인가요?"

말리가 고개를 갸우뚱하며 묻자 질버 씨가 고개를 끄덕이며 대답했다.

"그렇게만 된다면 소원을 이루기 위해 별다른 행동을 할 필요도 없지. 모든 것이 저절로 다 이루어질 테니까."

아이들이 생각에 잠겼다. 한참 만에 머그가 다시 물었다.

"그럼 선생님은 진짜 마법을 부릴 수 있나요?"

"물론이지. 그렇지 않다면 선생님이 되지도 않았겠지. 내가 앞으로 너희들에게 모든 것을 다 가르쳐 주마. 그게 바로 나의 진정한 소원이야."

"혹시 지금 마법을 조금 보여 주실 수 없나요? 그냥 재미로요."

말리가 조심스럽게 질버 씨에게 물었다.

"모든 것에는 다 때가 있단다. 곧 그럴 때가 올 거야. 지금 당장은 내가 간절히 바라는 소원이 없어서 안 되겠구나."

아이들이 좀 실망하는 표정을 지었다.

"그럼 진짜로 마법을 부려 본 적 있으세요?"

머그가 마법에 대한 이야기를 조금이라도 더 듣고 싶어서 기대에 찬 목소리로 물었다.

"당연하지. 가까운 예로 너희들 모두가 이 학교에 오기를 간절히 소원했단다. 그래서 너희들이 여기 이렇게 다 모여 있잖니."

"아…… 네. 그렇지만 만약 우리가 여기 오지 않았다면요?"

머그가 실망스러운 표정으로 말리를 흘깃 쳐다보았다.

질버 씨가 웃으면서 고개를 가로저었다.

"너희들이 이렇게 와 있잖아."

"여기에 온 건 우리가 원했기 때문이에요!"

아이들이 큰 소리로 외쳤다.

"조용히! 항상 조용히 해야 해!"

질버 씨가 교실 안을 둘러보며 엄하게 말했다.

"그야 물론 너희가 원해서 이곳에 온 것이지. 좋은 마법사는 다른 사람의 자유 의지를 언제나 존중해 주거든. 아무것도 강요하지 않아. 너희들의 소원과 나의 소원이 서로 합쳐진 것뿐이지. 그게 바로 비밀이야."

"세상에는 나쁜 소원과 나쁜 마법사도 있지 않나요?"

말리가 걱정스러운 얼굴로 물었다.

질버 씨의 표정이 자못 진지해졌다.

"말리야, 네가 대단히 중요한 질문을 했구나. 세상에는 분명 나쁜 마법사가 있단다. 하지만 다행히 아주 드물지. 나쁜 마법사가 되려면 아무것도, 어느 누구도 좋아해서는 안 된단다. 원칙적으로는 자기 자신조차 좋아해서도 안 되는데, 대부분의 사람은 그러지 못하거든. 그리고 나쁜 마법사는 자신의 진정한 소원이 무엇인지 몰라서 자신과 일체가 되지 못하는 사람에게만 힘을 발휘할 수 있단다. 그래서 정성을 다해 열심히 배우는 것이 너희에겐 대단히 중요해. 마법은 아주 진지한 것이지. 단순히 다른 사람에게 기쁨을 주기 위해 하더라도 말이다. 너희들 모두 내 말을 깊이 이해했기를 바란다."

아이들이 아무 말 없이 깊은 생각에 잠겼다.

"자, 그럼 이제부터 소원을 비는 힘과 관련해 가장 중요한 규칙 몇 가지를 가르쳐 주겠다."

질버 씨가 대뜸 자리에서 일어나 칠판에 무언가 적기 시작했다.

1. 네가 이루어질 수 있다고 생각하는 소원만 진심으로 빌어라.
2. 진정으로 원하는 소원만 이루어질 수 있다고 생각하라.
3. 진실로 원하는 것만이 네 자신의 마음이 될 수 있다.

질버 씨가 밑줄을 그으며 말했다.

"이 규칙들을 꼭 잊지 말고 기억하도록! 비록 지금은 완벽하게 이해할 수 없더라도 차츰 깨닫게 될 거야."

"그렇다면 제가 날 수 있다고 생각하면 정말 날 수 있다는 건가요? 그냥 그렇게 쉽게요?"

머그가 흥분하며 물었다.

질버 씨가 고개를 끄덕였다.

"물론 그렇게 할 수 있지."

머그가 자리에서 벌떡 일어났다.

"지금 당장 실험해 보겠어요! 학교 지붕 위로 올라가 날아 볼래

요."

머그가 문 쪽으로 달려갔지만 질버 씨는 머그를 말릴 생각이 없는 것 같았다. 머그가 망설이며 뒤를 돌아보았다.

"그런데 혹시 내가 추락하면 어쩌지요?"

질버 씨가 안경을 벗어 들고 안경알을 닦았다.

"그것이 네가 진정으로 바라는 소원이라는 확신이 없니?"

질버 씨가 안경알을 세심하게 살펴보며 물었다.

"모르겠어요."

머그가 기어 들어가는 듯한 목소리로 말했다.

"아무런 의심도 없단 말이지?"

질버 씨가 다시 물었다.

"그게 그러니까……."

머그가 어깨를 들먹였다.

"지금 넌, 네 마음과 하나가 된 게 아니지?"

질버 씨가 다그치듯 다시 물었다.

"혹시 네가 진심으로 빌고 있는 소원은 전혀 다른 게 아닐까?"

"그럴지도 몰라요."

머그가 대답했다.

"머그야, 그렇다면 큰일 날 뻔했구나. 날기는커녕 추락해서 다리가 부러졌을 거야. 마법이 그렇게 만만한 게 아니란다. 누구나 쉽게 마법을 할 수 있는 거라면 이 학교는 물론 나중에 다니게 될 마법 고등학교와 마법 대학교에도 갈 필요가 없게 되겠지. 아직도 한번 실험해 보고 싶니?"

"아니요. 하지 않는 게 좋겠어요."

머그가 자기 자리로 돌아가 앉으며 말했다.

"생각했던 것보다 훨씬 더 어렵네요."

"그것을 벌써 깨달았다니 참 잘 됐구나. 이것으로 오늘 수업은 마치겠다. 자, 그럼 내일 보자."

질버 씨가 안경을 다시 코에 걸쳤다.

아이들과 함께 집으로 가는 동안 말리와 머그는 둘 다 깊은 생각에 잠겨 있었다. 난 두 아이를 방해하고 싶지 않아서 아무 말도 하지 않았다.

그날 이후 3주간은 다른 일을 하느라 바쁘게 보냈다. 옛날이야기와 동화를 담당하는 소원 나라 장관의 초대를 받아 그 나라의 관광지를 여행하면서 무척이나 흥미로운 것들을 많이 보게 되었다. 그렇지만 여기에서는 자세한 내용을 밝히지 않겠다.

집으로 돌아오자마자 난 그동안 아이들이, 특히 내 친구인 머그와 말리가 무엇을 배웠는지 궁금해서 단숨에 학교로 달려갔다.

마침 아이들은 손으로 건드리지 않고 오로지 소원의 힘만으로 물건을 움직이는 제일 첫 번째 훈련 과제를 익히느라 여념이 없었다. 머그의 앞에는 성냥개비가 하나 놓여 있었고, 말리 앞에는 작은 깃털, 그리고 다른 아이들 앞에는 바늘, 연필, 이쑤시개 등이 놓여 있었다.

질버 씨는 마법을 써서 중절모를 옷걸이에 걸었다가, 다시 머리 위로 옮겨 놓기도 하고, 분필을 움직여 분필 혼자 칠판에 글씨를 쓰게 하는 등 학생들에게 여러 가지 시범을 보여 주었다.

아이들은 자기들도 해 보려고 얼굴이 새빨개지도록 애썼지만 아무도 제대로 해내지 못했다.

"너희들이 각자 고른 물건과 제대로 교감을 하지 못하고 있는 것 같구나. 다른 물건으로 바꾸어서 다시 시도해 보렴."

질버 씨가 말했다.

아이들이 이번에는 지우개, 모자, 주머니칼 등을 상대로 마법을 걸어 보려고 했다. 말리는 탁구공을 움직이려 했고, 머그는 작은 물뿌리개를 움직여 창문틀에 있는 화분에 물을 주려고 했다. 그러나 모두 소용없었다.

"모두 머릿속으로 그 물건들이 팔과 다리처럼 너희들 몸에 달려 있는 거라고 생각해 봐. 팔과 다리가 어떻게 해서 움직이는지 너희들은 한 번도 생각해 보지 않았을 거야. 그냥 그 안에 너희들이 들어가니까 그렇게 되는 거지. 마찬가지로 지금 너희들 앞에 놓여 있는 물건 속으로 너희들이 들어간다고 생각해 보는 거야. 그래서 그것들이 손가락이나 코라도 되는 것처럼 안에서 느끼는 거야. 자, 어서 해 보렴. 아주 쉬워!"

자기 말을 증명이라도 하듯 질버 씨는 공책을 큰 나비처럼 교실 위로 둥둥 떠다니게 했다. 공책은 머그의 머리 근처에서 나부끼며 몇 번 탁탁 치는 소리를 내더니 다시 질버 씨에게로 둥둥 떠갔다. 바로 그 순간 물뿌리개가 갑자기 공중에 뜨더니 화분 쪽으로는 가지 않고, 질버 씨에게로 가 물을 몽땅 뿜어냈다. 그런 다음 요란한 소리를 내며 바닥으로 떨어졌다.

"이럴 수가! 죄송합니다, 선생님. 그렇게 해 달라고 빌지는 않았어요."

머그가 깜짝 놀라며 소리쳤다.

교실 전체가 웃음바다가 되었다. 질버 씨는 큼지막한 파란색 화장지로 얼굴을 닦고는 빙긋이 웃으며 말했다.

"물론 네가 이렇게 하고 싶은 생각이 있어서 이렇게 됐을 거야. 그렇지 않다면 이런 일이 일어나지 않았을 테니까. 그것이 너의 진정한 소원이었다는 것을 너만 모르고 있었을 뿐이지. 그렇지만 나야 설탕으로 만들어진 인간이 아니니 걱정할 것 없다. 단지 네가 제일 먼저 이 과제를 해결한 것이 기쁘구나. 이제 마법을 할 때 얼마나 조심해야 하는지 모두 알았겠지?"

어떻게 설명해야 좋을지 모르겠지만 머그의 성공적인 시작에 이어 다른 아이들도 한 사람씩 소원을 이룰 수 있게 되었다. 잠시 후에는 교실 안에 갖가지 물건들이 이리저리 떠다녔다.

일주일이 지나자 아이들 모두 손으로 하는 신호나, 눈빛의 힘만으로도 연필이나 탁구공과 같이 작은 물건들뿐만 아니라 책상이나 의자를 움직이고 옷장을 천장까지 띄울 수 있게 되었다. 물건의 무게는 전혀 상관이 없게 된 것이다.

머그와 말리는 새로 익힌 마법을 집에서도 자주 보여 주어 부모님을 기쁘게 해 드렸다. 그들은 마치 숙제를 하듯 소원의 힘으로 상을 차리고 식사 후 그릇을 정리하는 일까지 했다. 나이프, 포크, 수저, 그릇들이 저절로 움직이는 것처럼 공중에 둥둥 떠서 식탁으로 갔고, 나중에는 다시 부엌으로 가서 깨끗이 씻긴 다음 마른행

주질까지 되었다. 그것은 아주 실용적인 마법이었고, 머그와 말리의 부모는 재주 많은 쌍둥이를 무척 자랑스러워했다.

두 번째 훈련 과제는 훨씬 더 어려웠다. 그것은 조금 떨어져 있거나 멀리 떨어져 있는 것들을 불러내 갑자기 눈앞에 보이게 만드는 마법이었다. 아이들은 열심히 노력하여 성공하기까지 대부분 한 달 정도의 시간이 걸렸다.

질버 씨는 작은 봉지에 가득 담은 쇳조각들과 자석을 가져왔다. 그러고는 쇳조각들을 종이 위에 조심스럽게 쏟아 냈다.

"보다시피 여기 줄질을 해 놓은 쇳조각들이 무더기로 있다. 질서도 없이 어지럽게 놓여 있지. 자, 이제부터 모두 주목하도록!"

질버 씨가 종이 아래 자석을 갖다 대자 쇳조각들이 하나의 일정한 형태를 만들어 냈다.

"잘 보았지? 이제까지는 소원의 힘이 너희들 앞에 놓아둔 물건들을 일정한 방향으로 유도하는 자석 같은 것이었다. 그렇지만 물건이 다른 곳에 있어 눈에 보이지 않게 된 지금부터는 너희 힘으로 그것을 불러내야만 해."

그렇게 하기 위해서는 머릿속으로 생각하는 물건이 마치 눈앞에 있는 것처럼 아주 또렷하게 상상할 수 있어야 했다. 그러는 동안 다른 것에 방해를 받아서도, 다른 것을 생각해서도 안 된다. 아주 미세한 것까지 대단히 중요하게 생각해야지, 그렇지 않으면 실험은 성공할 수 없었다. 말리의 경우, 수업 시간에 간식을 먹고 싶다는 생각을 하다가 간식으로 먹을 빵이 샌들 대신 발바닥 밑에

와 척 달라붙고 말았다. 이처럼 아주 작은 실수로 소원이 전혀 다르게 이루어질 수도 있었다.

아이들은 자신이 잘 아는 물건, 이를테면 날마다 사용하는 빗이나 허리띠 혹은 모자 같은 것으로 마법을 연습했다. 처음에는 물건들을 옆방에까지만 옮길 수 있게 되었다가, 나중에는 학교 앞으로까지 끌어낼 수 있게 되었고, 마침내 훨씬 더 먼 곳으로까지 옮길 수도 있게 되었다. 그렇게 한 다음 아이들은 다시 교실로 들어가 물건들을 안으로 불러들였다.

마침내 모든 아이가 두 번째 과제를 해내자 질버 씨가 아이들에게 아직 잘 모르는 물건, 어디 있는지 알지도 못하는 물건을 상대로 마법을 해 보라고 했다. 그렇게 하기 위해서는 먼저 그 물건을 머릿속에 떠올리고, 그것보다 좀 더 어렵겠지만 어떤 물건인지 묘사를 할 수 있어야만 했다. 예를 들면 산꼭대기에 피어 있는 특별한 꽃이라든가, 바다 속에 있는 돌, 심지어 감춰 둔 보물 창고의 귀한 반지 같은 것이 대상이 되었다. 그 과제 중 가장 어려운 점은 물건을 원래 자리로 다시 되돌려 놓는 일이었다. 그 마법을 가르쳐 줄 때만큼은 질버 씨도 침착하고 온화한 평소의 모습과는 달리 상당히 엄격하게 아이들을 대했다. 행여 아이들이 제대로 마무리를 못하면 몹시 화를 냈다.

"무능력자와 진실하지 못한 사람만이 자기가 진실로 필요치 않은 물건을 자기 것으로 만들어서 세상을 어지럽게 만드는 거야."

질버 씨는 그 말을 수도 없이 반복했다. 규칙을 어기는 학생은 더 이상 나아질 가능성도 없으니 당장 학교를 떠나라는 말까지 했다. 아이들은 모두 온 힘을 기울여 마법을 제대로 하려고 노력했다.

이미 말했듯이 마법 훈련을 하는 과정에서 아이들은 학교 안에만 있지 않고, 자주 먼 곳으로 여행을 떠나야만 했다. 덕분에 나도 소원 나라의 아름다운 곳들을 많이 구경할 수 있었다. 하지만 가끔은 다른 볼일로 바빠서 학생들이 불러낸 물건들을 모두 제자리에 돌려놓았는지 내 눈으로 직접 확인할 수는 없었다. 그러나 질버 씨가 아이들에 대해 만족스러워 하는 것으로 보아 분명히 그렇게 했으리라고 믿는다.

소원 나라는 어느덧 가을로 접어들고 있었다. 매서운 바람이 불고 거의 날마다 비가 내렸다. 나는 감기에 잘 걸리는 편이라서 그냥 집에서 지내기로 했다. 더구나 왕립 도서관 관장으로부터 보통 세계 사람들의 소원에 대해 자세한 보고서를 써 달라는 부탁을 받아 할 일이 많았다. 그런 감상적인 작업은 내게 그리 유쾌한 일이 아니었지만 국빈 자격으로 방문한 손님으로서 왕립 도서관 관장의 부탁을 거절할 수는 없었다. 그래서 두 번째 이후의 훈련 과제들은 머그와 말리를 통해 전해 들었다. 아이들은 매일 저녁때마다 나를 찾아와 그동안 얼마나 많은 마법을 배웠는지 말해 주었다.

질버 씨가 아이들에게 가르쳐 준 다음 훈련 과제는 물건을 변신시키는 마법이었다. 그 과제에서는 '마법의 다리'를 만드는 것이 가장 중요했다. '마법의 다리'는 한 물건과 다른 물건 사이의 공통점을 떠올렸을 때 두 물건을 가장 친숙하게 만들어 주는 요소를 가리키는 말이었다. 그렇게 만들어진 마법의 다리에 소원의 힘이 가해져서 물건을 변신시키는 거였다.

사과를 공으로 변신시키는 일은 비교적 쉬웠다. 사과와 공의 모양이 동그랗다는, 둘 사이의 공통적인 특징을 누구나 알고 있으므로 저절로 해결된 셈이다. 그것보다 좀 더 어려운 과제는 포크를 사과로 변신시키는 일이었다. 포크를 사과로 변신시키려면 반드시 다음과 같은 과정을 거쳐야만 했다.

포크는 크건 작건 모두 포크다. 그리고 쇠로 만들어졌든 나무로 만들어졌든 역시 포크다. 포크는 하나의 나무줄기가 끝으로 갈수록 여러 갈래로 갈라진 나무의 모습과 비슷하다. 그렇다면 나무는 크기가 크고 끝이 여러 갈래로 갈라진 포크와 다름없게 된다. 그런 결론은 사과나무에도 똑같이 적용된다. 사과나무 열매인 사과는 사과나무의 일부분이지만, 각 사과 씨 안에는 사과나무 전체가 숨어 있다. 그러므로 '사과는 포크다'라는 주장이 성립된다. 만약 이 주장이 맞다면 그것을 반대로 해도 말이 된다. 즉, 포크는 사과다. 그것을 인정한 다음 소원의 힘을 빌려 마법을 제대로 걸면 마법의 다리를 통해 한 물건이 다른 물건으로 변신하는 것이다.

위 예에서는 마법의 다리가 만들어지는 과정이 비교적 짧기 때문에 이 물건에서 저 물건으로 곧바로 연결시킬 수 있었다. 그러나 경우에 따라서는 20개, 50개, 어떤 때는 100개 이상의 중간 과정을 거쳐야 되는 것도 있다. 머그와 말리 역시 과제 하나를 성공하기 위해 어떤 때는 한 가지 문제에 며칠을 매달려야 했다. 혹시 그 말을 믿을 수 없다면 재봉틀과 금붕어 비늘, 야자수 열매와 아코디언, 혹은 슬리퍼와 선글라스 사이에 있는 마법의 다리를 직접 발견해 보기 바란다.

"그런데요, 그런 마법을 할 때 가장 신기한 게 뭔 줄 아세요? 소원 나라에 아니, 온 세상에 있는 것이 어떤 식으로든 다른 것과 연결된다는 거예요. 모든 것이 서로 은밀하게 연결되어 있어서 무엇으로든 변신시킬 수 있어요. 물론 그렇게 할 수 있는 능력이 있어야 되지만요."

말리가 아주 신나는 표정으로 말했다.

"모든 것이 진실 안에서는 하나가 되기 때문에 그런 마법이 가능한 거래요. 어쨌든 질버 선생님이 그렇게 말씀하셨어요."

이번에는 머그가 제법 어른스러운 표정으로 덧붙였다.

난 그 말을 한참 동안 생각해 보았지만 솔직히 말하자면 아직도 결론을 내리지 못했다.

이어진 네 번째 훈련 과제는 아이들 모두 대단히 빠른 시간 안에 배웠다. 그것은 물건만이 아니라 인간을 대상으로 이제까지 익힌 능력을 시험하는 거였다. 일주일쯤 지나고 나서 내가 학교에 잠시 들렀을 때, 학생들은 다른 곳으로 갔다가 재빨리 다시 돌아오는 마법을 연습하느라 정신이 없었다. 그 과정에서 별로 안 좋은 일이 벌어졌는데 바로 머그에게 그 일이 일어났다.

훈련을 하는 과정에서 학생들은 자기가 가고 싶은 곳을 아주 세세한 부분까지 정확하게 상상해야만 했다. 머그는 평소 제일 좋아하는 숲에 가 보기로 결정했다. 하지만 그곳에 나무가 많다는 걸 깜빡 잊고서 나무들을 상상하지 않았던 모양이다. 결국 머그는 나무에 걸려 중심을 잃고 곤두박질치고 말았다. 그 충격으로 머그는 눈앞에 별이 번쩍거리는 것을 보며 잠시 기절까지 했다. 질버 씨는 꽤 오랫동안 머그가 돌아오지 않자 무척 걱정을 했다.

한참 후, 우리 앞에 나타난 머그의 모습은 정말 엉망이었다. 이마에 큰 혹이 나 있었고, 눈에는 시퍼렇게 멍든 자국이 있었다. 머그의 어머니가 약초로 열심히 찜질을 해 주었는데도 이 주일 동안이나 멍든 자국이 남아 있었다. 어쨌든 머그는 큰 경험을 했고, 다른 학생들도 더 진지한 태도로 훈련을 받게 되었다.

네 번째 훈련 과제 가운데 또 한 가지는 날아다니는 마법이었다. 사실 그것은 순식간에 순간 이동을 하거나, 새처럼 하늘을 훨훨 날아다니는 것과는 차원이 달랐다. 아이들은 물건을 공중에 띄우는 것과 똑같은 원리로 자기 몸을 띄워야 했다. 처음에는 일정한 간격으로 호흡을 하다가 잠시 숨을 멈추고, 팔꿈치를 옆으로 벌려 몇 번 '날갯짓'을 한 다음 서서히 위로 올라가는 것이다. 그렇게 해서 일단 공중에 뜨면 두 팔을 벌려 아주 조심스럽게 날아가는 방향을 조절해야 한다. 처음에 아이들은 대부분 공중에서 너무 심하게 몸을 움직이는 바람에 곤두박질치기 일쑤였다. 아이들은 아무 곳에도 부딪치지 않고 안정된 자세로 날 수 있을 때까지 교실 안에서만 연습했다. 나중에 모든 아이가 교실 천장을 날 수 있게 되자 곧바로 운동장에서 수업을 했다.

밖에서는 날기가 훨씬 어려웠다. 초겨울의 사나운 바람이 휘몰아치고 있었기 때문이다. 바람이 조금만 불어도 아이들은 휘청거리다가 엉뚱한 곳으로 밀려나곤 했다. 그래도 아이들은 신이 나는지 마치 보이지 않는 청룡 열차를 탄 것처럼 야단법석을 떨었다. 함께 날고 있던 질버 씨가 아이들에게 조용히 하고 질서를 지키라고 여러 번 소리쳤지만 아무 소용이 없었다. 몇몇 아이가 아프게 엉덩방아를 찧고, 나무에 걸려 다치는 사고가 생기고 나서야 비로소 정신을 가다듬고 진지하게 연습을 했다.

내가 소원 나라에 머물기로 한 기간이 거의 끝나 가던 어느 날 저녁이었다. 뜻밖에도 질버 씨가 나를 찾아왔다. 한 번도 그가 날 찾아온 적이 없어서 나는 무슨 중요한 볼일이 있을 거라고 생각했다. 질버 씨의 요청으로, 나는 그를 내 방으로 안내했다.

둘만 있게 되자 질버 씨가 말했다.

"선생님께서는 곧 보통 세상으로 돌아가십니다. 그리고 짐작컨대 그곳에서 우리 학교에 대한 글을 쓰실 생각이지요, 안 그렇습니까?"

"그렇습니다. 그런 글을 쓸 생각입니다."

"처음부터 그 일을 하기 위해 이곳에 오셨으니까 저도 굳이 말릴 생각은 없습니다. 앞으로 얼마 남지 않은 시간에도 우리 학교에 오셔서 수업을 참관하시는 것을 환영합니다. 그러나 한 가지 부탁드릴 것이 있습니다."

"부탁이라니요?"

"앞으로 가르칠 훈련 과제에 대한 것입니다. 학생들이 무엇을 배웠는지에 대해서 쓰는 것은 좋지만 어떻게 해서 그렇게 할 수 있게 되었는지에 대해서는 쓰지 말아 주셨으면 좋겠습니다."

"음, 그 이유는요? 바로 그 점을 독자들이 가장 궁금해할 텐데

요."

"한번 생각해 보십시오, 선생님."

질버 씨가 생각에 깊이 잠긴 얼굴로 말을 이었다.

"선생님의 기록이 누구의 손에 들어갈지는 아무도 알 수 없습니다. 우리 학생들이 훈련할 때는 모든 것이 잘 진행되고, 아무런 사고도 발생하지 않도록 내가 줄곧 돌봐 주었습니다. 그러나 독자들 가운데는 단지 호기심 때문에 경솔하게 이런저런 마법을 따라해 보려는 사람이 있을지도 모릅니다. 만약 그런 일이 생기면 큰 문제가 발생할 겁니다. 마법을 따라해 본 사람은 물론이거니와 다른 사람에게까지 문제가 생길 수 있지요."

난 빙긋이 웃으며 말했다.

"아무 걱정 하지 마십시오, 선생님. 어차피 우리 보통 세상에서는 선생님의 마법이 통하지 않을 겁니다. 그리고 독자들은 제 이야기를 거의 믿지도 않을 거고요."

"설령 그렇더라도……."

질버 씨가 심각한 얼굴로 이어 말했다.

"혹시 선생님의 생각이 틀릴지도 모르지 않습니까? 그러니 저의 작은 부탁을 꼭 들어주시기 바랍니다."

"그래야만 안심이 되신다면 그렇게 하지요."

내가 마지못해 대답하자 그가 재촉하듯 물었다.

"약속하시는 거지요?"

"좋습니다. 약속하겠습니다."

물론 나는 그 약속이 너무 지나치다고 생각했지만 일단 약속을

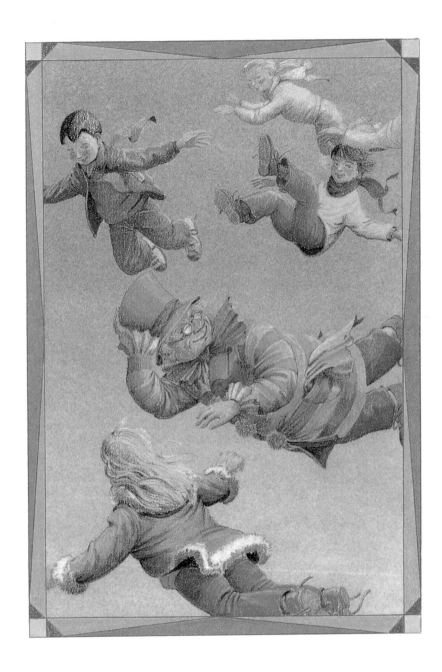

했으니까 당연히 지켜야 한다. 그래서 앞으로는 마법 학교 학생들이 무엇을 배웠는지에 대해서만 적기로 하겠다.

다섯 번째 훈련 과제는 투명인간이 돼 보는 것이었다. 이 마법은 남의 눈에 띄지 않고 어디든 갈 수 있을 뿐만 아니라, 앞서 배운 것들과 마찬가지로 원하는 장소로 순간 이동을 하거나 허공을 날아다니는 마법이었다. 이 마법을 익히면 닫아 둔 문을 통과할 수도 있고, 두꺼운 벽을 안개처럼 통과할 수도 있었다.

고생 끝에 그 마법을 익힌 머그와 말리는 투명인간이 되는 것도 나름대로 단점이 있다고 했다. 일단 그렇게 변신하면 천으로 눈을 감싼 듯 주변이 뿌옇게 보인다고 했다. 그래서 책이나 편지 같은 것을 읽을 수 없다. 굳이 읽으려면 몸을 드러내야만 했다. 그리고 아이들은 자기 몸을 숨기고 있는 것이 별로 유쾌하지 않을 뿐더러 위험한 상황에 빠질 수도 있다고 했다. 두꺼운 벽이나 바위, 혹은 그와 비슷한 것 속에 들어가 있다가 실수로 몸을 드러내면 구출도 못 받고 그대로 그 안에 갇히게 된다는 것이다.

그러나 질버 씨가 아이들을 잘 돌봐 주었기 때문에 그런 일은 일어나지 않았다. 어쨌든 난 질버 씨가 아무 근거도 없이 내게서 약속을 받아 낸 것은 아니라는 것을 뒤늦게 깨달을 수 있었다. 우리가 사는 보통 세상에서는 그런 일이 불가능하리라고 확신했지만 혹시 일이 잘못될 수도 있다는 생각을 하자 온몸에 소름이 끼쳤다. 그런 데다가 규칙을 철저히 지켰음에도 내가 소원 나라에서 보낸 마지막 주에 머그와 말리를 상급 학년으로 진급시킬 것인지에 대해 심각하게 고민하게 만든 불행한 사건이 터지고 말았다.

자초지종을 말하자면 이랬다.

여섯 번째와 일곱 번째 훈련 과제는 무언가를 창조해 내는 마법이었다. 여섯 번째 훈련 과제는 물건을 만드는 것이었고, 마지막 교과 과정이었던 일곱 번째 과제는 살아 있는 생물을 만드는 것이었다. 둘 다 어렵기는 마찬가지였다.

실제로 소원 나라의 마법 학교에서는 초등 과정에서 이제껏 세상에 존재하지 않았던 것을 소원의 힘을 빌려 만들어 내는 법을 배웠다. 우리가 사는 세상에서 그림을 그리거나, 만들기를 하거나, 꾸미기를 하는 시간에 머그와 말리는 아무것도 없는 상태에서 무언가를 새로 창조해 내는 연습을 하고 있었던 것이다. 구체적으로 말하자면 그들은 상상 속에만 있던 것을 밖으로 끄집어 내는 연습을 하고 있었다. 이미 말했듯이 무언가를 만들 때는 눈으로 직접 보고 있는 것처럼 아주 작은 부분까지 정확하게 상상해야 했다. 다만 이번에는 알고 있는 것 중 하나를 상상하는 것이 아니라 완전히 새로운 상상을 해야 했다.

아이들은 그 훈련을 아주 천천히 했다. 한 시간 내지 두 시간 가량 완전히 정신 집중을 해야만 어렴풋하게나마 무엇인가를 상상할 수 있기 때문이었다. 많은 물건이 일부만 나타나거나 혹은 미완성된 상태로 나타났다. 반쪽 인형, 빨대가 없는 파이프, 바퀴가 없는 자전거……. 며칠이 지나자 말리는 실제로 마실 수 있는 나무딸기 시럽 한 컵을 불과 15분 만에 만들어 냈다.

그 이후 모든 것이 더 빠르게 진행되었다. 일주일이 더 지나자 머그는 연기를 내뿜는 증기 기관차를 11분 만에 교실에 나타나게 만들었다. 연기 때문에 아이들은 계속 기침을 해 댔고, 그것이 사라질 때까지 거의 질식할 뻔했다. 이와 같은 몇 가지 사소한 사건만 제외한다면 물건을 척척 만들어 내는 아이들을 보는 것이 내게는 무척 즐거운 일이었다. 장난감 시계, 샹들리에, 스케이트, 벽난로, 승마 장비, 망원경, 카우보이 모자와 소화기 등등. 정말 모든 것이 가능했다!

마지막 일곱 번째 훈련 과제인 살아 있는 생물의 창조는 훨씬 어려웠고, 더 오랜 시간이 필요했다. 말리가 어항 속을 헤엄치며 어둠 속에서 빛을 내는 아름다운 물고기를 첫 작품으로 만들기까지 꼬박 이틀이 걸렸다. 말리는 자신을 무척 자랑스러워했고, 그 물고기를 아주 좋아했다. 그래서 물고기를 다시 사라지게 할 때는 몹시 슬퍼했다.

질버 씨는 창조해 낸 모든 것, 특히 살아 있는 생물을 다시 사라지게 하는 것은 아주 중요하다고 여러 번 강조했다. 왜냐하면 만들어진 생물이 그대로 살아가게 되면 그것을 만들어 낸 사람에게 예상치 못한 어려움이 생길 수 있기 때문이라는 거였다. 그러므로 사전에 깊이 생각한 후 꼭 필요할 때만 생물을 만들어야 한다고 했다.

"모든 피조물이 그것의 창조자를 변화시킨다는 점을 반드시 기억해 두어야 해."

질버 씨는 그 말을 수없이 반복했다. 아이들은 각자 나름대로 다른 생각이 있는 것 같았지만 겉으로는 선생님 말씀을 잘 따랐다.

머그와 말리는 각자 생각하고 있는 것을 만들어 내는 시합을 벌이기도 했다. 소원 나라의 국가를 휘파람으로 불 수 있는 멋진 천국의 새를 만드는가 하면, 동화 속에 나오는 동물처럼 보라색 비단같이 윤이 나는 작은 말도 만들었다. 보라색 말은 시간을 물어보면 앞발을 굴러 정확한 시간도 댔다. 말리는 껑충거리며 트럼펫을 불 수 있는 버섯을 만들었고, 머그는 서로 끊임없이 다투는 머리가 두 개 달린 난쟁이도 만들었다. 또한 말리는 자기와 키가 거의 비슷하며, 발레를 잘 추는 꼭두각시 소녀를 만들었는데 나중에 그것이 그만 사라져야 된다는 말을 듣고는 서럽게 울었다. 그 사이 머그는 자기가 진짜 머그라고 끝까지 우기는 요괴를 만들었는데 요괴는 자기 말을 듣지 않으면 진짜 머그를 없애 버리겠다는 위협까지 했다. 그러나 머그가 잘 구슬려 요괴는 결국 사라지게 되었다.

　아쉽게도 소원 나라를 떠나기로 한 마지막 날 오후가 되었다. 그 사이 겨울이 되어 눈이 소복이 쌓였다. 나는 마지막으로 그곳의 아름다운 풍경을 즐기고 싶어서 스키를 타고 얼어붙은 강을 따라가다가 어느 먼 숲까지 가게 되었다. 그런데 언덕을 내려오다가 발을 잘못 디디는 바람에 넘어져 발목뼈가 부러지고 말았다. 발을 조금만 움직여도 통증이 너무 심했다. 도저히 나 혼자 힘으로 집에 갈 수 없었다. 도와 달라고 있는 힘을 다해 소리를 질렀지만 외딴 곳이라서 아무도 그 소리를 듣지 못하는 것 같았다.
　어느새 해가 저물기 시작했다. 차츰 뼛속 깊이 냉기가 스며들었다. 자꾸만 잠이 쏟아졌다. 난 잠이 들면 이대로 끝이라는 것을 알고 있었기에 있는 힘을 다해 졸음을 쫓았다.

고개를 들어 하늘을 보니 노을이 붉게 물든 채 날이 빠르게 어두워지고 있었다. 그런데 그 순간 무엇인가를 찾아 헤매는 듯 숲 위를 드높이 날아다니는 두 사람이 보였다. 내가 그들을 향해 목이 터져라 소리치고 손짓을 하자 마침내 그들이 날 발견하고 내 곁으로 내려왔다. 그들은 다름 아닌 나의 멋진 친구들 머그와 말리였다. 솔직히 난 살면서 아이들을 만나 그때처럼 기뻐했던 적은 없었던 것 같다.

대강 내 사정을 들은 아이들은 자기들도 그런 예감이 들어서 날 찾아 나선 중이었다고 했다.

"괜찮으시면 우리가 지금 집으로 모셔다 드릴게요."

아이들이 내게 말했다.

"어떻게?"

"우리가 지금 날아온 것처럼 공중으로요. 둘이 함께라면 해낼 수 있을 거예요."

하늘 높은 곳을 네 개의 가녀린 어린아이 손에 들려 날아갈 생각을 하니 그 추운 날씨에도 불구하고 진땀이 났다. 더구나 나는 어지럼증이 있었다.

"혹시 다른 방법은 없을까?"

내가 조그만 목소리로 묻자 말리가 말했다.

"흠……. 아, 있어요! 우리가 마법으로 선생님이 타고 가실 동물을 만들면 돼요."

"내가 만들게. 그런 건 내가 너보다 더 잘하잖아."

머그가 신이 난 듯 소리쳤다.

"그게 무슨 소리야? 오빠가 나보다 더 잘한다고?"

말리가 양손을 허리에 갖다 대며 말했다.

"네가 하면 시간이 오래 걸린단 말이야."

머그가 말했다.

"그럼 오빠가 나보다 더 빨리 할 수 있어?"

"물론이지, 귀여운 동생아!"

"착각은 자유야."

"착각은 네가 하고 있는 거야!"

쌍둥이는 서로 옥신각신 말다툼을 벌였다. 가만히 놔두면 몇 시간 동안이나 계속 싸울 태세였다. 그 사이 나는 발의 통증이 더욱 심해졌다.

내가 신음 소리를 내며 말했다.

"너희 둘이 함께 만들어 낼 수는 없겠니?"

차라리 그 말을 하지 않았더라면 얼마나 좋았을까! 머그와 말리가 싸움을 멈추고 동그래진 눈으로 나를 바라보았다.

"그거 나쁘지 않은 생각인데요."

머그가 말했다.

"과연 가능할까? 아직까지 한 번도 같이 해 본 적이 없는데……."

말리가 머뭇거리며 말했다.

"어쩌면 두 배로 더 빨리 될지도 모르잖아."

"좋아. 어디 한번 해 보자."

금세 두 사람은 정신을 집중시키기 위해 눈을 감았다.

"말을 만들자."

말리가 중얼거렸다.

"그래. 그렇지만 덩치가 크고 강한 것이어야 해. 우리 세 사람이 다 타고 갈 수 있어야 되니까."

머그가 말했다.

"날개 같은 것도 붙여 줄까? 그러면 더 빨리 갈 수 있잖아."

말리가 말했다.

"좋아. 그럼 색깔은?"

"어두운 색으로!"

"아냐. 밝은 색으로!"

"상관없어. 중요한 것은 불꽃처럼 활활 타오르는 것이어야 해."

"다 됐어?"

머그가 물었다.

"아니. 아직 안 됐어."

"얼른 해. 이 느림보야!"

"이제 다 됐어."

"자, 시작!"

몇 분간 조용하더니 두 아이가 내 곁에 앉아 눈을 감고 주먹을 불끈 쥐었다. 바라보기만 해도 아이들이 얼마나 애쓰고 있는지 알 수 있었다.

갑자기 무시무시한 소리가 우리 세 사람을 깜짝 놀라게 했다.

뭔가 찢어지는 듯한 외마디 소리 같은 것이었다. 머그와 말리가 눈을 번쩍 떴고, 난 힘겹게 뒤를 돌아보았다. 불과 몇 미터 앞에 내가 태어나서 한 번도 본 적이 없는 괴상한 동물이 서 있었다.

그건 코끼리처럼 어마어마하게 커 보이는 정말로 이상하게 생긴 하마였다. 몸에 검은색과 하얀색 체크무늬가 있었다. 갈기와 긴 꼬리는 아이들이 서두르는 바람에 깜박 잊고 만들지 않은 모양이었다. 네모난 머리에 있는 두 눈은 마치 헤드라이트처럼 불을 내뿜었고, 눈동자가 없어서 마치 두 개의 불공처럼 보였다. 귀는 하나뿐이었고, 다른 쪽에는 귀 대신 구멍이 하나 뚫려 있었다. 등에는 두 개의 작은 날개가 돋아나 있었는데 파리나 잠자리의 날개처럼 투명했다.

괴물은 소시지 모양의 튼튼한 다리를 구르며 벌떡 일어섰다. 배 밑의 가죽에 너무 작은 외투를 몸에 꼭 끼게 입은 것처럼 단추가 간신히 채워져 있었다. 괴물은 커다란 코로 숨을 몰아쉬었고, 코에서 시퍼렇고 붉은 빛깔의 불꽃이 솟구쳐 나왔다. 도저히 울음소리라고는 생각할 수 없는 괴성을 지르는 괴물의 입 안에는 이도 없고, 혀도 없었다.

"다 오빠 때문이야."

말리가 말했다.

"너는 왜 빼? 어쨌든 이젠 어쩔 수 없어. 우린 이걸 타고 집까지 가야 해."

머그가 말했다.

"이제 어떻게 되는 거지? 너희들은 내가 저 위에 올라탈 수 있을 거라고 생각하니?"

추위 때문에 턱을 덜덜 떨며 내가 물었다.

"어차피 다른 방법이 없잖아요. 아무것도 없는 것보다는 낫겠죠."

말리가 말했다.

"자, 어서 힘 내세요. 용기를 가지세요."

머그가 애써 나를 격려하며 말했다.

그런데 일이 우리의 생각대로 잘 풀리지 않았다. 머그가 올라타려고 다가가자 괴물이 낯설어 하며 머그를 향해 앞발을 내리쳤다. 발바닥에 말굽도 박지 않았는데 마치 두 개의 커다란 망치로 내리친 것 같은 큰 소리가 났다.

머그는 몹시 놀란 것 같았지만, 겉으로는 침착하려고 애썼다.

"에잇, 이런 못된 놈 같으니, 말 잘 들어야지! 시키는 대로 하지 않으면 금방 널 없애 버릴 거야."

머그가 엄하게 소리쳤지만 목소리는 떨고 있었다.

그 말을 들은 괴물은 처량하기도 하고 다른 한편으로는 무시무시하기도 한 소리로 울부짖고는 눈발을 휘날리며 도망치기 시작했다. 괴물은 달아나면서 등에 난 작은 날개로 날아 보려고 했지만 몇 번 튀어 오르기만 할 뿐 날지는 못했다. 괴물이 숲에 있는 나무와 덤불을 요란하게 헤치며 달려가는 소리가 잠시 우리의 귓전을 울렸다.

아이들이 소리쳤다.

"돌아와! 어서 다시 돌아와!"

그러나 아무 소용이 없었다. 실수로 태어난 피조물은 아이들의 말을 듣지 않았다. 아이들이 만들어 낸 괴물이 자립하고 만 것이다.

머그와 말리는 아무 말도 없이 걱정스러운 얼굴로 서로를 오랫동안 쳐다보았다.

"질버 선생님이 뭐라고 하실까?"

머그가 작게 속삭였다. 말리는 한숨을 길게 내쉬었다.

솔직하게 말해서 그날 어떻게 내가 다시 숙소로 돌아왔는지 나도 잘 모르겠다. 몸의 반은 얼어 있어서 난 거의 정신을 잃었다. 아마 내가 반대했는데도 불구하고 쌍둥이가 나를 데리고 하늘을

날았던 것 같다. 캄캄한 겨울 들판 위로 둥둥 떠다니며 어지러워
했던 것과 누군가 내 목덜미를 붙잡았던 기억만 어렴풋이 떠오른
다.

그날 이후 난 내내 고열에 시달렸다. 다리는 통증조차 느낄 수
없을 정도로 무감각했다. 며칠 만에 의식을 되찾았을 때 난 내 방
침대에 누워 있었다. 우리가 사는 보통 세상에 완전히 돌아온 것
이다. 어떻게 그랬는지는 모르겠지만, 소원 나라 사람들이 나를
이곳으로 옮겨 놓은 모양이었다.

자리에서 일어나자마자 난 질버 씨 앞으로 편지를 써서 사건의
경위를 설명했다. 사실 따지고 보면 아이들이 나 때문에 그런 불
행한 일을 겪은 셈이었다. 나는 어느 정도 책임을 느끼고 있었다.
편지를 부친 지 이 주일 후에 질버 씨로부터 답장이 왔다. 그 사이
에 모든 것이 다시 잘되었다는 내용이 담겨 있었다. 그제야 나는
마음이 편해졌다.

마법 학교에서는 한동안 머그와 말리를 상급 학년으로 올려 보
내도 되는지에 대해 심각한 논란이 있었지만, 특별한 상황이었다
는 점과 뛰어난 재능을 고려하여 한 번만 봐주기로 했다는 소식도
전해 들었다. 머그와 말리가 함께 만든 피조물은 질버 씨가 찾아
내서 두 아이의 정성 어린 도움을 받아 다시 없앨 수 있었다고 했
다. 그렇게 하는 것이 그 불행한 괴물과 우리 모두를 위한 최선의
방법이라고 판단한 것이었다. 머그와 말리는 그 때의 경험으로 더
성숙해졌고, 내게도 따뜻한 안부를 전해 달라는 부탁을 했다고 적
혀 있었다.

좋은 소식을 끝으로 나도 이 글을 끝맺고 싶다. 미리 앞에서 밝혔듯이 이 모든 이야기는 아주 오래전에 일어났던 일로 내 어린 두 친구는 그 사이에 마법 대학교에 들어가 대학생이 되었다. 혹시 오해하는 사람이 있을까 봐 말해 두는데, 소원 나라를 여행하는 동안 난 마법을 전혀 배우지 못했다. 정말 아주 시시한 것도 하지 못한다! 따지고 보면 내가 소원 나라에서 태어난 사람은 아니지 않은가.

끈기짱 거북이 트랑퀼라

어느 화창한 날 아침 거북이가 작고 아늑한 굴 앞에서 햇빛을 쬐며 느긋하게 질경이 풀을 뜯어 먹고 있었다. 그 거북이의 이름은 끈기짱 트랑퀼라였다.

그 위에 아주 오래된 기름나무 가지에는 은색깃털 줄라이카라는 암비둘기가 앉아 윤기 나는 깃털을 손질하고 있었다. 그 때 은색깃털 잘로모라는 수비둘기가 날아와 이렇게 소리쳤다.

"오! 줄라이카, 내 마음속의 연인이여! 모든 동물의 대왕이신 레오 28세가 결혼식을 올린다는 소식을 들었소? 우리 함께 사자굴로 날아가세, 내 눈의 빛이여!"

"오, 나의 주인이시며 지배자시여! 우리도 초대되었나요?"

은색깃털 줄라이카가 구구거리며 물었다.

"내 삶의 찬란한 별이여, 아무 걱정도 하지 말아요."

은색깃털 잘로모가 고개를 몇 번 주억거린 다음 말을 이었다.

"몸이 크건 작건, 늙었건 어리건, 뚱뚱하건 가냘프건, 젖었건 말랐건 동물이란 동물은 다 초대받았으니 우리도 받은 셈이지요. 이제까지 있었던 그 어느 축제보다 아름다운 축제가 될 거요. 그렇지만 사자 굴까지 가려면 길이 아주 멀고, 잔치는 곧 시작될 테니 어서 서둘러 출발하도록 합시다."

은색깃털 줄라이카가 고개를 끄덕였고, 두 마리의 비둘기는 곧장 날아갔다.

그 이야기를 곁에서 엿들은 끈기짱 트랑퀼라는 자기가 아침 식사 중이었던 것도 깜박 잊은 채 깊은 생각에 잠기고 말았다.

끈기짱 트랑퀼라가 혼잣말로 중얼거렸다.

"크건 작건, 늙었건 어리건, 뚱뚱하건 가냘프건, 젖었건 말랐건 결혼식에 초대되었다면 나도 초대받았다는 말이잖아. 가장 아름답다는 축제에 내가 안 갈 이유가 없지?"

거북이는 하루 밤낮을 꼬박 고심한 끝에 결정을 내렸다. 그래서 아침 햇살이 비치자마자 한 발짝씩, 한 발짝씩 느리지만 쉬지 않고 먼 길을 떠났다.

그렇게 거의 하루를 꼬박 기어갔을 때 가시덤불이 있는 곳을 지나가게 되었다. 그곳에는 바느질쟁이 파티마라는 거미가 멋진 거미줄 한가운데에서 살고 있었다.

"어이, 트랑퀼라!"

거미가 큰 소리로 불렀다.

"어디를 그렇게 부지런히 가고 있는지 물어봐도 될까?"

"안녕, 파티마!"

끈기짱 트랑퀼라가 잠시 숨을 돌리려고 걸음을 멈추고서 말을 이었다.

"동물의 대왕이신 레오 28세가 결혼식을 올리시는데 동물들을 다 초대했다는 소식을 너도 들었겠지? 그래서 나도 그곳에 가고 있는 중이야."

바느질쟁이 파티마가 긴 앞다리로 머리를 감싸며 킥킥거리고 웃자 거미줄이 위험스럽게 출렁거렸다.

"오, 트랑퀼라! 느린 것들 가운데 가장 느린 거북이야. 도대체 거기를 어떻게 가겠다는 거야?"

바느질쟁이 파티마가 애써 웃음을 참으며 물었다.

"한 발짝씩, 한 발짝씩."

"그렇다면 결혼식이 14일밖에 남지 않았다는 걸 알고는 있겠지?"

바느질쟁이 파티마가 다시 소리쳤다.

"알고 있지. 난 제시간 안에 도착할 수 있어."

끈기짱 트랑퀼라가 자신의 짧고 튼튼한 다리를 유심히 살펴보며 대답했다.

"오, 트랑퀼라!"

바느질쟁이 파티마가 안됐다는 듯한 표정으로 외쳤다.

"내 발은 남들보다 빠를 뿐 아니라 그 숫자가 배나 되지만 그런 나한테도 그 길은 너무나 멀어. 다시 한 번 생각해 봐! 그만 포기하고 어서 집으로 돌아가!"

"미안하지만 그렇게는 못 해. 난 이미 결심했어."

끈기짱 트랑퀼라가 말했다.

"친구의 진실된 충고를 받아들이지 않는 자에게는 아무런 도움도 줄 수 없어!"

바느질쟁이 파티마가 화를 내며 거미줄을 계속 엮어 나갔다.

"그럼 다시 만날 때까지 안녕, 파티마."

끈기짱 트랑퀼라는 계속 앞으로 걸어갔다. 그 모습을 가만히 지켜보던 바느질쟁이 파티마가 악의에 찬 웃음소리를 내며 중얼거렸다.

"흥, 너무 빨리 걸어서 잔치에 일찍 도착하는 일은 생기지 않기를 바랄게!"

끈기짱 트랑퀼라는 나무와 돌을 지나고, 모래와 숲을 지나며 밤이나 낮이나 계속 기어갔다.

그렇게 가다가 작은 웅덩이가 있는 곳에서 물을 마시기 위해 잠시 걸음을 멈췄다. 나뭇잎에 앉아 있던 미끈미끈 쉐헤레자데라는 달팽이가 긴 눈으로 끈기짱 트랑퀼라를 내려다보았다.

"안녕!"

끈기짱 트랑퀼라가 상냥하게 말을 걸었다.

미끈미끈 쉐헤레자데가 몸을 추슬러 대답할 수 있게 되기까지 시간이 한참 걸렸다.

"아니, 어머나 세상에! 정말 빠른데! 그냥 보고만 있어도 어지러운 걸."

미끈미끈 쉐헤레자데가 느릿느릿 말했다.

"동물의 대왕이신 레오 28세의 결혼식에 참석하려고 가는 거야."

미끈미끈 쉐헤레자데는 끈적끈적한 머릿속으로 생각을 추슬러 밖으로 토해 내기까지 많은 시간이 걸렸다.

"어머, 이를 어째! 길을 완전히 잘못 들었네!"

미끈미끈 쉐헤레자데는 더듬이를 허우적거리며 계속 말을 했다. 역시나 시간이 많이 걸렸다.

"저기로 아니 거기로 그러니까 여기서 내 말은 여기로! 여기 아니고 저기로 내가 저기 아니라 거기 거기 네가 거기……."

미끈미끈 쉐헤레자데는 뜻을 알 수 없는 말을 뒤죽박죽 늘어놓았다.

"알았어, 어쨌든 알 것 같아. 그런데…… 네 말은 내가 어디로 가야 한다는 거지?"

끈기짱 트랑퀼라가 물었다.

미끈미끈 쉐헤레자데는 너무 정신이 없었던 나머지 집 속으로 들어가 버렸다. 그러고는 반 시간 만에 모습을 드러냈다.

끈기짱 트랑퀼라는 미끈미끈 쉐헤레자데가 다시 말할 수 있을 때까지 꾹 참고 기다렸다.

"아니 이를 어째! 북쪽이 아니라 남쪽으로 갔어야 했는데. 넌 정반대로 온 거야."

미끈미끈 쉐헤레자데가 말했다.

"가르쳐 줘서 고맙다."

끈기짱 트랑퀼라는 즉시 반대 방향으로 몸을 틀었다.

"잔치는 내일 모레 시작될 텐데……."

미끈미끈 쉐헤레자데가 안타까워하며 말했다.

"제시간 안에 도착할 수 있을 거야."

"못 해, 절대로! 절대로 안 된다니까! 처음부터 제대로 방향을 잡았더라면 가능했을지도 모르지. 하지만 이제는 가망 없어, 모두 헛수고라고. 이걸 어쩌나……."

미끈미끈 쉐헤레자데가 한숨을 내쉬며 끈기짱 트랑퀼라를 측은하게 쳐다보았다.

"너도 같이 가고 싶으면 내 등에 올라타도 좋아."

끈기짱 트랑퀼라가 고개를 외틀며 말했다.

"쓸데없는 짓이야. 늦었어, 너무 늦었다고."

미끈미끈 쉐헤레자데가 긴 눈을 내리깔며 말했다.

"천만에. 한 발짝씩, 한 발짝씩 가면 제시간 안에 갈 수 있어."

끈기짱 트랑퀼라가 말했다.

"난 너무 외로워. 네가 내 곁에서 나를 좀 위로해 줘."

미끈미끈 쉐헤레자데가 입맛을 쩝쩝 다시며 말했다.

"미안하지만 그건 안 돼. 난 이미 결심했어."

고개를 돌린 끈기짱 트랑퀼라는 왔던 길과 반대 방향으로 걷기 시작했다.

미끈미끈 쉐헤레자데는 눈물이 글썽한 눈으로 끈기짱 트랑퀼라를 한참 동안 쳐다보았다. 더듬이로는 터무니없는 짓이라는 시늉을 계속해 보였다.

다시 끈기짱 트랑퀼라는 나무와 돌을 지나고, 모래와 숲을 지나, 밤이나 낮이나 며칠 동안 계속해서 기어갔다.

그러다가 햇빛이 내리쬐는 돌 위에 누워 졸고 있던 아기다리 짜카리아스라는 도마뱀을 만났다. 에메랄드그린 색이 도는 그의 비늘 옷 때문에 눈이 부셨다. 끈기짱 트랑퀼라가 가까이 다가가자 아기다리 짜카리아스가 한쪽 눈을 살짝 찡그린 채 졸음에 겨운 목소리로 물었다.

"잠깐! 넌 누구냐? 어디에서 왔지? 어디로 가는 중이야?"

"제 이름은 트랑퀼라예요. 기름나무 숲에서 왔고, 사자 굴을 찾아가고 있어요."

끈기짱 트랑퀼라가 말하자 아기다리 짜카리아스가 기어이 하품을 하며 말했다.

"아함. 거기에 가서 뭘 하겠다는 거야?"

"동물의 대왕이신 레오 28세의 결혼식에 가려고요. 모든 동물을 초대했거든요."

끈기짱 트랑퀼라가 말하자 아기다리 짜카리아스가 깜짝 놀라며 다른 한쪽 눈을 마저 떴다. 그러곤 가소롭다는 듯 끈기짱 트랑퀼라를 쳐다보며 콧소리로 말했다.

"이렇게 먼지나 잔뜩 뒤집어쓴 불쌍한 모습으로 거기까지 어떻게 가겠다는 거야?"

"한 발짝씩, 한 발짝씩요."

끈기짱 트랑퀼라가 말했다.

아기다리 짜카리아스는 팔꿈치를 괴고 앉아 손가락을 톡톡거렸다.

"일주일 전에 거행될 뻔했던 결혼식에 가려고 지금 이렇게 느긋하게 가고 있다니, 쯧쯧."

"일주일 전에 결혼식이 거행됐다고요?"

끈기짱 트랑퀼라가 물었다.

"아…… 니."

아기다리 짜카리아스가 아주 느리게 말했다.

"잘됐다. 그럼 지금 가더라도 제시간 안에 도착할 수 있겠네."

끈기짱 트랑퀼라가 기뻐하며 말했다.

"아니, 못 해! 내가 사자 왕국의 고위 관리로서 명령하겠다. 당분간 결혼식은 올리지 않기로 했다. 레오 28세께서 뾰족이빨 제불론이라는 호랑이와 갑자기 결투를 하시게 되었기 때문이다. 그러니 어서 그냥 집으로 돌아가도록 하라."

"미안하지만 그건 안 돼요. 결심이 확고하게 섰으니까요."

끈기짱 트랑퀼라는 왼편에 아기다리 짜카리아스를 놔둔 채 계속해서 기어갔다.

아기다리 짜카리아스는 졸음에 겨운 눈으로 멍청히 끈기짱 트랑퀼라를 쳐다보며 같은 말을 계속 중얼거렸다.

"한번 생각해 볼 문제지……, 정말 한번 생각해 볼 문제야……."

다시 끈기짱 트랑퀼라는 나무와 돌을 지나고, 모래와 숲을 지나며 밤이나 낮이나 계속해서 기어갔다.

그러다가 바윗돌이 많은 곳을 지나가다가 까마귀 떼를 만났다. 그들은 비쩍 마른 나무에 앉아 깊은 생각에 잠겨 있었다. 끈기짱 트랑퀼라는 길을 묻기 위해 걸음을 멈췄다.

"헷취!"

까마귀 한 마리가 말을 하기도 전에 기침부터 했다.

"이런, 감기에 걸리셨군요!"

끈기짱 트랑퀼라가 다정하게 말했다.

"감기에 걸려서 그런 게 아냐. 그냥 나를 소개한 거지. 내가 바로 그 지혜롭기로 유명한 예언자 헷취 님이시다."

까마귀가 말했다.

"아, 미안해요! 저는 트랑퀼라는 하찮은 거북이예요. 지혜로운 예언자 헷취님, 이 길로 가면 레오 28세의 사자 굴이 나오는 게 맞나요? 결혼식에 초대받아서 가는 중이거든요."

까마귀들이 서로 의미 있는 눈빛을 주고받으며 잔기침을 했다.

"그건 내가 말해 줄 수 있지."

예언자 헷취가 말하며 발톱으로 머리를 긁적거렸다.

"하지만 별 도움은 안 될 거야. 동물의 대왕이 계신 곳에는 우리처럼 지혜로운 동물들도 지금은 못 가게 돼 있어. 그런데 어떻게 그곳까지 갈 셈이지? 정말 기어다니기만 하는 멍청한 동물들은 어쩔 수 없다니까."

"한 발짝씩, 한 발짝씩요."

끈기짱 트랑퀼라가 말했다.

까마귀들이 다시 의미 있는 눈빛을 주고받으며 잔기침을 했다.

"참으로 불쌍한 거북아!"

예언자 헷취가 깍깍거리며 말했다.

"네가 지금 말한 것은 이미 오래 전에 있었을 뻔한 일이야. 그리고 한 번 지나간 과거는 아무도 돌이킬 수 없어."

"제시간 안에 갈 수 있을 거예요."

끈기짱 트랑퀼라가 자신 있는 목소리로 말했다.

"불가능해! 우리가 지금 상복을 입고 있는 것이 네 눈에는 안 보이냐? 며칠 전에 동물의 대왕이신 레오 28세가 땅에 묻히셨어. 뾰족이빨 제불론과 결투를 하시다가 심한 부상을 입고 돌아가셨단 말이다."

예언자 헷취가 소리쳤다.

"아! 정말 슬픈 일이네요."

끈기짱 트랑퀼라가 탄식했다.

"그러니 어서 집으로 돌아가! 아니면 우리와 함께 이곳에서 애도하든지."

"미안하지만 그건 안 돼요. 이미 결심했거든요."

그런 다음 끈기짱 트랑퀼라는 다시 길을 재촉했다.

까마귀들은 머리를 갸우뚱하며 도무지 못 믿겠다는 듯이 서로를 쳐다보다가 깍깍거렸다.

"저런 고집불통 같은 녀석! 이미 죽은 대왕의 결혼식에 참석하겠다고 저렇게 가고 있다니."

끈기짱 트랑퀼라는 다시 나무와 돌을 지나고, 모래와 숲을 지나며 밤이나 낮이나 계속 기어갔다.

그러다가 꽃과 나무들이 가득한 어느 숲에 도착했다. 숲의 한가운데 꽃밭이 있었다. 그 꽃밭에 덩치가 크건 작건, 늙었건 어리건, 뚱뚱하건 가냘프건, 젖었건 말랐건 갖가지 종류의 동물들이 함께 모여 흥겨운 시간을 보내고 있었다. 뭔가 경사로운 일이 벌어질 것을 잔뜩 기대하고 있는 듯했다.

끈기짱 트랑퀼라가 옆에서 펄쩍펄쩍 뛰며 손바닥을 치고 있던 작은 비단원숭이를 붙잡고 물었다.

"저기 있잖아. 대왕님의 굴로 가려면 어디로 가야 하지?"

"바로 저기 앞에 있잖아. 저기 저쪽이 입구야!"

원숭이가 소리쳤다.

여기서는 별로 중요하지 않지만 원숭이 이름은 긁적긁적 유수프이다.

"그렇다면 혹시 동물의 대왕이신 레오 28세의 결혼식이 지금

거행되고 있는 거니?"

끈기짱 트랑퀼라가 조심스럽게 물었다.

"뭐라고? 그러고 보니 너 정말 아주 먼 곳에서 온 모양이구나! 오늘은 잘 알려져 있다시피 우리의 새로운 대왕님이신 레오 29세의 결혼식이 거행되는 날이야."

긁적긁적 유수프가 신이 나서 말했다.

바로 그 순간 사자 굴의 입구에 태양처럼 빛나는 갈기를 가진 멋진 젊은 사자가 모습을 드러냈다. 그 옆에는 무척이나 아름다운 암사자가 서 있었다. 모든 동물이 다 함께 입을 모아 외쳤다.

"만세!"

"오래오래 행복하게 사세요!"

그날 동물들은 밤늦도록 춤추고 노래를 부르며 신나게 놀았다. 개똥벌레가 불을 밝혔고, 꾀꼬리가 노래를 불렀으며, 귀뚜라미가 음악을 연주했다. 더할 나위 없이 아름다운 잔치였다.

결혼식 하객들 사이에 앉아 있던 끈기짱 트랑퀼라가 조금 피곤해 보이지만 행복한 표정으로 말했다.

"거봐, 그동안 내가 제시간 안에 도착할 수 있다고 수없이 말했잖아."

조그만 광대 인형

옛날에 알록달록한 자투리 천들을 짜기워 만든 작은 누더기 광대 인형이 있었다. 광대 인형은 원래 어떤 소년의 것이었고, 둘은 함께 행복했다.

작은 누더기 광대 인형은 장난을 많이 쳤다. 인형이 진지하게 생각하는 것은 오직 한 가지, 자신의 직업뿐이었다.

자, 그렇다면 광대의 직업은 무엇일까?

물론 재미있게 해 주는 거지!

그런데 누구를?

그야 당연히 소년을!

어느 날 소년은 가게의 쇼윈도에서 훨씬 더 크고 멋진 인형을 보았다. 태엽을 감아 주면 나팔을 부는 인형이었다. 그 옆에는 뒤뚱거리며 움직이는 작은 로봇이 있었다. 진짜 머리카락이 난 말하는 예쁜 인형, 장난감 자동차와 비행기도 있었다.

소년은 갑자기 작은 누더기 광대 인형이 싫어졌다. 다른 장난감들이 훨씬 더 멋져 보이고, 할 줄 아는 것도 많아 보였다.

자, 다른 장난감들이 뭘 더 잘할 수 있을까?
물론 재미있게 해 주는 거지!
그런데 누구를?
그야 당연히 소년을!

작은 누더기 광대 인형은 소년을 기쁘게 하기 위해 자기가 할 수 있는 온갖 재주를 다 부려 보았다.

그러나 소년은 광대 인형을 더 이상 거들떠보지도 않았다. 화를 내고 짜증만 낼 뿐이었다. 그러다가 마침내 그 어린 누더기 광대 인형을 창밖으로 집어 던져 버렸다. 불쌍한 누더기 광대 인형은 그것으로 영영 끝나고 말았다.

무엇이 영영 끝났다는 거지?
물론 재미있게 해 주는 거지!
그런데 누구를?
그야 당연히 소년이지!

작은 누더기 광대 인형이 길바닥에 내팽개쳐져 있는데 어미 개

가 다가와 쿵쿵 냄새를 맡고는 덥석 물어 집으로 가져갔다. 집에
있는 일곱 마리 강아지에게 그것을 장난감으로 주기 위해서였다.

누더기 광대 인형은 어쩔 수 없이 끌려가기는 했지만 강아지들
과 함께 있고 싶은 생각은 전혀 없었다.

자, 그렇다면 무엇을 하고 싶었을까?

물론 재미있게 해 주는 거지!

그런데 누구를?

그야 당연히 소년이지!

강아지들은 제멋대로 작은 누더기 광대 인형을 가지고 놀았다.
송곳니로 질겅질겅 씹었고, 주둥이로 물고 흔들었다. 귓불을 치다
가, 각자 한 쪽 끝을 잡고 이리저리 잡아당기며 찢었다. 작은 누더
기 광대 인형은 자기가 이 세상에 왜 태어났는지도 잊어버릴 정도
로 절망했고 두려움에 휩싸였다.

자, 그렇다면 광대 인형은 세상에 왜 태어났을까?

물론 재미있게 해 주기 위해서지!

그런데 누구를?

그야 당연히 소년이지!

개 주인이 작은 누더기 광대 인형을 보고 소리쳤다.

"에잇, 저리 가! 어디서 이렇게 구역질 나는 천 쪼가리를 주워

온 거야?"

그는 광대 인형을 손가락 끝으로 들어 담뱃재와 깡통이 버려진 쓰레기통에 넣었다.

결국 작은 누더기 광대 인형은 더러운 쓰레기통 안에 누워 있게 되었다. 아무도 광대 인형이 전에 어떤 일을 했는지 알아보지 못했다.

자, 그렇다면 전에는 무슨 쓸모가 있었을까?

물론 재미있게 해 주는 거였지!

그런데 누구를?

그야 당연히 소년이지!

다음 날 거지가 와서 누더기나 헌 종이 같은 것을 찾으려고 쓰레기통을 뒤졌다. 그러다 작은 누더기 광대 인형을 발견하곤 수레에 실었다.

그 사람이 무슨 못된 생각으로 그런 것은 아니었다. 가난했기 때문에 폐품들을 팔아서 먹고 살아갈 돈을 마련하기 위한 것뿐이었다. 그가 그렇게 해서 모은 것들을 종이 공장으로 가져가면 헌 종이는 그곳에서 짓이겨져 새하얀 종이로 만들어졌다.

짓이겨져 새하얀 종이가 되고 싶냐고 작은 누더기 광대 인형에게 물어보았다면 분명히 이렇게 대답했을 것이다.

"아니요, 난 다른 것이 되고 싶어요!"

자, 그렇다면 광대 인형은 무엇이 되고 싶다고 했을까?
물론 재미있게 해 주는 거지!
그런데 누구를?
그야 당연히 소년이지!

한편 집에 있던 소년은 작은 누더기 광대 인형을 그리워하며 서럽게 울었다.

나팔을 부는 크고 멋진 인형도 싫고, 뒤뚱거리며 걷는 로봇도 싫고, 말을 할 줄 알고 진짜 머리카락이 나 있는 작은 인형도 싫었다. 그 작은 누더기 광대 인형이 그렇게 잘하던 일을 그 인형들은 하지 못했다.

자, 그렇다면 그 장난감들이 무엇을 하지 못했을까?
물론 재미있게 해 주는 거지!
그런데 누구를?
그야 당연히 소년이지!

종이 공장으로 가는 길에 거지는 소년의 할머니 집에 들렀다.
"혹시 헌 물건들 없나요?"

거지가 물었다.

"있지. 한 자루 가득 있는걸. 내 그것을 모두 줄 테니 저기 작은 누더기 광대 인형을 내게 주구려."

마침 광대 인형이 수레의 맨 위쪽에 널브러져 있었기 때문에 금세 할머니의 눈에 띄었다.

거지는 광대 인형을 순순히 건네주었다.

"자, 이제 내가 널 다시 깨끗하게 단장해 주마."

할머니가 작은 누더기 광대 인형에게 말했다.

무엇을 위해 다시 단장하려는 걸까?

물론 재미있게 해 주기 위해서지!

그런데 누구를?

그야 당연히 소년이지!

할머니는 알록달록한 천 조각들이 다시 깨끗해질 때까지 꼼꼼히 빨았다. 그리고 뜯어진 곳을 다시 꿰매었다. 작은 누더기 광대 인형은 전보다 훨씬 더 예뻐졌다.

"자, 다 됐다. 이제는 널 보내 주어야겠구나. 널 꼭 갖고 싶어 하는 사람이 있거든."

할머니가 흐뭇해하며 말했다.

누가 광대 인형을 갖고 싶어 한다는 걸까?

물론 재미있게 지내고 싶기 때문이지!

그런데 누가?

그야 당연히 소년이지!

어느 날 소년은 커다란 소포를 받았다. 할머니가 소년에게 보낸 것이었다.

소년은 그렇게 큰 상자 속에 무엇이 들어 있을지 상상이 되지 않아 몹시 흥분했다. 쉿! 그렇지만 미리 알려 주지는 말기로 하자.

자, 그 큰 상자 안에는 무엇이 들어 있을까?

물론 뭔가 좀 더 재미있는 것이 들어 있겠지!

그런데 누구를 위하여?

그야 당연히 소년이지!

소년이 큰 상자를 열자 두 번째 상자가 나왔다. 그리고 그것을 열자 다시 세 번째 상자가 나왔다. 소년이 세 번째 상자를 연 다음 네 번째 상자를 꺼냈다. 그 속에는 다섯 번째 상자가 들어 있었다. 또 그 안에는 다시 여섯 번째 상자가 있었고, 여섯 번째 상자 속에서 소년은 가장 작은 일곱 번째 상자를 꺼냈다. 방 전체가 상자들로 가득 찼다.

도대체 마지막 일곱 번째 상자 안에는 무엇이 들어 있을까? 그것은 바로 누더기 광대 인형이었다! 새것처럼 보이는 광대 인형이 곧바로 재주를 부렸다.

잘할 수 있다고 그렇게 큰소리치던 재주는 무엇이었을까?

물론 재미있게 해 주는 거지!

그런데 누구를?

그야 당연히 소년이지.

그럼 소년은 어떻게 했지?

웃었어!

마법의 설탕 두 조각

렝켄은 두말할 필요 없이 착한 아이다. 어머니 아버지가 다정하게 대해 주고, 렝켄이 원하는 걸 들어주기만 하면 말이다.

다만, 어머니 아버지가 렝켄의 말을 잘 들어주지 않는 것이 문제였다.

렝켄이 아이스크림을 사 먹으려고 돈을 달라고 하면 아버지는 언제나 이렇게 말했다.

"안 돼, 벌써 두 개나 먹었잖아. 한꺼번에 아이스크림을 많이 먹으면 배 아파요."

어머니한테 조심스럽게 부탁을 해도 마찬가지였다.

"엄마 내 신발 좀 빨아 주세요!"

"네가 해. 너도 이제 다 컸잖아."

렝켄이 올해는 바다로 휴가를 가고 싶다고 하면, 어머니와 아버지는 굳이 산으로 가겠다고 했다.

렝켄은 이렇게 계속 참고 지낼 수만은 없다고 생각했다. 그래서 요정을 찾아가기로 마음먹었다. 착한 요정이든, 나쁜 요정이든 상관없었다. 그저 마법을 부릴 줄 아는 요정을 찾아가면 되는 것이었다.

그렇지만 요즘같이 복잡한 세상에 요정이 살고 있는 곳을 어떻게 알아낼 수 있을까. 그 일은 쉽지 않을 것 같았다.

렝켄은 글을 배운 지 얼마 되지 않았기 때문에 거리에 수많은 간판이나 글자들을 떠듬떠듬 읽어 가면서 아무 데나 무작정 돌아다녔다.

그런데 '문방구'라든지, '과일나라'라든지, '치과'라든지, '변호사'라든지, '국가고시 자격 취득 마사지 전문가'라든지, '오로라 신탁 유한 회사' 혹은 전혀 뜻을 알 수 없는 '직슬미프' 같은 글자들은 많았지만 '요정'이라는 글자는 찾을 수 없었다.

때마침 렝켄은 주차 금지 구역에 세워 놓은 차 번호를 적고 있는 경찰 아저씨를 만났다.

렝켄은 경찰 아저씨에게 다가가 물었다.

"경찰 아저씨, 어디로 가면 요정을 찾을 수 있나요?"

"요릿집?"

경찰이 열심히 뭔가를 적으면서 건성으로 물었다.

"아니요, 요정요! 마법을 부릴 줄 아는 요정 있잖아요."

"아하, 요정! 마법 요정을 찾고 있다고? 잠깐만 기다려 봐."

잠시 후 경찰은 주차 위반 쪽지를 차 와이퍼 밑에 끼웠다. 그러고는 주머니에서 수첩 같은 것을 꺼내 뒤적이며 중얼거렸다.

"요리…… 요술…… 요술쟁이…… 아, 여기 있다. 요정! 프란치스카 프라게차익헨. 각종 인생 문제 상담. 갖가지 마법, 소원 성취, 신속하고 정확한 처방. 언제나 상담 가능. 빗물 거리 13번지 맨 위층."

"빗물 거리가 어디에 있는데요?"

렝켄이 묻자 경찰이 친절하게 말해 주었다.

"앞으로 똑바로 가서 두 번째 골목에서 왼쪽으로 꺾은 다음 지하도를 지나고 첫 번째 골목에서 오른쪽으로 가다가 다시 처음으로 되돌아가 세 바퀴를 돌면 나온단다. 그런데 우산을 갖고 가는 것이 좋을 거야."

"고맙습니다, 경찰 아저씨."

렝켄은 경찰에게 인사한 다음 그 집을 찾아 나섰다.

경찰이 알려 준 대로 가다 보니 빗물 거리를 쉽게 찾을 수 있었다. 정말로 그곳은 비가 주룩주룩 내렸다. 렝켄은 우산을 갖고 가지 않아 13번지에 도착했을 때 비에 흠뻑 젖어 있었다.

13번지는 6층까지 층계로만 이어져 올라가는 이상하게 생긴 집이었다. 고개를 들어 올려다보니 맨 꼭대기 층에만 지붕이 덮여 있는 집이 보였다. 렝켄은 맨 꼭대기 층까지 올라가 쇠 간판이 붙어 있는 대문 앞에 도착했다. 간판에는 이런 글이 적혀 있었다.

나를 찾아 이곳까지 온 자여
제대로 잘 찾아왔다.
노크하지 말고 그냥 안으로 들어오라.

'어떻게 내가 자기를 찾아 이곳까지 왔다는 것을 알았지? 참,

요정이니까 그렇지, 당연해.'

렝켄은 혼잣말로 중얼거렸다.

렝켄은 노크하지 않고 안으로 들어갔다. 그런데 발 밑에 시퍼런 호수가 있어서 하마터면 물에 빠질 뻔했다. 호수 너머 멀리 섬 하나가 보였다. 호숫가에는 카누 한 척이 잔물결에 흔들거리고 있었다.

렝켄이 카누에 올라타자 노를 젓지도 않았는데 카누가 저절로 갔다. 어차피 노도 없었다. 속도가 차츰 빨라지면서 뱃머리의 물살은 모터보트를 탔을 때처럼 오른쪽 왼쪽으로 갈라져 물방울을 튕겼다. 하지만 모터는 분명히 없었다. 렝켄의 머리카락이 바람에 흩날렸다.

그렇게 몇 분이 지나자 마술 카누가 어느새 섬에 도착했다. 렝켄은 땅으로 펄쩍 뛰어내렸다. 그 순간 호숫가가 카펫 깔린 방바닥으로 변했다. 방안에는 어떤 부인이 발이 세 개 달린 둥근 탁자 앞에 앉아 커피를 마시고 있었다.

방 안은 제법 어두웠다. 불빛이라곤 벽에 걸린 등잔불 하나와 창밖에서 스며드는 둥근 달빛뿐이었다.

뻐꾸기시계에서는 뻐꾸기 대신 수리부엉이가 나와 '우!' 하고 열두 번 울어 댔다.

"어서 이리 와서 앉거라. 그리고 내게 하고 싶은 말을 해 보렴!"

요정의 말에 렝켄이 물었다.

"왜 벌써 이렇게 어둡지요?"

"자정이란다. 여기는 항상 밤 열두 시야. 다른 시간은 아예 있지도 않단다."

정말 시계에는 다른 숫자들이 있어야 할 자리에 모두 12라고 써

있었다.

"그래서 정말 편리하지. 너도 알겠지만 원래 마법은 자정이 되어야만 제대로 할 수 있거든. 너도 그 정도는 알고 있었지?"

요정이 말했다.

렝켄은 그런 것을 잘 몰랐기 때문에 잠시 머뭇거리다가 고개를 끄덕였다.

"자, 무슨 고민이 있지?"

요정이 물었다.

렝켄은 요정 맞은 편에 있는 의자에 앉아 요정을 빤히 들여다보았다.

요정의 얼굴은 아주 평범해 보였다. 길에서 흔히 만나 볼 수 있는 아주머니 같은 인상이었다. 그렇지만 뭔가 조금 이상하다는 생각이 들었는데 왜 그런지는 말하기 어려웠다. 렝켄은 한참 만에 그 이유를 알아냈다. 요정의 양손에 손가락이 여섯 개씩 붙어 있었던 것이다.

"겁내지 마."

렝켄의 시선을 의식한 요정이 말했다.

"우리 요정들은 보통 사람들과 약간씩 달라. 이해할 수 있겠지?"

렝켄이 다시 고개를 끄덕였다.

"엄마 아빠 때문이에요."

한숨을 몰아쉬며 렝켄이 어렵게 입을 열었다.

"엄마와 아빠를 어떻게 해야 좋을지 모르겠어요. 내 말을 도무지 들어주지 않거든요."

"저런! 그래, 내가 어떻게 해 주었으면 좋겠니?"

요정이 안됐다는 표정으로 말했다.

"상대가 한 사람이 아니라서……, 나 혼자 두 사람을 상대하려
니까 너무 힘들어요."

렝켄이 조심스럽게 말하자 요정이 깊은 생각에 잠기며 말했다.

"손을 쓰기가 상당히 어렵겠는데."

"더구나 나보다 키도 훨씬 커요."

"원래 대개의 부모들이 그렇지."

"나보다 키가 작았더라면 수가 더 많아도 문제가 이렇게 심각하
지는 않았을 텐데."

렝켄의 힘없는 말에 요정이 맞장구를 쳐 주었다.

"정말 그렇겠다!"

"엄마 아빠의 키가 지금의 반만이라도 된다면……."

렝켄이 말했다.

프란치스카 프라게차익헨 요정이 열두 개의 손가락으로 깍지를
끼고 눈을 지그시 감은 채 한참 동안 깊은 생각에 잠겼다. 렝켄은
가만히 기다렸다.

"알았다!"

요정이 마침내 소리쳤다.

"내가 각설탕 두 개를 너에게 줄게. 물론 마법을 부리는 각설탕
이야. 이것을 엄마 아빠 몰래 커피나 차 속에 넣어 주렴. 아무 고
통도 없단다. 그 설탕을 먹은 다음부터는 네 말을 들어주지 않을

때마다 원래 키에서 절반으로 줄어들게 될 거야. 매번 절반으로 줄어드는 거지. 이해할 수 있겠지?"

요정이 이상하게 생긴 통 속에서 평범해 보이는 각설탕 두 조각을 꺼내 렝켄 앞으로 밀어 주었다.

"고맙습니다. 그런데 이게 얼마예요?"

"공짜야. 처음으로 상담하러 온 사람에게는 언제나 무료지. 그렇지만 두 번째부터는 비싼 값을 치러야 한단다."

렝켄의 물음에 요정이 말했다.

"그건 괜찮아요."

렝켄이 자신있게 말했다.

"다시 상담하러 올 필요는 없을 테니까요. 그럼 그만 가 볼게요."

"잘 가렴."

프란치스카 프라게차익헨 요정이 묘한 미소를 지어 보이며 인사했다.

그 순간 병에서 코르크 마개를 딸 때처럼 '뻑!' 하는 소리가 나는가 싶더니 렝켄은 어느새 자기 집 거실에 와 있었다.

렝켄은 마치 꿈을 꾼 것만 같았다. 하지만 손에 들고 있는 두 개의 각설탕을 보자 꿈이 아니라는 것을 깨달았다. 집에 있었던 어머니와 아버지는 딸이 나갔다 들어온 것도 눈치채지 못하는 듯했다.

어머니는 찻주전자를 거실에 갖다 놓고 과자 접시를 가져오기 위해 다시 부엌으로 갔다. 아버지는 침실에서 편한 옷으로 갈아입고 있었다.

렝켄은 좋은 기회라고 생각하고 설탕 두 개를 어머니와 아버지의 찻잔 속에 얼른 넣었다. 잠깐 동안 양심의 가책을 느꼈지만 곧 괜찮아졌다. 어머니와 아버지가 자신의 부탁을 거절하지만 않는다면 마법의 설탕이 몸에 해로울 일도 없을 것 같았다. 설령 무슨 일이 일어난다고 하더라도 그건 순전히 어머니와 아버지가 잘못한 탓이라고 생각했다.

어머니와 아버지는 차를 마셨다. 렝켄은 레몬수를 마시고 싶다고 말했다.

"마음대로 해. 네가 가서 냉장고에서 꺼내 와."

어머니가 말했다.

아직은 아무 일도 생기지 않았다.

렝켄은 텔레비전에서 하는 만화 영화를 보고 싶었다. 그런데 갑자기 뉴스 프로그램으로 채널을 맞추며 아버지가 말했다.

"뉴스를 봐야지."

그 순간 자전거 바퀴에서 바람이 빠져나가는 것처럼 '푸시식!' 하는 소리가 나더니 아버지의 키가 반으로 줄어들어 버렸다. 아버지가 꼭 소인국에서 온 사람처럼 보였다. 당연히 옷은 줄어들지 않았기 때문에 커다란 스웨터와 바지, 셔츠와 넥타이가 축 늘어졌다. 원래는 1미터 84센티였던 아버지가 이제는 그 절반인 92센티가 되었다.

"아니 세상에, 여보! 이게 어떻게 된 일이에요?"

어머니가 깜짝 놀라 소리쳤다.

"나도 모르겠소. 뭔가 이상한 일이 벌어진 것 같은데……."

아버지는 몹시 당혹스러운 표정을 지었다.

"당신 키가 갑자기 줄어들었어요, 여보!"

어머니가 말했다.

"정말? 얼마나 줄어들었지?"

아버지가 도저히 믿을 수 없다는 듯 물었다.

"절반 정도로요."

어머니가 아버지의 키를 가늠하며 말했다.

아버지는 직접 눈으로 확인해 보기 위해 소파에서 벌떡 일어나 거울 앞으로 갔다. 옷이 바닥에 질질 끌렸다. 거울이 아버지 키에 맞지 않아 어머니가 아버지를 번쩍 들어 올려 주어야만 했다. 아버지가 거울을 보며 중얼거렸다.

"정말 그러네. 이거 큰일났군. 직장 동료들이 나를 보고 뭐라고 할까? 얼마 있으면 과장으로 승진할 텐데."

렝켄은 꾹 참고 있던 웃음을 더 이상 참을 수가 없어서 소파 위를 떼굴떼굴 구르며 웃었다.

"이건 웃을 일이 아냐!"

어머니가 아버지를 소파에 앉히며 말했다.

"이건 아주 안 좋은 일이야. 어쩌면 희귀 병일지도 몰라. 어서 의사에게 전화해서 방문을 부탁해야겠다."

"아니, 아니…… 안 돼요."

렝켄은 너무 웃어서 말도 제대로 하지 못했다.

"이건 병이 아니에요."

"어린애가 무엇을 안다고 그래? 건방진 녀석 같으니라고!"

어머니가 화를 벌컥 내며 수화기를 들었다.

"아니, 아니, 정말 아니라니까요! 난 의사가 우리 집에 오는 게 싫단 말이에요."

렝켄이 소리쳤다.

"네가 싫든 좋든 상관없는 일이야. 아빠한테 큰일이 생겼잖니."

어머니가 다시 화를 냈다.

그러곤 전화를 걸려고 하는데 아까처럼 '푸시식!' 하는 소리가 나면서 어머니도 똑같이 키가 줄어들어 옷이 축 늘어졌다. 원래 1 미터 68센티였던 어머니의 키는 이제 84센티밖에 되지 않았다.

"이게 어찌된 일이……."

어머니는 말을 채 끝맺기도 전에 기절해 버렸다.

아버지가 소파에서 얼른 내려와 팔로 받쳐 주었기에 망정이지 그렇지 않았더라면 어머니는 방바닥에 부딪쳐 크게 다칠 뻔했다. 물론 줄어든 키로 크게 넘어질 수도 없었지만.

"여보! 정신 차려요, 여보!"

아버지가 어머니의 뺨을 가볍게 치기 시작했다.

잠시 후 어머니가 가늘게 눈을 떴다. 눈에는 눈물이 가득 고여 있었다.

"오, 여보! 이제는 시장에도 못 나가겠어요. 사람들이 나를 어떻게 생각하겠어요?"

"어쨌든 이제 우리 두 사람 키가 비슷해서 서로 잘 어울리게 되었으니 그나마 다행이잖소."

아버지가 어머니를 애써 위로하며 말했다. 그리고 어머니를 안심시키려는 듯 어머니의 이마에 뽀뽀를 해 주었다.

"방법이 있을 거요. 우리가 처해 있는 상황을 한번 잘 생각해 봅시다. 그러면 뭔가 묘책이 떠오를 거요."

어머니는 눈물을 닦아 내었다. 그러곤 어려운 상황에서도 침착하게 행동하는 아버지를 감격스러운 눈으로 쳐다보았다.

"왜 갑자기 이런 일이 생긴 걸까요?"

"좋은 질문이오. 같이 생각해 봅시다."

아버지가 손으로 턱을 쓰다듬었다.

"이게 다 엄마 아빠가 내 말을 듣지 않아서 생긴 일이에요."

렝켄이 끼어들며 말했다.

어머니와 아버지가 도무지 이해하지 못하겠다는 표정으로 렝켄이 있는 쪽을 올려다보았다.

어머니가 물었다.

"너 방금 전에 뭐라고 했니?"

"엄마 아빠는 지금 마술에 걸린 거예요. 그렇지만 이제부터 내가 하자는 대로만 하고, 내가 하는 말에 반대하지 않으면 더 이상 이런 일은 일어나지 않을 거예요."

렝켄이 말했다.

"그런 말도 안 되는 소리 하지 마라. 완전히 터무니없는 소리를 하는구나. 우리는 지금 첨단 과학의 시대에 살고 있어. 렝켄, 네가 무슨 짓을 해서 우리가 이렇게 된 거라면 어서 우리를 원래대로 되돌려 놓거라."

아버지의 말에 렝켄이 냉정하게 대답했다.

"아빠가 잘못해서 그렇게 된 거예요. 아빠는 내가 해 달라고 하는 것은 왜 한 번도 들어주지 않았어요?"

어머니와 아버지가 서로의 얼굴을 멀뚱히 쳐다보았다.

아버지가 혼잣말처럼 말했다.

"정말로 저 애가 우리를 이렇게 만든 모양인데?"

"렝켄, 넌 부끄럽지도 않니? 정신이 제대로 박힌 아이라면 차마 이런 짓은 하지 못할 거야!"

어머니가 소리쳤다.

렝켄이 다시 웃음을 터뜨렸다.

"제가 사진을 찍어 놓을게요. 가족 앨범에 기념으로 남겨야지요."

"절대로 안 돼!"

아버지가 성난 목소리로 소리쳤다.

"사진기 어서 이리 내!"

"안 돼! 하지 마."

어머니도 정색을 하며 말했다.

"세상 사람들에게 우리를 웃음거리로 만들 생각이니?"

그 순간 조금 전처럼 '푸시식!' 하는 이상한 소리가 났고, 어머니와 아버지의 키가 다시 절반으로 줄어들었다. 아버지는 이제 46센티가 되었고, 어머니는 42센티가 되었다.

렝켄이 소리쳤다.

"그것 봐요! 엄마 아빠가 잘못해서 그렇게 된 거예요. 이제부터 내 말에 반대하지 않는 게 좋을 거예요."

어머니 아버지는 무척 당혹스러운 표정이었지만 아무 말도 하지 않았다. 렝켄이 아버지의 사진기를 가져와 두 사람을 찍었다.

"자, 이제는 나랑 같이 만화 영화를 봐요. 그런데 만화 영화를 보기에는 키가 너무 작으시네요."

렝켄이 재미있다는 듯 말했다.

어머니와 아버지는 아무런 대꾸도 하지 않고 가만히 있었다. 아버지가 자꾸 무슨 말인가 하려고 했지만 어머니가 손가락을 입술에 갖다 대며 팔꿈치로 옆구리를 쿡쿡 찔렀다.

저녁 식사는 렝켄이 부엌에서 가져온 과자와 우유가 전부였다. 어머니와 아버지는 음식을 아주 조금만 먹었기 때문에 렝켄은 그것만으로도 배부르게 먹을 수 있었다.

식사 후에는 렝켄의 요구대로 다 함께 카드 놀이를 했다. 어머니와 아버지에겐 카드가 너무 컸지만 아무 불평도 안 했기 때문에 집 안이 조용했다.

잠자리에 들 시간이 되자 렝켄이 말했다.

"그만 자요. 그렇지만 이제부터는 내가 큰 침대에서 잘 거예요."

"그럼 우리는?"

어머니가 눈을 동그랗게 뜨고 묻자 렝켄이 명령하듯 말했다.

"내 장난감 침대에서 주무세요."

"너 정말!"

아버지가 얼굴이 새빨개지며 소리쳤다.

"그렇게는 못 하겠다. 난 어른이라서 그것만은 네 말을 들어줄 수 없어!"

"너, 우리에게 감히 이럴 수 있니? 정말 너무 심하구나."

어머니도 아버지 편을 들며 말했다.

그 순간 '푸시식' 하며 바람 빠지는 것 같은 소리가 났다. 이제 아버지는 23센티가 되었고, 어머니는 21센티가 되었다.

렝켄은 곰돌이, 호랑이, 어릿광대, 코끼리 등의 장난감을 어머니와 아버지가 쓰던 침대에 가져다 놓고, 아버지와 어머니를 장난감 침대에 눕혔다.

"안녕히 주무세요!"

렝켄이 두 사람에게 이불을 덮어 주었다.

"이제 모두 자는 거예요. 알았죠?"

모든 것을 자기 혼자서 결정할 수 있게 된 렝켄은 세수도 하지 않고 이도 닦지 않은 채 침대로 가서 누웠다. 동물 인형들과 함께 넓은 침대에 누워 있는 것이 좋아서 눈이 금방 스르르 감겼다. 렝켄은 장난감 침대에서 어머니 아버지가 흥분하며 떠드는 소리를 들으며 깊은 잠에 빠졌다.

한밤중에 천둥과 번개가 몰아쳤다. 그 소리에 잠이 깬 렝켄은 너무 무서워서 어머니와 아버지 옆에 눕고 싶은 생각이 굴뚝같았다. 하지만 장난감 침대에 기어올라 갈 수는 없었다. 그리고 그 사이 너무 작아진 어머니와 아버지 곁에 가도 마음이 편안해질 것 같지 않았다. 렝켄은 갑자기 외로워서 베개를 부둥켜안고 조금 울다가 다시 잠이 들었다. 다음 날 아침, 마치 지난밤에 아무 일도 없었던 것처럼 하늘은 맑게 개어 있었다.

렝켄은 눈을 뜨자마자 장난감 침대를 살펴보았지만 어머니와 아버지의 모습이 보이지 않았다. 인형 기저귀를 몽땅 꺼내 하나씩 묶어서 그 줄을 타고 침대 아래로 도망간 것 같았다.

렝켄은 집 안을 샅샅이 뒤지며 소리쳤다.

"엄마! 아빠! 어디 계세요?"

한참 지난 다음 어디에선가 작은 소리가 들렸다. 소파가 있는 곳이었다. 렝켄이 쿠션을 다 들어 보았지만 아무도 보이지 않았다. 그래서 허리를 잔뜩 구부리고 소파 밑을 살펴보니 캄캄한 구석에 쭈그리고 앉아 있는 두 사람이 보였다.

"얼른 이리 나와요!"

렝켄이 화난 목소리로 소리친 다음 이내 다정한 말투로 고쳐 말했다.

"아무 짓도 하지 않을게요."

"싫어."

"우리는 네가 무서워. 절대로 밖으로 나가지 않을 거야!"

두 사람이 목청껏 외쳤다.

그 순간 '푸시식' 바람이 빠지는 것 같은 소리가 나더니 어머니와 아버지의 키가 다시 절반으로 줄어들었다.

렝켄이 부엌에서 빗자루를 가져왔다. 어머니와 아버지를 밖으로 끌어내기 위해 빗자루 손잡이를 소파 밑에 넣고 쿡쿡 찌르자 효과가 나타났다. 어머니와 아버지가 카펫 위를 쏜살같이 달려 옷장 밑으로 숨었다.

이제 11.5센티와 10.5센티가 된 아버지와 어머니는 둘 다 옷 대신 화장지를 몸에 걸치고 있었다.

"좋아요. 정 그렇다면 아침은 나 혼자 먹겠어요."

렝켄은 부엌으로 가서 콘플레이크와 남아 있던 우유를 그릇에 쏟아 붓고 휘저어 먹었다. 그리고 어머니와 아버지가 나중에 먹을 수 있도록 작은 접시에 콘플레이크를 담아 바닥에 내려놓았다.

렝켄은 세수도 하지 않은 채 옷만 갈아입고 학교에 갔다. 대문은 언제나 그랬듯이 잠그지 않았다. 학교에서는 집에서 일어난 일에 대해서 선생님이나 다른 아이들에게 한 마디도 하지 않았다.
점심때 집에 돌아오자 어머니와 아버지의 모습이 보이지 않았다.
부엌 바닥에 놓여 있던 접시는 깨끗이 비워져 있었다.

렝켄은 정어리 통조림으로 점심을 간단하게 먹기로 했다. 그러
나 그것도 생각만큼 쉽지 않았다. 깡통을 따다가 날카로운 양철에
손가락을 베어 피가 철철 나왔다.

겁이 난 렝켄은 엉엉 울면서 집 안을 이리저리 뛰어다니며 소리
쳤다.

"아빠! 엄마!"

결국 어머니가 책꽂이에 꽂힌 책들 뒤에서 머뭇거리며 앞으로
걸어나왔다. 아버지도 뒤따라 나왔다. 딸이 혼자서 엉엉 울고 있
는 것을 차마 보고만 있을 수 없기 때문이었다.

"많이 아프니?"

어머니가 물었다.

렝켄은 피가 흐르는 손가락을 들어 보이며 훌쩍였다.

"어서 화장실로 가거라. 먼저 상처 난 부위를 물로 깨끗이 씻어
야 해!"

아버지가 말했다.

"그런 다음 거실장에 있는 구급상자를 찾아 이리로 갖고 오렴."

어머니가 말했다.

렝켄은 어머니 아버지가 시키는 대로 했다.

키가 작아진 아버지와 어머니가 딸의 손가락에 반창고를 붙여
주느라 쩔쩔맸다. 하마터면 자기들도 반창고에 붙어 버릴 뻔했다.

"자, 제발 부탁하는데 장난 좀 그만 치고 우리를 원래대로 해 다오. 나도 웬만한 것은 이해할 수 있다만 이건 정말 심한 것 같구나."

아버지가 가쁜 숨을 몰아쉬며 간신히 말했다.

"그건 안 돼요. 나도 그렇게 하고 싶지만 어떻게 해야 하는지 모른단 말이에요."

렝켄은 이참에 프란치스카 프라게차익헨 요정을 찾아갔던 일과 각설탕을 차에 넣었던 일을 솔직하게 털어놓았다.

"참, 못된 요정이구나! 솔직히 말하면 난 그 요정 싫다. 다시는 그곳에 가지 말거라, 알겠지?"

어머니가 진저리를 치며 말했다.

"그럼 앞으로 엄마와 아빠가 내 말을 다시는, 절대로 반대하지 말아야 해요. 그렇지 않으면 키가 자꾸 줄어들어서 나중에는 완전히 사라지게 될 거예요."

"그건 불가능해!"

아버지가 큰 소리로 말했다.

"그런 일이 있을 때마다 우리의 키가 절반으로 줄어든다고 해도 우리가 완전히 사라질 수는 없어. 그것은 과학적으로도 증명이 되었단다. 티끌처럼 아주 작아지더라도 조금은 남아 있을 수밖에 없거든."

"그럴지도 모르지요. 다만 문제는 앞으로 렝켄이 어떻게 되느냐는 거예요. 이제 누가 우리 렝켄을 돌봐 주죠?"

어머니가 물었다.

"좋은 질문이야."

아버지는 대답이 궁색하면 언제나 똑같은 말을 했다.

그 순간 초인종 소리가 났다.

"막스가 왔을 거예요."

"맙소사! 아무도 우리 모습을 보지 말아야 해! 어느 누구에게도 우리가 작아진 것에 대해 말하면 안 된다, 알겠지?"

아버지가 다급히 말했다.

"당연해요! 어서 숨으세요."

렝켄은 현관으로 가 문을 열었다.

밖에는 정말로 막스가 와 있었다. 렝켄과 동갑인 막스는 앞으로 튀어나온 이 때문에 치아 교정 틀을 끼고 있었다.

"나 이거 받았다."

막스가 팔에 안고 온 검은색 아기 고양이를 가리키며 말했다.

"이름이 조로야. 우리 같이 놀자."

"수놈이니?"

"물론이지. 그래서 이름도 '조로'라고 붙여 주었어."

막스가 대답하며 거실로 들어갔다.

"너 혼자 있니? 부모님은 안 계셔?"

막스가 집 안을 두리번거리며 묻자 렝켄이 떠듬거리며 말했다.

"아…… 응. 저…… 저기 친구 분한테 가셨어."

"그런데 왜 저기에 너네 아빠 엄마 옷이 있니?"

"급히 옷을 갈아입고 나가셨거든. 네가 상관할 것 없잖아."

막스가 조로를 바닥에 내려놓자 조로가 이리저리 냄새를 맡으며 돌아 다녔다. 막스가 으스대며 물었다.

"어때? 넌 저런 거 없지?"

"난 저런 거 갖다 줘도 안 가져."

"얼마나 똑똑한데. 아주 특별한 종자야."

"그래? 내 눈에는 그냥 평범해 보이는데."

"이름부터가 조로잖아. 저 수염 좀 잘 봐. 다른 고양이한테는 없는 거라구."

막스가 자신있게 말했다.

렝켄도 지기 싫어서 한 마디 했다.

"난 저것보다 훨씬 더 멋있는 것도 갖고 있어."

"더 멋있다고?"

막스가 고양이와 함께 바닥에 누워 놀면서 말했다.

"난 못 믿겠어. 너도 이것 좀 만져 봐. 내가 옆에 있으니까 괜찮아."

"정말 훠얼씬, 훠얼씬 더 멋있어!"

렝켄이 확신에 찬 목소리로 말하자 막스가 궁금해했다.

"그게 뭔데?"

"말 안 해."

머릿속으로 어머니와 한 약속을 떠올리며 렝켄이 말했다.

"별로 특별하지도 않은 거겠지."

막스가 빈정대듯 말하며 뒤로 벌렁 드러누워 조로를 배 위에 올려놓았다.

"아주, 정말 아주 특별한 거야."

렝켄은 화가 나서 소리쳤다.

"고양이보다 훨씬 더 특별해!"

"그게 뭔지 어서 말해 봐."

"안 해."

"바보."

"네가 바보야."

"아무것도 없으면서."

"정말 있다니까!"

"좋아, 그게 뭐야?"

"난쟁이."

렝켄이 자기도 모르게 그 말을 하고 말았다. 막스가 치아 교정틀을 혀로 핥으며 렝켄을 물끄러미 쳐다보았다. 막스가 한참 만에 입을 열었다.

"거짓말. 너한테 그런 건 없어."

"있다니까."

렝켄이 고집스럽게 말했다.

"키가 얼마만큼 큰데?"

막스가 호기심을 드러내며 물었다.

렝켄이 엄지와 검지로 크기를 가늠해 보였다.

"진짜 살아 있어?"

막스가 미심쩍은 얼굴로 물었다.

"응."

"어디에 있는데?"

"지금은 숨어 있어. 조금 전까지만 해도 여기서 나하고 말도 했었어."

"알겠다. 그 난쟁이가 네게 왕관도 주고, 황금 목걸이도 주었겠지. 물론 눈에는 보이지 않게 하면서 말이야."

막스가 빙그레 웃으며 말했다.

그 순간 조로가 비명을 지르더니 잽싸게 소파 밑으로 들어갔다. 그 안에서 이쪽저쪽으로 움직이며 소란을 피우는 소리가 들리더니 이어 '싹둑, 싹둑' 하는 소리가 들렸고, 고양이가 고통스러운 듯 '야옹!' 하고 울면서 밖으로 나왔다. 자세히 보니 고양이 수염이 보이지 않았다.

막스가 고양이를 안고 화를 벌컥 내며 소리쳤다.

"도대체 누가 이런 짓을 한 거야? 아이고, 우리 불쌍한 조로!"

"물론 내 난쟁이들이 그렇게 한 거야."

렝켄이 고소한 듯 웃으며 말했다.

"이제 너도 네 눈으로 똑바로 보았지? 아주 위험한 난쟁이들이야."

막스의 얼굴빛이 금세 하얗게 질렸다. 막스는 숙제를 해야 한다고 얼버무리며 허겁지겁 달아났다.

막스가 간 다음 렝켄이 어머니와 아버지를 불러냈다.

소파 밑에서 밖으로 걸어나온 어머니와 아버지는 두려움을 삭이지 못한 채 벌벌 떨었다.

"잘하셨어요! 그까짓 고양이를 갖고 호들갑을 떠는 꼴이라니……."

"어떻게 고양이를 여기로 들여보낼 수 있니? 자칫 잘못하면 잡혀 먹힐 뻔했잖아."

어머니가 진저리를 치며 말했다.

"절대로 그런 일은 일어나지 않았을 거예요."

"다행히 아까 구급상자에서 가위를 가지고 나왔기에 망정이지. 이게 없었다면 우리는 지금쯤 완전히 끝장나고 말았을 거야. 어쩐지 가위가 필요할 것 같은 예감이 들더라니."

아버지가 화가 잔뜩 난 얼굴로 말했다.

"고양이는 사람 안 먹어요."

"우리를 생쥐로 착각했겠지."

어머니의 말에 렝켄이 깜짝 놀라며 물었다.

"조로가 엄마와 아빠를 생쥐로 착각해서 잡아먹으려고 했다는 거예요?"

"착각을 하든 안 했든 제대로 막지 않았더라면 우리는 고양이에게 잡혀 먹힐 뻔했어."

아버지가 말했다.

렝켄은 학교에 가서 고양이가 어머니와 아버지를 잡아먹었다는 이야기를 하면 아이들이 뭐라고 할지 상상해 보았다. 모두들 말도 안 된다고 할 것 같았다.

"만약 그런 일이 생겼다면 넌 고아원으로 가게 되었을 거야. 너도 그 정도는 알고 있지?"

어머니가 렝켄에게 물었다. 렝켄이 울음을 티뜨리며 말했다.

"난 고아원에 가기 싫어요!"

"고아원에 가고 싶지 않다면 방법은 딱 한 가지밖에 없지. 엄마와 내 키를 원래대로 돌려놓는 거야."

아버지가 말했다.

그렇지만 렝켄은 그렇게도 하기 싫었다.

"그것보다 더 좋은 방법이 있어요."

거실에는 기념품과 값비싼 유리잔, 도자기로 만든 인형들이 들어 있는 장식장이 있었다. 그 안에는 손만 대면 고개를 숙이는 부처상, 흔들면 눈이 내리는 베니스의 전경이 들어 있는 유리공, 꽃바구니를 든 정원사, 아버지가 '쾨닉스슈프링거' 장기 클럽에서 우승하여 받은 황금 말이 진열되어 있었다. 렝켄은 그곳으로 아버지와 어머니를 옮겨 놓으며 말했다.

"이곳이라면 안전할 거예요. 물건을 깨뜨리거나, 넘어뜨리지 않게 조심하세요. 혹시 사람들이 오면 인형처럼 가만히 서 있어야 해요."

곧이어 렝켄이 유리문을 닫았다. 어머니와 아버지는 장식장 안에서 아우성을 쳤지만 밖에는 아무 소리도 들리지 않았다.

렝켄은 배가 고파 부엌으로 갔다. 반쯤 열어 놓은 통조림을 꺼내 포크로 정어리를 찍어 먹으며 라디오를 켰다.

"안녕, 렝켄."

라디오에서 어떤 여자 목소리가 흘러나왔다.

"나 프란치스카야, 기억하니? 프란치스카 프라게차익헨 요정. 나 그 사이에 이사했단다. 혹시 나를 찾아올 일이 생기면 바람 거리 7번지 지하실로 와. 그렇지만 미리 말했듯이 두 번째 상담을 하려면 비싼 값을 치러야 해. 어쨌든 너무 늦지 않게 결정을 내려야 할 거야. 이상 안내 방송이었어."

여자의 말이 끝나자 라디오에서 지루한 음악이 흘러나왔다. 렝켄은 라디오를 껐다. 그리고 손가락으로 코를 후비며 깊은 생각에 잠겼다.

갑자기 기분이 으스스해졌다. 그렇지만 두 번째 상담을 받으러 가는 일은 절대로 없을 것이다. 렝켄은 다시는 그 요정을 찾아가고 싶지 않았다. 그 점만큼은 어머니의 생각과 같았다. 사실 렝켄은 바람 거리가 어디에 있는지도 알지 못했다.

날씨가 좋았다. 렝켄은 현관문을 닫고서 집 밖으로 나갔다. 그러곤 아이들이 신나게 놀고 있는 곳으로 갔다. 아이들과 뛰노는 동안 불안했던 마음도 차츰 사라졌다.

렝켄은 일곱 시쯤 되어서 집에 돌아가 초인종을 누르다가 그제야 까맣게 잊고 있던 일이 생각났다. 렝켄은 그동안 한 번도 열쇠를 가지고 나간 적이 없었다. 늘 어머니나 아버지가 문을 열어 주었기 때문이다. 그런데 지금 어머니와 아버지는 장식장 안에 있었다. 문을 열고 나가면 저절로 잠기는 현관문을 열어 줄 수 있는 사람은 이제 아무도 없었다.

렝켄은 덜컥 두려운 생각이 들었다. 집 앞 계단 위에 덩그러니 앉아 울음을 터뜨렸다. 그래도 아무 소용이 없다는 것을 알면서도 눈물을 흘렸다. 집 밖에서 긴 밤을 혼자 지내야 한다는 생각을 하자 너무 슬펐다. 그렇지만 렝켄에게는 콧물을 닦을 휴지조차 없었다.

배도 많이 고팠지만 어머니가 음식을 만들어 놓을 리 없었다.

설령 만들어 놓았다고 하더라도 어차피 먹을 수도 없었다. 돈도 한 푼 없고 가게 문이 닫힌 지도 이미 오래였다. 정말 참담한 지경이었다.

생각할수록 모든 것이 어머니와 아버지 때문인 것 같았다. 렝켄이 원하는 대로만 해 주었다면 이런 일이 일어나지 않았을 거라는 생각이 들었다.

그때 어디선가 회오리바람이 몰아치더니 종이 한 장이 날아와 몇 번 빙빙 돌다가 렝켄 앞에 툭 떨어졌다. 렝켄은 종이에 적힌 글을 읽었다.

> 어서 결정을 내려.
> 너도 그렇지 않다는 것을 잘 알고 있어.
> 네 부모도 어쩔 수 없었을 거야.
> 자, 어서 날 찾아와. 우리 같이 이야기해 보자.

렝켄은 누가 쓴 것인지 궁금해 종이를 뒤집어 뒷면을 보았다. 거기에도 글이 적혀 있었다.

> 이 종이로 비행기를 접어 날려 봐.
> 그리고 그것을 따라와.
> 이해할 수 있겠지?
> 어서 서둘러.
> 프.프.요.

'프.프.요.'는 프란치스카 프라게차익헨 요정 이름의 약자가 분명해 보였다. '이해할 수 있겠지?'라는 문장도 그 요정이 보낸 글이라는 것을 뒷받침해 주었다.

렝켄은 울음을 그치고 다시 기운을 차렸다. 그러곤 종이로 정성껏 비행기를 접었다. 조급한 마음이 앞서 썩 잘 접지는 못했다. 렝켄은 종이비행기를 가지고 거리로 나가 바람에 날려 보냈다. 한줄기 바람이 불어와 비행기를 위로 번쩍 들어올렸다가 다시 밑으로 내려놓았지만 땅에 떨어지지는 않고 공중에서 계속 앞으로 날아갔다.

렝켄은 그 뒤를 쫓아갔다.

종이비행기는 뭔가 비밀스러운 힘을 가진 것 같았다. 신호등이 있는 곳에서는 사람들 머리 위 높은 곳에서 제자리를 맴돌았다. 그렇게 하지 않았다면 렝켄은 신호를 무시하고 길을 건넜다가 차에 치였을지도 모른다. 다행히 그런 일은 일어나지 않았지만 웅덩이에 발이 몇 번 빠졌고 지나가는 사람들과 부딪쳐서 핀잔을 듣기도 했다.

서서히 밤이 되어 갔고, 렝켄은 계속 종이비행기를 쫓아갔다. 종이비행기는 이 골목 저 골목을 누비다가 렝켄이 뒤쫓아 오는 게 보이지 않으면 제자리를 맴돌며 올 때까지 기다려 주었다. 렝켄은 옆구리가 아프고, 숨이 가빴지만 포기하지 않았다.

날이 점점 더 어둡고 적막해져 갔다. 이제 거리에는 지나가는 사람이 아무도 없었다. 바람이 점점 더 세게 휙휙 소리를 내며 불어와 어린 렝켄을 뒤에서 밀어 주었다.

렝켄은 어느 집 대문에 거의 부딪칠 뻔했다. 캄캄한 어둠 속이었지만 그 뒤에 집이 있을 것 같지는 않았다. 그냥 대문만 달랑 있고 커다란 검정 글씨로 7이라는 숫자만 적혀 있었다. 그 밑에 있는 쇠 간판에 이런 글이 적혀 있었다.

**원한다면
두 번째 상담을 하세요.**

저절로 대문이 열림과 동시에 바람이 렝켄을 안으로 거칠게 떠밀었다. 렝켄은 지하로 이어지는 계단을 넘어질 듯 내려갔다. 계단 밑이 꽁꽁 언 얼음이었기 때문에 하마터면 미끄러질 뻔했다.

첫 번째 방문 때 보았던 호수가 이제는 꽁꽁 얼어 있었다. 카누는 꼼짝도 하지 않았다. 사방은 눈으로 뒤덮여 있어서 완전히 겨울 풍경이었다.

렝켄은 섬까지 가는 먼 길을 한 걸음씩 천천히 걸어갔다. 얼음이 미끄럽기도 하고, 끝까지 버텨 줄지 걱정도 되었기 때문이다. 얼음이 곧 깨질 것처럼 삐걱거리는 소리를 냈다.

발이 꽁꽁 언 채 섬에 도착하니 어느새 땅은 카펫이 깔린 방이 되었고, 프란치스카 프라게차익헨 요정은 발이 세 개 달린 둥근 탁자 앞에 앉아 있었다. 묘하게도 창밖에는 한낮의 햇살이 비치고 있었고, 벽에 걸린 뻐꾸기시계에서 진짜 뻐꾸기가 나와 '뻐꾹!' 하며 열두 번 울었다. 시계의 숫자는 여전히 모두 12였다.

"두 번째 상담은 원칙적으로 낮 열두 시에 시작돼. 원래 그렇게 하는 거야."

프란치스카 프라게차익헨이 느닷없이 말했다.

렝켄은 그 이유가 무엇인지 굳이 물어보지 않았다.

"이제 네가 결정을 내려야 해. 이 일을 앞으로 어떻게 해야 좋을지 말이야. 다시 되돌려 놓을 수 있는 시간은 이미 지나가 버렸어. 이해할 수 있겠지?"

프란치스카 프라게차익헨의 물음에 렝켄이 솔직하게 말했다.

"아뇨."

"기분 좋았니?"

"처음에는 그랬어요."

렝켄이 잠시 망설이다가 말했다.

"네가 원한다면 앞으로도 계속 그렇게 될 거야. 너희 부모의 키가 자꾸만 작아지겠지. 처음에는 너희 부모를 성냥갑 같은 곳에 보관할 수 있겠지만 나중에는 돋보기나 현미경이 있어야만 찾을 수 있게 될 거야. 그것 참 재미있겠지?"

렝켄은 어떤 대답을 해야 할지 몰라 어깨를 으쓱거렸다.

"물론 그 결정은 네가 지금 이 자리에서 내려야 해. 너무 많은 시간이 지나고 나면 다시 원래대로 되돌아갈 수 없게 되거든. 그럼 계속 그렇게 지내야 한단다. 살다 보면 그런 일이 종종 있잖아. 이해할 수 있겠지? 정말로 계속 이렇게 지내는 것을 원하니? 어서 네 생각을 말해 봐."

렝켄이 어떤 결정도 내리지 못한 채 요정을 가만히 쳐다보았다.

요정이 천천히 또박또박 말했다.

"난 네 결정에 어떤 영향도 미치고 싶지 않단다."

"네가 옳다고 생각하는 대로 결정을 내려야 해. 난 앞으로 어떻게 될지 네게 사실대로 이야기해 주고 싶었을 뿐이야. 이해할 수 있겠지?"

"네."

렝켄이 침을 꼴깍 삼켰다.

"혹시 다른 방법은 없나요?"

렝켄이 묻자 요정이 조심스럽게 대답했다.

"그 다른 방법이라는 것이 네 마음에 들지 않을 것 같아 걱정이야. 아주 재미없는 일이지. 물론 네 입장에서 본다면 말이야. 네가 원할 것 같지도 않고……."

"그래도 한번 말씀해 보세요."

"우리가 처음 상담했었던 때로 시간을 돌려놓을 수가 있단다. 정확히 말하자면 네가 각설탕을 엄마 아빠의 찻잔 속에 넣기 직전의 순간으로 말이야. 그렇게 하면 모두들 그 사이에 아무 일도 일어나지 않았다고 생각할 수 있지. 물론 네가 찍은 사진도 없던 것으로 될 수 있어. 그런 일이 있었다는 증거가 완전히 사라지게 되지. 단지 너만 그동안 일어난 일을 알고 있고 앞으로 무슨 일이 일어날지도 알고 있는 거야. 이해할 수 있겠지? 그렇게 되면 넌 생각을 바꾸고 각설탕을 엄마 아빠의 찻잔에 넣지 않을 수도 있어."

"정말요? 그게 정말 가능해요?"

렝켄의 눈이 휘둥그레졌다.

"물론이지. 그런데 마법이 으레 그렇듯이 작은 문제가 하나 있단다. 그래서 내가 처음부터 두 번째 상담을 할 때는 비싼 값을 치러야 한다고 했었지. 어떤 결정을 내리든지 간에."

요정이 열두 개의 손가락으로 탁자를 두드리며 깊은 생각에 잠겼다.

"어떤 문젠데요?"

렝켄이 궁금해하자 요정이 눈썹을 치켜올렸다.

"네가 그 설탕을 직접 먹어야 해. 지금 당장. 그게 유일한 방법이란다."

"그냥 버리면 안 돼요?"

"아니, 미안하지만 안 돼. 그렇게 해도 이미 정해진 사람에게로 되돌아가게 되어 있거든. 집에서 수만 킬로미터 떨어진 바다에 던져 버려도 그 순간 설탕은 네 부모의 찻잔 속으로 들어가게 돼. 그 설탕은 보통 설탕이 아니기 때문이야. 이해할 수 있겠지?"

"물론이에요. 그렇지만……."

렝켄이 잠시 머뭇거리다가 물었다.

"내가 설탕을 먹으면 엄마와 아빠에게 일어났던 일이 내게도 벌어지잖아요. 그럼 내 키가 점점 더 작아지게 되는 건가요?"

"어쩔 수 없는 일이지. 만약에……."

"만약에 뭐요?"

"만약에……, 네가 부모의 말을 절대로 거역하지 않으면 아무일도 일어나지 않겠지. 그러면 괜찮아. 정말이란다."

"아, 네."

렝켄은 한동안 아무 말도 안 했다. 요정 역시 그랬다.

한참 만에 렝켄이 고개를 가로저으며 말했다.

"불가능해요. 내게 너무 힘든 일이에요."

"나도 그렇게 생각했지. 그럼 지금 이 상태를 그대로 두기로 하자. 네가 어떤 결정을 내리든지 나한테는 아무 상관없는 일이야. 난 널 설득할 생각이 조금도 없단다."

요정이 시계를 흘깃 쳐다보며 말을 이었다.

"어차피 이제 시간도 10초밖에 남지 않았어. 결정은 이미 내려진 거나 다름없구나."

자기 자신과의 힘겨운 투쟁을 하던 렝켄이 소리쳤다.

"제발, 시간을 돌려주세요! 제발, 그렇게 해 주세요! 지금 당장요!"

요정이 자리에서 벌떡 일어나 곧게 편 손가락으로 뻐꾸기시계 바늘을 뒤로 돌려놓았다.

렝켄이 프란치스카 프라게차익헨 요정의 모습을 본 건 그것이 마지막이었다.

병에서 코르크 마개를 딸 때처럼 '뻑!' 하는 소리가 나더니 렝켄은 자기 집 거실에 와 있었다. 어머니는 부엌으로 과자를 가지러 갔고, 아버지는 침실에서 옷을 갈아입고 있는 중이었다.

그리고 모든 것이 꿈이 아니었다는 것을 말해 주듯 렝켄의 손에는 각설탕 두 조각이 들어 있었다. 렝켄은 그것을 입속에 넣고 깨물어 먹었다.

"렝켄! 설탕 많이 먹지 마라. 이빨 상해요."

어머니가 거실로 들어오며 말했다.

"네, 엄마."

"뉴스 좀 봐야겠는데, 반대하는 사람 있나?"

아버지가 물었다.

"없어요, 아빠."

렝켄이 얌전하게 대답하자 어머니와 아버지가 이상하다는 듯 서로의 얼굴을 빤히 쳐다보았다. 아버지가 물었다.

"왜 그러니, 렝켄? 어디 아프니?"

렝켄은 고개만 가로저었다.

"자, 이리로 와서 우리랑 같이 차를 마시자. 몸에 좋은 차란다."

어머니가 말했다.

"네, 엄마."

렝켄은 계속 고분고분하게 굴었다. 그날 이후 집안은 아주 평온했다.

"네가 어느새 철이 다 든 모양이구나."

어느 날 어머니와 아버지는 렝켄을 보며 말했다.

렝켄은 어머니와 아버지에게 솔직하게 털어놓을 수 없었다. 모든 일은 영원히 비밀로 해야 하기 때문이었다. 적어도 그 다음 주 금요일까지는 그랬다. 렝켄에겐 무척이나 길게 느껴진 시간이었다.

아버지가 먼저 이야기를 꺼냈다.

"렝켄, 너를 그냥 놔두어서는 안 될 것 같구나."

"네, 아빠."

렝켄이 얌전하게 말했다.

"네가 좀 이상해진 것 같아. 아주 다른 애가 돼 버린 느낌이야. 우리 딸 렝켄이 아닌 것 같단다."

어머니가 말했다.

"정상적인 아이들은 엄마 아빠가 하는 말을 가끔씩 듣지 않거든. 넌 네 마음대로 하고 싶은 것도 없니?"

아버지가 물었다.

"없어요, 아빠."

"문제가 심각하구나. 아주 가끔이라도 말을 안 듣겠다고 하면 안 되겠니? 우리가 다시 널 예전의 렝켄이라고 생각할 수 있게 말이야."

어머니가 한숨을 내쉬었다.

렝켄은 어떻게 해야 좋을지 몰랐다. 싫다고 하면 결과가 뻔할 테고, 그렇게 하겠다고 하면 어머니와 아버지의 말을 거역해야 하니까 그것도 마찬가지 결과가 될 수 있었다. 렝켄은 아무 대답도 하지 못한 채 울음을 터뜨렸다.

"아니, 세상에! 그게 그렇게 싫으니? 렝켄, 무슨 걱정거리라도 있으면 우리한테 솔직하게 털어놓으렴. 엄마 아빠에게는 아무 말이나 다 해도 되는 거야."

결국 렝켄은 눈물을 흘리면서 각설탕에 얽힌 비밀을 다 털어놓았다.

"아니, 세상에 그럴 수가! 그 요정 정말 못됐구나!"

"맞아요. 다시는 그런 짓을 못하도록 법적으로 조치를 취해야겠어요."

어머니 아버지가 깜짝 놀라며 한마디씩 했다.

"불쌍한 녀석."

어머니가 렝켄을 안으며 위로했다.

"아무 걱정 말아라. 아빠는 현명하니까 분명히 방법을 찾아내실 수 있을 거야. 그렇죠, 여보?"

"물론이지. 우리 한번 잘 생각해 보자."

아버지가 헛기침을 한 다음 방 안을 왔다 갔다 했고, 렝켄과 어머니는 그런 아버지를 눈으로 좇았다.

"아, 알았다!"

아버지가 방 안을 다섯 바퀴째 돌다가 큰 소리로 외쳤다.

"생각해 보면 이 문제는 아주 간단해. 설탕은 자동차가 기름을 먹는 것처럼 몸속에서 소화되는 거야. 그것은 과학적으로 이미 증명이 되었지. 그러니까 설탕은 네 몸속에 들어 있는 동안만 네게 영향을 미칠 수 있는 거야. 더구나 설탕은 몸을 많이 움직이면 빨리 소비되는 성질이 있거든. 그러니까 벌써 오래 전에 네 몸에서 빠져나갔을 거야."

"정말 그럴까요?"

렝켄이 울음을 뚝 그치고 코를 닦으며 물었다.

"물론이지. 내 말을 한번 거역해 봐. 연습으로 말이야."

아버지는 자신 있는 표정이었다.

"네, 아빠. 그렇지만 만약 잘못되면요?"

이번에는 어머니가 끼어들었다.

"아니야, 렝켄. 모든 게 잘 될 거야. 우리가 하는 말을 정말로 거역해 보렴. 그냥 대충 그렇게 하지 말고."

"그럼 나한테 진짜 명령을 내려 보세요."

렝켄이 볼멘소리로 말하자 아버지가 얼굴을 험상궂게 일그러뜨리며 말했다.

"좋아, 당장 이 자리에서 재주를 넘어 봐."

"싫어요."

렝켄이 머뭇거리며 대답했다.

"싫단 말이에요! 지금은 재주 넘고 싶은 생각이 없어요!"

아버지와 어머니는 주먹을 꼭 쥔 채 잠시 렝켄을 바라보았다. 그러나 아무 일도 일어나지 않았다. 그제야 세 사람 모두 긴장했던 표정을 풀고 환하게 웃으며 서로를 얼싸안았다. 아버지의 말이 옳았다. 아버지는 정말 현명했다.

그 후 그들은 그 사건을 완전히 잊고 살아갔다. 다만 그 일 때문에 한 가지 변화가 생겼다. 렝켄은 부모님의 말씀을, 부모님은 렝켄의 말을 그냥 무턱대고 반대하지 않았다. 잘 생각해 보고 꼭 필요할 때만 반대했다.

무엇보다도 그들은 그 사건 이후 더 행복한 가정이 되었고 여러 가지 문제를 가져왔던 프란치스카 프라게차익헨 요정을 오히려 고마워하게 되었다.

그리고 렝켄은 그날 이후에도 재주넘기를 자주 했다. 어머니 아버지가 시킬 때는 물론, 시키지 않을 때도 재주를 넘었다.

가장 소중한 소원

옛날에 아이들만 살고 있는 신나는 도시에

세 명의 마법사가 찾아왔다.

한 사람은 이름이 보르스텐빈더였고,

또 한 사람은 지벤 질린더,

그리고 마지막 한 사람은 바스두니히트마인스트였다.

그들은 이곳저곳에서 마법을 부려

알록달록하고 아름다운 물건들을 많이 만들어 냈다.

그리고 재미있는 이야기도 들려주었다.

아이들은 모두 고마워하면서도

마음속으로 한 가지 궁금해했다.

'저 이상한 세 사람은 좋은 사람들일까, 나쁜 사람들일까?'

대개 그런 것은 알기 어려운 법이다.

세 명의 마법사들과 헤어지는 날이 되자
작별 인사를 하기 위해 아이들이 모두 광장으로 모였다.
"그동안 여러분들이 우리를 친절하게 대해 주어서
정말 고마웠어요.
그래서 여러분에게 작별의 선물로
소원 한 가지를 말할 기회를 주겠어요.
여러분이 원하는 소원은, 소원이 크든 작든,
말하는 순간 곧바로 이루어질 거예요."
과연 아이들은 어떤 소원을 빌었을까?

아이들은 어떤 소원을 말해야 할지
아주 오랫동안 심각하게 고민했다.
왜냐하면 일단 소원 한 가지를 말하고 나면
다른 소원들은 모두 소용없게 되기 때문이었다.
마침내 아이들이 세 명의 마법사에게 말했다.
"혹시 우리 소원이 너무 지나치다면 용서해 주세요!
우리들의 소원은, 우리가 바라는 모든 것이
말하는 즉시 이뤄지게 되는 거예요."
"이제 소원을 말했으니, 곧 이루어지게 되리라!"
마법사들은 그 말을 마지막으로 남기고 사라졌다.
아마 깜짝 놀랄 일이 벌어지겠지!

아이들만 살고 있는 도시의 아이들은

호기심에 가득 차 서로에게 묻기 시작했다.

"세 명의 마법사가 한 말이 정말일까?"

처음 몇몇 아이가 몰래 소원을 말해 보았다가

깜짝 놀라고 말았다.

소원이 무엇이든지 간에 말하기만 하면

정말로 그 즉시 이루어지는 것이었다!

"그것 봐! 마법사들은 좋은 사람들이었어!"

아이들은 신이 나서 소리쳤다.

물론 당연히 그랬겠지!

아이들에겐 별의별 소원이 다 있었다.

어떤 아이는 자동차 운전을 하고 싶어 했고,

어떤 아이는 여행 기념품 열 개를 갖고 싶어 했고,

또 어떤 아이는 꼭두각시 인형,

장난감, 케이크, 기차,

비로드 옷감, 비단, 털가죽,

스케이트, 껌, 팽이, 크레인,

황금 왕관과 공, 인형, 책, 장신구, 나팔 등을 갖고 싶어 했다.

아무튼 그 누구라도 소원만 말하면

그 즉시 물건이 생겨났다!

물론 아이들이 몹시 부럽겠지?

그렇게 1년의 세월이 지났고,

마법은 여전히 효력을 발휘했다!

그런데 아이들의 마음속에 점점 근심이 쌓이기 시작했다.

계속 소원이 이루어졌기 때문에

차츰 사는 재미를 잃게 된 것이다.

아이들은 날이 갈수록

점점 더 소원을 조금씩 말하게 되었다.

이제 소원이 모두 이뤄진다는 게 못마땅해졌다!

아이들은 더 이상 아무것도 빌고 싶지 않았고,

즐거운 일도 일어나지 않았다.

아이들은 자기들이 받은 수많은 귀중한 물건들을

슬픈 표정으로 바라보았다.

그 말이 믿어지지 않겠지?

결국 아이들은 탐험 대원들을

먼 세상으로 내보내

보르스텐빈더 씨와 지벤 질린더 씨와

바스두니히트마인스트 씨를 찾아 나서게 했다.

그리고 그들을 만나면 이렇게 말하라고 했다.

"우리의 소원을 다시 거두어 주세요!

그것 때문에 더 이상 신나는 일이 벌어지지 않아요."

그러나 길을 떠났던 아이들은 그 어느 곳에서도

세 사람을 찾을 수가 없어서 한 아이씩 집으로 되돌아왔다.

아이들은 침통한 표정을 지으며 말했다.

"신이시여, 제발 우리를 도와주세요!"

아이들은 이제야

마법사들이 나쁜 사람들이었다는 것을 알게 되었다.

물론 여러분도 그렇게 생각하겠지?

아이들은 실의에 빠진 채 아무 말도 하지 않았다.

그때, 그들 가운데 가장 어린 아이가 말했다.

"그 사람들이 우리의 소원을 다 들어준다고 했으니까

이번엔 소원이 그만 이뤄지게 해 달라고 빌면 되잖아!"

아이들이 모두 가장 어린 아이의 말을 따랐다.

그 순간 이후부터 아이들의 삶은 한결 즐거워졌다.

아이들은 1년 전 그날 이전처럼 다시 신나게 놀았다.

그리고 조금 더 똑똑해졌다.

이쯤에서 한 가지 질문을 던지고 싶다.

그 이상한 세 마법사들은 과연 좋은 사람들이었을까,

아니면 나쁜 사람들이었을까?

여러분 생각은 과연 어떠한가?

벌거벗은 코뿔소

옛날에 고집불통 노르베르트라는 코뿔소가 살고 있었다. 고집불통 노르베르트는 드넓은 아프리카 초원 한가운데 물웅덩이 근처에서 살았으며, 의심이 많은 성격이었다. 코뿔소들은 원래 의심이 많기로 유명하지만, 노르베르트의 경우에는 특히 더 심했다.

고집불통 노르베르트는 늘 이렇게 중얼거렸다.

"다른 동물들을 다 내 적이라고 생각하면 나한테 해로울 일이 없지. 세상에 믿을 수 있는 것은 오직 자기 자신뿐이거든. 그게 바로 내 철학이지."

이처럼 고집불통 노르베르트는 다른 누구에게도 의지하지 않으려 했다. 그리고 자기만의 철학을 갖고 있다는 것을 무척 자랑스럽게 생각했다.

사실 고집불통 노르베르트의 정신적인 면은 지극히 단순해서 다루기가 쉬웠다. 하지만 육체적인 면은 다른 동물이 거의 꼼짝도 못할 정도로 험악했다. 우선 커다란 몸통의 양 옆구리와 앞뒤, 위아래가 단단한 갑각으로 둘러싸여 있었다. 그리고 대부분 같은 종족 코뿔소들이 코에 하나씩 갖고 있는 뿔을 그는 두 개나 갖고 있었다. 앞쪽의 커다란 뿔 뒤에 예비로 작은 뿔 하나를 더 숨겨 둔 것이다. 둘 다 끝이 뾰족하고 터키 칼처럼 날카로웠다.

"최악의 경우를 항상 대비해야 해."

고집불통 노르베르트는 늘 이렇게 말했다.

고집불통 노르베르트가 그 커다란 발로 초원을 가로질러 걸어가고 있으면 모든 동물이 옆으로 비켜났다. 작은 동물들은 그가 두려웠고, 큰 동물들은 피차 마주쳐서 좋을 일이 없을 거라고 생각해서 일부러 피했다. 고집불통 노르베르트의 성격이 워낙 불같아서 조그마한 일에도 트집을 잡고 막무가내로 덤벼들기 때문이었다.

고집불통 노르베르트는 날이 갈수록 점점 더 난폭해져 갔다.

마침내 다른 동물들은 목이 말라 물을 마시러 물웅덩이에 갈 때조차도 두려움에 벌벌 떨어야 했다. 어린 새끼들은 더 이상 그곳에서 놀 수도, 목욕을 할 수도 없었다. 새들도 노래를 부를 수 없었다. 그랬다가는 고집불통 노르베르트가 당장 쿵쾅거리며 달려와서 누가 자기한테 해코지라도 한 듯 화를 벌컥 내고 생야단을 쳤기 때문이다.

동물들은 이대로 그냥 참고만 지낼 순 없다고 입을 모아 말했다. 그래서 앞으로의 대처 방법을 논의하기 위한 회의를 열기로 했다. 모든 동물이 친한 게 아니기 때문에 동물들은 회의 때 서로 점잖게 행동하면서 절대로 평화를 깨지 않겠다고 미리 약속해야 했다. 그래야 모든 동물이 골고루 의견을 내놓을 수 있을 것 같았다.

회의 날 저녁이 되자 동물들은 미리 정해 놓았던 골짜기에 모였다. 고집불통 노르베르트에게 들킬 걱정 없이 마음껏 말하기 위해 일부러 물웅덩이에서 꽤 멀리 떨어진 곳으로 장소를 정했다.

의장으로 뽑힌 사자 무시무시 리차드가 바위 위로 올라갔다.

"조용히!"

음매거리거나, 꽥꽥거리거나, 재잘거리거나, 휘파람을 불어 대는 동물들을 향해 사자가 으르렁거렸다. 금세 사방이 쥐 죽은 듯 조용해졌다.

"오늘 우리가 왜 모였는지는 다들 잘 알고 있을 것이다. 자, 누가 먼저 제안을 하겠나?"

무시무시 리차드는 이야기를 길게 늘어놓는 것을 싫어했기 때문에 본론부터 말했다.

"저요!"

뻣뻣한털 베르톨드라는 산돼지가 꿀꿀거리며 말했다.

"말해 봐!"

무시무시 리차드가 말했다.

"아주 간단해요. 우리 모두 한꺼번에 고집불통 노르베르트에게 덤벼드는 겁니다. 순식간에 그를 빈대떡처럼 납작하게 만들어서 땅속에 묻어 버리면 다시 평화가 찾아오는 거지요."

뻣뻣한털 베르톨드가 말했다.

"잠깐만요! 미안한 말이지만, 그건 정말 형편없는 계획이에요!"

암컷 코끼리 코쟁이 아이다가 커다란 귀를 펄럭이며 소리쳤다.

"나는 동물들의 명예를 걸고 베르톨드 씨의 제안을 반대합니다. 고작 한 동물을 상대로 떼로 몰려가 싸움을 벌이자니요? 그건 너무나 비열한 짓이에요."

"이봐요! 고집불통 노르베르트가 원래 비열한 녀석이잖습니까! 그러니 우리도 똑같이 상대해 줄 수밖에요."

뻣뻣한털 베르톨드가 화가 나서 식식거리며 말했다.

"베르톨드 씨는 자존심도 없나요? 전 당신처럼 형편없는 수준으로 떨어지고 싶지 않아요. 그리고 고집불통 노르베르트가 빈대떡이 되도록 가만히 앉아서 당하고만 있을 것 같아요? 당연히 강하게 저항을 할 테고, 그런 와중에 여기에 있는 여러분 중 몇 분을 뿔로 들이받아 만신창이로 만들어 버리겠죠."

코쟁이 아이다가 거만하게 말했다.

"그야 뭐, 어느 정도 희생은 각오해야죠."

뻣뻣한털 베르톨드가 우물쭈물하며 말했다.

"여기에서 희생양이 되고 싶으신 분은 어디 한번 앞으로 나와 보시겠어요?"

코쟁이 아이다가 말했다. 뻣뻣한털 베르톨드는 물론 아무도 앞으로 나오지 않았다. 코쟁이 아이다는 고개를 두어 번 끄덕이고는 자신만만하게 말했다.

"보셨죠?"

"뻣뻣한털 베르톨드의 제안은 기각되었다. 다음 의견!"

무시무시 리차드가 큰 소리로 외쳤다.

그러자 늙은 아프리카 산 황새가 나섰다. 그의 이름은 진흙송곳 오이제비우스 교수였는데, 생각을 너무 많이 해서 머리가 벗겨진 데다가 얼굴엔 검버섯까지 피어 있었다. 황새는 깊숙이 고개를 숙이며 인사를 하고는 점잖게 말을 시작했다.

"존경하는 여러분! 사랑하는 동료들! 에헴! 제가 철두철미하게 심사숙고한 결과로 보건대, 이 문제는 병리학적 멜란찌아니식 양식과 방법에 의해 해결되어야 할 사건으로 사료됩니다. 에헴! 이미 카타클리스티식 아치포플라시스 데브로필러 스켈렙토토미엔에 대해 저술해서 세계적으로 유명해진 내 저서에…….."

이곳저곳에서 한숨 소리가 터져 나왔다. 진흙송곳 오비제우스 교수의 꽥꽥거리는 목소리도 괴롭거니와 일단 말을 하기 시작하면 아무도 알아듣지 못할 학술 용어를 사용해 아주 오랫동안 얘기한다는 걸 동물들은 이미 잘 알고 있었기 때문이다.

"그러니까 내 말을 요약하자면 고집불통 노르베르트의 문제는 소위 말하는 카우레파토말리스식의 엠퍼시스에 대해 이른 바 특수한 우레볼레네 프쉬물라찌온 방법을 사용할 수도 있고, 그런 것은 어의학적인 의사소통 상징 요법이나 혹은 그 전체를 엑스트로스피나티지어렌 방법으로 확실하게 퇴치시킬 수 있다는 것입니다."

진흙송곳 오이제비우스 교수가 한참 만에 결론을 지었다.

교수는 다시 고개를 깊숙이 숙여 인사하며 박수갈채를 기다렸

지만 그런 일은 일어나지 않았다.

"아주 흥미롭군요, 교수님!"

무시무시 리차드가 하품을 억지로 참느라 앞발로 주둥이를 가린 채 말했다.

"그런데 교수님, 우리가 앞으로 어떻게 해야 되는지 좀 더 쉽게 말씀해 주시겠습니까?"

"그것은 그러니까, 에헴! 지금까지 이야기했던 것처럼 그대로 해야 한다는 말을 하는 내 마음이 실로 안타깝다는 것을 말씀드리고 싶습니다."

"어디 다시 한번 방금 전과 똑같이 말씀해 보시지요!"

갑자기 끼어든 하이에나 능글능글 그렛첸이 웃으며 말했다.

"그동안 나는 순수한 연구 활동에만 몸을 바쳐 왔습니다. 실제적인 실천은, 에헴! 다른 동물들에게 맡기겠습니다."

교수가 슬그머니 꽁무니를 빼며 말했다.

그의 의견도 역시 기각되었다. 진흙송곳 오이제비우스 교수는 기분이 언짢은 듯 날개를 푸덕거리며 가느다란 다리로 자기 자리를 찾아갔다.

다음으로는 수많은 가족과 함께 모여 있던 다람쥐들 중 한 마리가 나섰다. 그의 이름은 폴짝폴짝 헤르쿨레스였다.

"함정을 파 놓으면 어떨까요? 그 안에 고집불통 노르베르트를 빠뜨려서 계속 가둬 놓는 거예요. 죽을 때까지 그 안에서 나오지 못하게…… 아니, 적어도 자신의 잘못을 뉘우칠 때까지요."

"흠, 그렇다면 함정을 어디에 파 놓을 생각이지?"

무시무시 리차드가 물었다.

폴짝폴짝 헤르쿨레스는 신이 났는지 앞발에 침을 퉤퉤 뱉어 가며 좋알댔다.

"그거야 뭐, 그 녀석이 날마다 산책을 나가는 길에 파야죠. 늘 같은 길만 걸어 다니는 고집 센 녀석이잖아요."

"그럼, 고집불통 노르베르트를 빠뜨릴 만한 함정을 파는 데 시간이 얼마나 걸릴 것 같지?"

무시무시 리차드가 짐짓 다정한 목소리로 물었다.

폴짝폴짝 헤르쿨레스가 잠시 머뭇거리더니 이렇게 말했다.

"적어도 열흘 이상은 걸릴 것 같은데요."

그러자 이번에도 능글능글 그렛첸이 기분 나쁜 웃음을 흘리며 소리쳤다.

"그러는 동안 고집불통 노르베르트가 그 옆에 서서 마음씨 좋게 쳐다보고 있을 것 같아? 아마 그 날카로운 뿔로 우리를 만신창이로 만들어 놓고 말걸! 그리고 우리가 함정을 파 놓는다고 하더라도 녀석은 절대로 빠지지 않을 거야! 그 정도로 멍청한 녀석이 아니니까!"

무시무시 리차드가 싱긋 웃으며 앞발을 살짝 들어올렸다. 폴짝폴짝 헤르쿨레스는 슬쩍 눈치를 살핀 뒤 물러났다.

그 후에도 다른 동물들이 여러 가지 의견들을 내놓기는 했지만 쓸 만한 생각이 하나도 없었다. 결국 동물들은 가만히 침묵을 지켰다.

그때 눈에 눈물이 촉촉이 고인 영양, 겁쟁이 돌로레스가 주위를 조심스럽게 살피며 낮게 속삭였다.

"이제 한 가지 방법밖에 없어요. 우리 모두 짐을 싸서 고집불통 노르베르트가 없는 안전한 곳으로 이사를 가는 거예요."

"도망을 가자고?"

무시무시 리차드가 으르렁거리면서 가엾은 영양을 매서운 눈길로 쏘아보았다. 겁쟁이 돌로레스는 너무 두려워서 거의 기절할 지경이었다.

"그건 말도 안 돼!"

무시무시 리차드의 말이 채 끝나기도 전이었다. 저 멀리서 기괴한 소리가 나더니, 점점 더 가까이 들려왔다. 쩝쩝거리는 소리, 꿀꿀거리는 소리, 쩔그럭거리는 소리, 쿵쾅거리는 소리, 부서지는 소리, 넘어지는 소리가 마구 뒤엉켜 마치 지진이라도 난 듯했다.

곧이어 고집불통 노르베르트의 성난 함성이 메아리쳤다.

"이런 못된 것들! 너희들은 이제 내 손 안에 있다! 아니, 날 그렇게 멍청한 녀석으로 생각했었나? 너희들끼리 몹쓸 계략을 꾸미고 있다는 것을 내가 모를 줄 알았어? 그런 짓을 하려면 진작 했어야지! 이제 나를 괴롭히면 어떻게 되는지 너희들에게 똑똑히 보여 주겠다! 너희들을 내가 당장 끝장내 버리겠다고!"

하지만 고집불통 노르베르트는 말처럼 하지 못했다. 그가 골짜기에 이르렀을 땐 이미 다들 도망치고 아무도 없었기 때문이었다. 사자와 코끼리조차도 허겁지겁 달아나 버렸다. 고집불통 노르베르트는 야자수 몇 그루를 쓰러뜨려 성냥개비처럼 가늘게 갈기갈기 찢어 놓으며 흥분된 마음을 진정시켰다.

어느새 날이 어두워지자 고집불통 노르베르트는 달빛이 비추는 밤길을 걸어 집으로 향했다. 그러나 화가 아직 덜 풀렸는지 잔뜩 찡그린 얼굴로 이곳저곳을 향해 고래고래 소리를 질렀다.

"어떤 녀석이든 내 눈 앞에 보이기만 해 봐라! 이제 나도 더 이상 못 참아! 내 손에 걸려드는 녀석은 박살내고 말겠어. 잘 들어라, 이 비겁한 겁쟁이 녀석들아!"

이 말은 동물들에게 새로운 충격을 주지는 못했다. 왜냐하면 다들 그가 정말로 그렇게 하리라는 것을 의심하지 않았기 때문이다. 여러 가지로 그에 대해 비난하는 동물은 많았지만, 말과 행동이 다르다고 흉을 보는 동물은 없었다.

수많은 동물, 특히 방어할 힘이 부족하고 연약한 동물들은 겁쟁이 돌로레스의 말이 틀린 것만은 아니라고 생각하기 시작했다. 그래서 그날 밤 몇몇 동물은 가족들을 이끌고 고집불통 노르베르트의 눈에 띄지 않는 다른 곳으로 이사를 갔다. 그 소문이 삽시간에 퍼졌고, 점점 더 많은 동물이 그곳을 떠났다. 그런 동물들이 많으면 많아질수록 남아 있는 동물들의 두려움은 더욱 커져만 갔다. 결국 마지막까지 남아 있던 무시무시 리차드도 포악한 코뿔소를 자기 혼자 감당할 수는 없다는 말을 하고는 암사자와 세 마리 새끼를 데리고 먼 길을 떠났다.

이제 드넓은 초원 한가운데 물웅덩이 근처에서 동물들의 모습을 찾아 볼 수 없게 되었다. 고집불통 노르베르트만 홀로 남게 된 것이다.

그런데 아직 떠나지 않은 동물이 한 마리 더 있었다. 바로 족집게 칼켄이었다.

족집게 칼켄은 주둥이가 새빨갛고 날카롭게 생긴 작은 새로 평
소 아무도 거들떠보지 않던 동물이었다. 일단 몸집이 아주 작았
고, 꼭 필요하긴 하지만 지저분하게 여겨져서 누구나 꺼리는 일을
하고 있었기 때문이다.

족집게 칼켄이 하는 일은 물소, 코끼리, 하마의 등을 이리저리
걸어 다니며 그 위에 착 달라붙어 있는 갖가지 해충들을 찍어 먹
는 것이었다.

족집게 칼켄은 몸집이 아주 작고, 언제나 잽싸게 피할 수 있었
기 때문에 고집불통 노르베르트를 두려워하지 않았다. 그런데 고
집불통 노르베르트 때문에 친구들과 일거리를 몽땅 잃어버린 것
에 단단히 화가 나 있었다. 그래서 어떻게 하면 고집불통 노르베
르트를 멋지게 골탕 먹일 수 있을까 하고 나름대로 계획을 세워
나갔다.

어느 날 족집게 칼켄이 고집불통 노르베르트의 콧잔등에 있는
큰 뿔 위에 앉아 주둥이로 쪼으며 좋알댔다.

"어이, 승리자가 된 기분이 어때?"

고집불통 노르베르트가 눈알을 부라리며 험상궂게 위쪽을 흘겨
보았다.

"넌 뭐야? 나한테는 공손하게 굴어야지! 어서 꺼져, 지금 당
장!"

"잠깐, 잠깐! 넌 이제 아무것도 거리낄 것이 없는 최고 지배자
가 되었잖아. 나도 그건 인정해. 정말 대단한 승리지. 그런데 아직

도 뭔가 부족한 게 있는 것 같지 않아?"

"없는 것 같은데?"

고집불통 노르베르트가 언짢아하며 말했다.

"천만에. 승리자가 되었든, 지배자가 되었든 지도자라면 꼭 갖고 있어야 할 것이 있는데 넌 그게 없잖아. 그러니까 동상 말이야."

"뭐라고?"

고집불통 노르베르트가 물었다.

"있잖아, 자고로 동상이 없으면 진짜 승리자나 지배자라고 할 수 없어. 그러니까 세상에 나가면 그런 유명한 사람들의 동상들이 여기저기 세워져 있는 거야. 너도 이제 유명해졌으니까 어서 만들어 놔야지, 안 그래?"

고집불통 노르베르트는 깊은 생각에 잠길 때면 늘 그렇듯이 잠시 멍하게 허공을 쳐다보았다. 족집게 칼켄의 말이 정말 맞는 것 같았다. 자신이 승리자며 지배자이기 때문에 유명하다는 말도 일리가 있어 보였다. 그는 동상을 하나 세워야겠다고 결심했다.

"그런 물건은 어디에서 구하는 건데?"

고집불통 노르베르트가 묻자 족집게 칼켄이 말했다.

"그런데 문제가 좀 어려울 것 같아. 너도 알다시피 지금은 동상을 만들어 줄 동물이 한 마리도 없잖아. 그러니까 네가 직접 만들어야 해."

"어떻게?"

"우선 네 모습과 아주 닮은 것을 만들어야지. 그래야 다른 동물

들이 누구 동상인지 쉽게 알아볼 수 있거든. 직접 바위 깎고 조각할 수 있겠어?"

"아니. 난 못 해."

고집불통 노르베르트가 솔직하게 대답했다.

"저런, 그럼 동상 못 세우겠네."

"안 돼. 난 꼭 가질 거야. 빨리 머리 좀 굴려 봐!"

고집불통 노르베르트가 고집스레 말했다.

날개를 비스듬히 기울인 족집게 칼켄은 고집불통 노르베르트의 머리 위를 오락가락하며 깊이 생각하는 척했다.

한참 만에 족집게 칼켄이 다시 입을 열었다.

"한 가지 방법이 있기는 한데……. 너한텐 너무 힘들 텐데?"

"쳇, 난 뭐든 거뜬히 할 수 있어! 빨리 말해 봐!"

고집불통 노르베르트가 콧김을 내뿜으면서 말했다.

"네가 직접 동상이 되는 거야."

"흠……."

고집불통 노르베르트가 다시 멍한 얼굴로 허공을 쳐다보았다.

고집불통 노르베르트가 족집게 칼켄의 말을 이해하기까지는 한참이 걸렸다. 생각해 보니 썩 괜찮은 제안 같았다.

금세 기분이 좋아진 고집불통 노르베르트가 다그치듯 물었다.

"그럼 내가 어떻게 하면 되지?"

"일단 어디에서든 볼 수 있게 아주 크고 높은 바위 위로 올라가. 그런 다음 놋쇠로 만들어 놓은 것처럼 꼼짝도 하지 말고 그 위에 가만히 서 있어야만 해, 이제 알겠어?"

"알았어."

고집불통 노르베르트는 말을 하자마자 어디론가 허겁지겁 달려갔다. 물웅덩이에서 별로 멀지 않은 곳에 있는 커다란 바위 쪽이었다. 고집불통 노르베르트는 그 위로 올라가 자세를 가다듬었다.

족집게 칼켄은 조금 멀찍이 떨어져 이쪽저쪽을 오가며 소리쳤다.

"왼쪽 다리를 조금 올려. 그래, 지금 그 상태 아주 좋아! 이제 머리를 약간 쳐들고. 이제 자랑스럽게 승리를 즐기는 듯한 표정으로 먼 곳을 쳐다봐!"

"하지만 난 가까운 데 있는 것밖에 보지 못하는데?"

고집불통 노르베르트가 떨떠름한 표정으로 말했다.

"그럼 네 미래를 내다본다고 생각해. 그런 건 어차피 상관 없어. 동상은 자기가 뭘 보려고 있는 게 아니라 남에게 보이려고 서 있는 거니까. 좋아, 그만하면 아주 환상적인데? 자, 이제부터는 꼼짝도 하지 마!"

족집게 칼켄은 다시 고집불통 노르베르트에게로 날아가 커다란 뿔 위에 앉았다.

"자, 이제는 지배자가 가져야 할 것을 다 갖게 된 셈이야. 와, 진짜 동상 같아! 정말 대단해! 다들 널 부러워할걸. 동물들은 이곳을 지나가다가 널 우러러보며 존경하는 네 이름을 마음속으로 속삭이겠지! 누군가 너나 네 동상을 아래로 밀어내지 않는 한 계속 그럴 거야. 어차피 네가 바로 네 동상이니까 그게 그거지만."

더 이상 움직일 수 없게 된 코뿔소는 걱정스러운 얼굴로 족집게 칼켄을 흘겨보았다. 그러곤 입속으로 우물거렸다.

"날 밀어낸다니, 그게 무슨 소리야?"

"말하자면……."

칼켄이 신나게 종알대기 시작했다.

"혁명 같은 것이 일어나서 지배자가 밀려나는 일이 있을 수 있거든. 그리고 한 지배자가 밀려나면 당연히 지배자의 동상도 밀려나게 되지. 그런데 아직 밀려나지 않은 지배자의 동상을 밀어내면 그런 짓을 한 녀석은 바로 감옥으로 끌려가서 사형을 당하게 되는 거야. 그렇게 되지 않으려면 재빨리 도망치는 수밖에 없어."

"잠깐만. 뭐가 어떻게 된다고?"

고집불통 노르베르트가 깜짝 놀랐다.

"아! 넌 그런 걱정까지 할 필요 없어. 도대체 누가 널 밀어내겠어? 네 동상도 마찬가지고. 너 스스로 밀어내는 일만 일어나지 않는다면 다 괜찮아."

"뭐라고? 어떻게 내가 날 밀어낸다는 거야?"

고집불통 노르베르트가 어리둥절한 표정으로 물었다.

"예를 들어서 네가 바위 밑으로 내려가면 스스로 동상을 밀어내는 게 되잖아. 그럼 넌 여전히 지배자이거나, 혹은 지배자가 아닌 게 되겠지? 지배자이면서 동상을 밀어냈다면, 넌 너 스스로 목숨을 끊어야 해. 혁명이 일어났을 땐 다 그렇게 하거든. 그리고 네가 지배자가 아닌데 동상을 밀어냈다면 넌 너를 붙잡아 사형시켜야 해. 네가 바로 지배자니까 네 동상을 밀어낸 녀석을 가만 놔둬선 안 되지. 물론 사형당하지 않으려면 네가 널 체포하기 전에 일찌감치 도망을 쳐야만 하지. 어때, 이제 좀 이해가 돼?"

"이런 젠장. 난 그렇게 힘든 일인 줄은 미처 몰랐네."

고집불통 노르베르트가 투덜댔다.

"그러니까 아주 유명한 인물들만 동상을 갖는 거야. 하지만 이제라도 시간은 충분하니까, 잘 생각해 보라고. 안녕, 뚱보! 난 이제 일거리가 더 많은 곳을 찾아가 봐야겠어. 네가 날 배불리 먹여줄 수 있는 것도 아니잖아. 안 그래?"

그러면서 족집게 칼켄은 훨훨 날아가 버렸다. 곧이어 새소리가 하늘에 맑게 울려 퍼졌다.

고집불통 노르베르트는 동상이 되어 그 자리에서 감히 움직일 엄두를 내지 못하고 있었다.

저녁노을이 붉게 물들어 갔고, 달빛이 비쳤고, 아침 해가 떠올랐고, 한낮의 햇살이 뜨겁게 달아올랐다.

고집불통 노르베르트는 놋쇠를 녹여 만들어 놓은 동상처럼 그 자리에 우뚝 선 채, 비록 눈이 나빠 잘 안 보이긴 했지만, 승리를 즐기는 표정으로 먼 곳을 내다보았다. 고집불통 노르베르트는 자기 동상을 갖게 된 게 무척 기뻤다.

고집불통 노르베르트는 그렇게 몇 날 며칠 동안 우두커니 서 있었다. 하지만 마음속으로는 모든 것을 초월한 듯한 자신의 멋진 모습이 너무 보고 싶어 참을 수 없을 지경이었다. 아직까지도 자신의 동상을 보고 감탄해 주는 동물이 없어 서운하기도 했다. 자신의 모습을 한 번이라도 볼 수만 있다면 자신은 무슨 짓이든지 다 할 수 있을 것 같았다.

고집불통 노르베르트는 점점 배가 고파 왔다. 나중에는 참기 어려울 정도였다.

'얼른 밑으로 내려가서 풀 한 옴큼만 뜯어 먹고 올까? 어차피 아무도 모를 텐데.'

고집불통 노르베르트는 생각했다. 그러나 바로 그 순간 섬뜩한 기분이 들었다. 그것은 자기 동상을 밀어내는 짓이자, 스스로를 지배자의 자리에서 밀어내는 짓이었기 때문이다.

'그렇게 하면 어떻게 된다고 했더라?'

고집불통 노르베르트는 심각한 고민에 빠지고 말았다.

저녁노을이 붉게 물들어 갔고, 달빛이 비쳤고, 아침 해가 떠올랐고, 한낮의 햇살이 뜨겁게 달아올랐다.

고집불통 노르베르트는 여전히 제자리에 그대로 선 채 생각을 정리해 보려고 애썼다.

'만약 내가 밑으로 내려간다면 그건 어쨌든 스스로를 밀어내는 것이라고 했지? 내가 동상인 나를 밀어내면 지배자인 내가 나를 잡아서 사형에 처해야 한다고 했어. 사형을 안 당하려면 지배자인 내가 알아차리기 전에 도망을 가야 해. 하지만 그건 도저히 불가능해. 또, 내가 지배자인 나를 밀어내면 혁명을 일으킨 셈이 되니까 그때도 도망을 가야 해. 안 그러면 내가 나를 잡아서 또 사형에 처해야 하니까. 그런데 내가 도망간다는 사실을 나 자신이 알아차리기 전에 도망을 갈 수 있을까? 그것도 말이 안 돼. 그러니까 어쨌든 움직이지 말고 서 있어야 한다는 소리야. 움직였다가는 정말 큰일 나는 거라고.'

고집불통 노르베르트는 단단히 결심했다.

하지만 고집불통 노르베르트는 배를 쥐어뜯는 듯한 허기 때문에 점점 더 괴로워졌다. 더구나 시간이 흐를수록 점점 더 자신을 믿을 수 없게 되었다. 어쩌면 자기가 자신의 적이 되었는지도 모른다는 생각이 들었다. 다만 지금까지 그것을 모르고 있었던 것은 아닌가 하는 생각도 들었다. 그래서 고집불통 노르베르트는 한 순간도, 잠자는 시간조차도 놓치지 않고 철저하게 자신을 감시하기로 결심했다. 한번 결심한 대로 그대로 따르기로 한 것이다!

이제까지 고집불통 노르베르트를 여러 가지 이유로 비난하는 동물은 많았지만, 말과 행동이 다르다고 흉을 보는 동물은 하나도 없었다.

그러나 그렇게 정신을 바짝 차리고 버티려고 해도 시간이 지나면서 몸이 말라 가는 것을 막을 수는 없었다. 몸은 점점 두꺼운 갑각 속의 한줌 가련한 덩어리로 줄어들고 있었다.

어느 날 밤이었다. 하늘에 먹구름이 잔뜩 껴서 칠흙같이 어두웠다. 고집불통 노르베르트는 몹시 마르고 허약해져서 더 이상 똑바로 서 있기도 힘들었다. 결국 바닥에 털썩 주저앉고 말았다. 그런데 이게 웬일인가? 단단한 갑각은 그대로 남아 서 있는 것이 아닌가!

단단한 갑각 밑으로 빠져 나온 고집불통 노르베르트는 바위 위를 데굴데굴 굴러 땅바닥으로 떨어졌다. 사실 단단한 갑각이 없는 코뿔소는 마치 새끼 돼지처럼 조그맣고 연약한 모습이 된다. 하지만 고집불통 노르베르트는 동상은 그대로 둔 채 풀을 먹을 수 있게 된 게 무엇보다도 기뻤다.

"너무 캄캄해서 아쉽네. 저기 위에 서 있는 내 모습을 딱 한 번만이라도 제대로 보고 싶었는데."

고집불통 노르베르트가 혼잣말을 했다.

바로 그 순간 번개가 번쩍! 내리치더니 초원이 대낮처럼 환해졌다. 고집불통 노르베르트는 바위 위를 쳐다보았다. 난생 처음으로 자신의 모습을 보게 된 것이다. 아프리카 초원에는 거울이 없었기 때문에 이제까지 자기 모습을 볼 수가 없었다. 그런데 그 모습은 고집불통 노르베르트가 그동안 봐 왔던 그 어떤 동물보다 가장 흉했다.

"도와줘!"

고집불통 노르베르트는 질겁하며 소리쳤다. 그러고는 배고프고 지쳤다는 것도 까맣게 잊은 채 연약한 다리로 최대한 빠르게 초원을 가로질러 갔다. 다른 동물들처럼 자기 자신으로부터 안전한 곳

으로 갈 때까지 사막을 지나, 밀림 지대를 뚫고, 쉬지 않고 달렸
다.

그 이후 고집불통 노르베르트는 과연 어떻게 되었을까? 누가
그것을 알겠는가? 어쩌면 아직도 세상의 이곳저곳을 뛰어다니고
있을지도 모른다. 아니면 그 사이 안전한 곳을 찾아 새 삶을 시작
했는지도 모른다. 물론 단단한 갑각도 없이 말이다. 혹시 누군가
단단한 갑각이 없는 코뿔소를 만나게 되면 직접 물어봐 주기 바란
다.

그런 일이 있은 후, 다른 동물들은 동상의 속이 비어 있다는 소
문을 듣고 하나씩, 둘씩 초원으로 되돌아왔다.

동물들은 그 동상을 밀어내지 않고 그대로 두었다. 앞으로 태어
날 세대를 위해 본보기로 남겨 놓은 것이다. 거기엔 다분히 경고
의 의미가 담겨져 있었다.

괜찮아요

    얼마 전 난 하루의 일과를 끝내고 저녁을 먹기 위해 피곤한 몸을 이끌고 음식점으로 갔다. 배가 제법 고팠기 때문에 바삭바삭하게 구운 감자볶음과 큰 소시지 그리고 차가운 맥주 한 잔을 주문했다.

    주문한 음식을 기다리다가 갑자기 뉴스가 궁금해졌다. 나는 곧바로 길을 건넜고 신문을 사서 자리로 되돌아왔다.

    그런데 이게 웬일인가? 그 사이에 웬 낯선 사람이 내 자리에 앉아 있는 것이 아닌가? 좀 더 구체적으로 말하자면 낯선 사람은 바로 어린아이였다.

    난 낯선 사람에게는 공손해야 한다고 늘 생각해 왔다. 상대가 어린아이라도 마찬가지다. 난 아이에게 무슨 나쁜 뜻이 있는 것은 아닐 거라고 생각했다. 그 애가 내 자리라는 것을 전혀 모르고 거기에 앉아 있을 수도 있기 때문이다. 그래서 그 애에게 다가가 손가락으로 어깨를 살짝 두드리며 말했다.

"미안해요, 젊은 친구."

난 키는 껑충하게 컸지만 기껏해야 예닐곱 살쯤 되어 보이는 그 애에게 정중하게 말했다.

"번거롭게 해서 미안하지만 지금 앉아 계신 자리는 공교롭게도 내 자리인데요."

키다리 아이가 깜짝 놀란 얼굴로 날 쳐다보며 말했다.

"괜찮아요."

난 상당히 당혹스러워졌다. 하지만 괜찮다는 말도 일리가 있었다. 내가 다른 자리로 옮겨가 앉으면 아무 문제도 되지 않기 때문이었다. 더구나 난 평소에 아이들에게 너무 엄하게 굴어서는 안 된다고 생각하고 있었다. 그래서 그 아이의 옆자리에 앉으며 중얼거렸다.

"내가 이렇게 옆에 앉는 것이 거슬리지 않았으면 좋겠는데."

"괜찮아요."

아이가 마음씨 좋은 사람처럼 고개를 끄덕이며 말하고는 내 신문을 들고 읽기 시작했다.

나는 나 역시 아직 신문을 읽지 못했으며, 지금 막 읽을 생각이었다는 것을 그 애가 모를 수도 있다고 생각했다. 더구나 난 책을 쓰는 사람으로서 누구나 글을 읽어야 하며, 그 키다리 애처럼 아직 어린아이는 특히 글을 많이 읽어 봐야 한다고 늘 생각해 오고 있었다. 사실 아이는 글을 제대로 읽기에는 너무 작아 보였다. 그러니까 내 말은 너무 어려 보인다는 것이다. 어쨌든 아이는 통통

한 손가락으로 이쪽저쪽 긁어도 보고, 위아래로 휘저어도 보면서 신문을 마구 구겨 놓았다. 나중에 내가 조금이라도 읽을 수 있는 신문이 과연 남겨질지 걱정스러웠다. 하지만 아이를 언짢게 하고 싶지는 않아서 다정하게 말했다.

"이봐요, 친구. 그건 좀 심한 것 같은데. 장난치고 싶으면 내가 먼저 읽고 나서 줄 테니, 그만 그 신문을 내게 주는 게 어떻겠어요?"

"괜찮아요."

아이가 중얼거리더니 그 짓을 계속했다.

그의 행동에 조금이라도 악의가 있다고 생각했다면 난 어떻게 해서든지 아이를 혼내 주려고 했을 것이다. 그러나 전혀 그런 것 같지 않았다.

때마침 종업원이 음식과 맥주를 내 앞에 갖다 놓았다. 그런데 내가 냅킨을 펼치고 있는 사이 키다리 아이가 먼저 음식을 먹기 시작했다. 나보다 배가 더 고팠는지 소시지와 감자볶음이 눈 깜짝할 사이에 아이의 입으로 다 들어가 버렸다.

"사실 그것은 저녁 식사로 내가 먹으려고 한 건데."

내가 불만스러운 말투로 말했다.

"괜찮아요."

아이가 느긋하게 말하면서 마지막 남은 소시지 조각을 입속으로 꾸역꾸역 밀어 넣었다.

하지만 나는 차마 아이를 꾸짖을 순 없었다. 인정머리 없는 인간만이 배고픈 아이에게서 밥그릇을 빼앗는 것이 아니던가? 더구나 음식을 먹는 아이의 모습이 너무나 행복해 보였다. 그 틈에 난 엉망으로 구겨진 신문을 펼쳐 들었다. 그리고 무심히 팔을 뻗어 맥주잔을 잡으려고 했다. 그런데 그 젊은 친구가 그것마저 입술에 갖다 대더니만 잔을 깨끗이 비우는 게 아닌가? 그것도 단숨에! 아이의 행동에 놀란 건 사실이었지만 그 아이의 건강을 염려하는 의미에서 이것만은 꾸짖어야 된다는 생각이 들었다. 어린 나이에 그렇게 많은 양의 맥주를 마신다는 것은 아무래도 너무 심했다! 그래서 아까보다는 좀 더 엄한 목소리로 이렇게 말했다.

"그렇게 하면 건강에 안 좋을 텐데, 젊은 친구."

"괜찮아요."

아이가 다정하게 말했다. 그러곤 내 얼굴에 입을 바짝 대고서 '꺼억!' 트림을 했다. 마치 하마의 뱃속에서 나오는 소리 같았다.

나는 다른 사람들이 나를 아이에게 너그럽지 못한 어른이라고 생각하게 하고 싶진 않아서 이번에도 그냥 넘어갔다. 문제는 점점 더 허기가 심해진다는 것뿐이었다. 다른 사람이 먹는 것을 보는 것만으로는 배가 부를 수 없었다. 불행하게도 내 주머니에는 일인분의 식사와 맥주 한 잔을 더 시킬 수 있는 돈이 없었다. 문득 집에 빵과 우유가 있다는 사실이 머릿속에 떠올랐다. 그것만 먹으면 그런대로 허기를 채울 수 있을 것 같았다. 그래서 주인에게 음식값을 치르고 키다리 아이를 바라보며 뭔가 잘못한 사람처럼 말했다.

"미안하지만 이제는 집으로 가야 할 것 같아……."

아이의 얼굴이 순식간에 어두워지는 것을 보고 난 차마 말을

다 할 수 없었다. 어른으로서 아이에게 할 짓이 아닌 것 같았다! 그래서 얼른 이렇게 덧붙였다.

"다음번에 우리 집에 와서 재미있게 놀다 가요. 오늘은 대접할 것이 아무것도 없어서……."

"괜찮아요."

아이가 금방 생기를 되찾은 얼굴로 말하더니 자리에서 일어나 나와 함께 밖으로 나왔다.

밖은 어느새 캄캄했다. 아무 말도 없이 아이와 둘이서 나란히 걸어가면서 차츰 아이가 걱정되기 시작했다. 난 그 애가 도대체 무엇을 원하는지 얼굴 표정을 살펴서라도 알아볼 생각으로 아이를 쳐다보았다. 아이는 나보다 머리가 하나쯤 더 크기 때문에 고개를 바짝 뒤로 젖혀야 했다. 아이의 얼굴은 여전히 천진난만해 보였다. 처음과 다른 게 있다면 약간 피곤해 보이는 것뿐이었다.

"이것 봐요, 젊은 친구."

내가 잠시 뜸을 들인 후 조심스럽게 말했다.

"이렇게 나를 배웅해 주는 것은 눈물겹도록 고마운 일이지만 내 생각에는 내가 젊은 친구를 집까지 데려다 주는 편이 더 좋을 것 같아요. 아직 어려서 부모님이 걱정할 테니까요. 또 보아 하니 피곤해서 잠도 자고 싶은 것 같은데."

"괜찮아요."

아이가 하품을 하며 말했다.

어린아이가 남에게 뭔가를 베풀려고 했을 때 그것을 거절하지 말아야 한다는 내 생각에 반대할 사람은 아무도 없을 것이다. 잘

해 보려고 한 짓인데 그것을 냉정하게 뿌리치면 얼마나 상심이 크겠는가! 그래서 난 더 이상 아무 말도 하지 않기로 했다.

난 예쁜 꽃밭이 있는 변두리의 작은 집에서 살고 있다. 좀 더 정확하게 말하면, 불과 며칠 전에 일어난 일이지만, 살고 있었다고 말하는 편이 맞을 것이다. 이제부터 사건의 자초지종을 차근차근다 말해 주겠다.

집에 도착했을 때 난 궁여지책으로 거짓말이라도 해야겠다는 생각이 들었다. 되도록이면 거짓말을 해서는 안 된다는 걸 잘 알고 있었지만, 그만한 나이에는 절대로 낯선 사람을 따라가서는 안된다는 것과 이렇게 늦은 시각에는 더구나 안 된다는 말을 그대로 했다가는 내가 자기를 귀찮게 생각해서 하는 말인 줄로 오해할 것 같기 때문이었다. 그런 이야기를 하면 아이가 크게 실망할 것이 뻔했다. 그래서 나는 일부러 낭패스러운 얼굴을 하고서 말했다.

"아차! 이걸 어쩐다. 집 열쇠를 갖고 나오는 걸 그만 깜빡 잊었네!"

"괜찮아요."

키다리 아이가 말하더니 몇 걸음 뒤로 물러섰다.

난 다행이라고 생각하며 달음박질치려고 하는 아이에게 집으로 데려다주겠다는 말을 하려고 했다. 그런데 아이는 우리 집 현관문을 향해 재빨리 달려가더니 발로 문을 부숴 버렸다. 그 순간 난 아이가 상심을 하건 말건 다시는 그런 짓을 하지 못하도록 호되게 야단을 쳐야 하지 않을까 하고 생각했다. 하지만 이번에도 아이가 내게 무슨 악의가 있어서 그렇게 한 것이라고는 생각되지 않았다. 그래서 난 약간 나무라는 듯한 말투로 말했다.

"아직 현관문이 쓸 만했었는데."

"괜찮아요."

아이가 내게 위로하듯 말하더니 집 안으로 들어갔다. 난 심호흡으로 떨린 가슴을 진정하고, 이마에 맺혀 있는 차가운 땀방울을 닦아 내려고 잠시 밖에 그대로 서 있었다.

잠시 후 집 안에서 뭔가 부서지고, 엎어지는 끔찍스러운 소리와 비명이 들렸다. 난 등골이 오싹해졌다. 아이를 낯선 집에 혼자 들여보낸 건 분명 내 잘못이었다. 아이는 전깃불이 어디에 있는지도 몰랐을 것이다.

나는 허겁지겁 집 안으로 들어갔다. 불을 켜고 보니 키다리 아이는 멋있는 수족관을 깨뜨려 놓고 깨진 유리 조각들 한가운데 앉아 물을 뚝뚝 흘리고 있었다. 수족관의 물풀이 아이의 몸 여기저기에 걸쳐져 있었고, 물고기들이 사방에서 팔딱거렸다.

"이런 세상에!"

내가 깜짝 놀라 소리쳤다. 하지만 아이가 금방 울 듯한 표정을 짓고 있는 것을 보고서 난 다시 부드럽게 물었다.

"너 혹시 다친 데는 없니?"

너무나 걱정이 된 나머지 난 '젊은 친구'라는 호칭을 붙이는 걸 잊어버리고 말았다. 그러나 아이는 내가 허물없이 대하는 것이 별로 싫지 않은 모양이었다. 아이는 눈물을 닦더니 빙긋이 웃으며 말했다.

"괜찮아요."

그 순간 이후부터는 사건이 한꺼번에 터졌기 때문에 기억이 혼란스럽다. 우선, 내가 어떻게든 물고기를 살려 보려고 부엌으로 갔던 것이 생각난다. 그런데 부엌에서 물 한 통을 들고 거실로 돌아왔을 때 키다리 아이가 내 옷장에서 마구 꺼낸 옷들로 바닥을 닦고 있었다. 난 이번에도 아이가 내게 악의가 있어서 그런 것이 아니라 뭔가 도움을 주기 위해 그랬다는 것을 금방 알아챘다.

나는 물고기를 물통에 집어넣으면서 최대한 다정한 말투로 양복과 셔츠가 바닥을 닦기에는 적당하지 않으며 그렇게 하면 옷이 더러워지고 망가진다고 말했다.

"괜찮아요."

아이는 잠시 잘못 생각했을 뿐이라는 듯이 쾌활하게 말했다.

난 물고기가 들어 있는 물통을 들고 부엌으로 갔다. 물통을 깨끗이 비워 청소를 하는 데 쓰려고 내가 끔찍이 아끼는 귀여운 물고기를 담아 둘 만한 적당한 그릇을 찾아보았다. 그때 갑자기 거실에서 이상한 비명 소리가 들려왔다. 그러나 소리가 한 번만 나고 더 이상 들리지 않아 난 신경을 쓰지 않았다. 난 어른들이 사사건건 트집을 잡아 잔소리를 하는 것을 아이들이 별로 좋아하지 않는다는 것을 예전부터 잘 알고 있었다.

시간이 한참 지난 다음 다시 거실로 가 보니 어린 손님은 방안에 빨랫줄을 여기저기 붙들어 매느라 값비싼 그림을 두 점이나 망가뜨려 놓고 있었다. 그리고 그 줄에는 젖은 내 양복과 셔츠를 걸쳐 놓았다. 나름대로 잘해 보려고 애쓰고 있는 아이를 보며 난 가

슴이 뭉클해졌다. 다만 문제는 아이가 옷을 더 빨리 말리기 위해서 방 한가운데 있던 내 책상 위에 있는 종이들을 몽땅 가져다 불을 피워 놓았다는 점이었다.

물론 아이는 잘해 볼 생각이었을 것이다. 그 종이들이 내가 막 집필을 끝낸 새 작품이었다는 것을 아이가 알 턱이 없지 않은가? 나는 하나라도 건져 내기 위해 허겁지겁 불꽃이 튀는 곳으로 뛰어들었다.

키다리 아이는 내가 재미있는 장난이라도 하는 줄 알았는지 곧 나를 따라 하기 시작했다. 그러곤 아직 불이 붙어 있던 종잇조각을 집 안 이곳저곳으로 던졌다.

"그만! 그러지 마! 집이 홀딱 다 타 버리겠다!"

"괜찮아요."

모든 상황이 삽시간에 이루어졌다. 난 간신히 소방서에 전화를 걸고, 무슨 위험이 닥치고 있는지도 모른 채 웃고 있는 아이를 데리고 층계 위로 올라갔다. 현관문 쪽은 이미 불길에 휩싸였기 때문에 무사히 나갈 수가 없었다. 그렇게 해서 우리는 다락방의 작은 창문을 통해 지붕으로 피할 수 있었다.

"내 말 잘 들어."

난 매캐한 연기 때문에 계속 기침을 해 대면서 말했다.

"이제부터 내 말을 잘 듣고, 조심해야 해. 이제 우린 여기에서 밑으로 뛰어내리는 거야."

"괜찮아요."

아이가 말했고, 우리는 함께 뛰어내렸다. 난 떨어지면서 다리와 팔이 부러진 반면 아이는 내 위로 떨어졌기 때문에 다치지 않았다.

그 후에 무슨 일이 일어났는지 잘 기억나지 않는다. 하지만 곧 소방차가 도착했다는 것과 내가 들것에 실려 나갈 때 아이가 불타고 있던 집 앞에서 내게 다정하게 손을 흔들고 있었다는 것은 확실하게 기억난다. 그 애가 무슨 악의가 있어서 그런 모든 짓을 한 것이 아니라는 것이 너무나 분명해 보이는 장면이었다.

난 이 주일 전부터 팔과 다리에 깁스를 한 채 병원에 누워 있다. 앞으로 꽤 오랫동안 이곳에서 지내야 할 것 같다. 이곳에서 나가면 살 집을 다시 구해야 한다. 새 옷도 사야 되고, 책은 다시 맨 처음부터 쓰기 시작해야 한다. 키다리 아이는 아직까지 만나지 못했다. 솔직히 말해서 앞으로 다시 만난다고 하더라도 난 별로 화를 내지 않을 것 같다.

니젤프림과 나젤큐스

세계적으로 유명한 만담가인 슈타니슬러스 슈투프스가 세상에 소문이 무성한 멀고 먼 엉터리 나라를 찾아 항해를 시작했다. 그러던 어느 날 지도에 나와 있지 않은 작은 섬 하나를 발견했다. 슈투프스는 선장에게 배를 그 섬 근처에 정박시키도록 하고 혼자서 보트를 타고 섬까지 갔다.

그 섬은 감청색 원뿔형 모자의 형태로, 해변은 모자의 차양과 같아 불과 폭이 20~30미터밖에 되지 않았고 그 뒤로는 촘촘히 금이 간 돌로 된 산이 있었다.

섬에는 아무리 둘러봐도 풀처럼 생긴 것이라고는 하나도 없었다. 나무나 수풀은 물론 이끼조차도 전혀 보이지 않았다.

슈투프스는 산의 높이를 가늠해 보며 산 주위를 돌고 있는데 갑자기 양쪽 방향을 가리키고 있는 푯말이 나타났다. 오른쪽 방향을 가리키는 푯말에는 '니젤프림에게로 가는 길'이라고 적혀 있었고,

다른 쪽 푯말에는 '나젤큐스에게로 가는 길'이라고 적혀 있었다.

슈투프스는 이름만 보고선 아무것도 짐작할 수 없었기 때문에 어느 방향으로 갈지 망설였다. 그런데 의외로 결정을 쉽게 내릴 수 있게 되었다. 길이 오른쪽으로만 나 있었기 때문이다. 나젤큐스에게로 가는 왼쪽 방향에는 간신히 기어 올라갈 수 있는 험한 바위가 있을 뿐, 길이 있다고 할 수가 없었다.

슈투프스는 니젤프림에게로 향하는 훤히 잘 뚫린 길을 선택했다. 길은 원뿔꼴의 산을 커다란 나선 모양으로 감싸며 계속 오른쪽으로 돌아서 올라가게 돼 있었다. 니젤프림이라는 사람은 아마도 산꼭대기에 사는 모양이었다.

슈투프스는 대략 산 높이의 절반쯤 올라가고 난 다음 숨을 돌리기 위해 걸음을 멈추고 뒤를 돌아보았다. 멀리 바다에 배가 보였고, 해변에 세워 둔 작은 보트도 보였다. 그런데 이제까지 자신이 걸어왔던 길은 온 데 간 데 없었다. 흔적도 없이 사라져 버린 것이다. 정확히 말하자면 그의 등 뒤에 있던 길은 없어졌지만 꼭대기로 올라가는 그의 앞에 놓인 길은 그대로 있었다. 슈투프스는 함정에 빠진 것 같아 영 마음이 편치 않았다.

슈투프스는 조심스럽게 한 걸음씩 내딛으면서 어깨 너머로 자꾸 눈길을 돌렸다. 정말 그의 등 뒤에 있는 길은 처음에는 희뿌옇게 변하더니 이내 흔적도 없이 사라져 버렸다. 슈투프스는 그것을 가만히 지켜보면서 깊은 생각에 빠졌다. 계속 올라가야 하나, 아니면 이제라도 내려가는 것이 더 현명한가? 그러나 되돌아가려면 커다란 감청색 바위를 타고 내려가야 한다. 자칫 잘못하면 미끄러

져 다리나 목이 부러질 것이 뻔했다. 그러나 소문만 무성한 멀고 먼 엉터리 나라를 찾아가려면 앞으로도 이것보다 더 어려운 일에 수없이 부딪치게 되리라는 생각이 들었다. 비록 이 상황이 안 좋긴 했지만 다시 내려가야 할 만큼 위협적이라고 볼 수는 없었다. 적어도 그 순간까지는 아무 일도 일어나지 않았다.

결국 그는 마음을 단단히 먹고 앞으로 걸어 나갔다. 나선형 길은 꼭대기에 가까워질수록 점점 더 폭이 좁아졌다. 마지막으로 길 모퉁이를 돌자 허름하고 둥그스름한 작은 오두막집이 나타났다. 길은 그 집 앞에서 끝이 났다.

슈투프스는 안내문이 걸려 있는 문가로 다가갔다.

니젤프림
방문객 절대 환영, 그러나 아무런 의미는 없음.
적어도 일곱 번 두드리시오!

슈투프스는 처음에는 일곱 번을 두드렸다가, '적어도'라는 말이 생각나 세 번을 더 두드렸다. 그런 다음 문에 귀를 대고 안에서 나는 소리를 가만히 엿들었다. 뭔가 가까이 다가오는 소리가 들려왔다. 마치 수많은 종이 서로 부딪치며 내는 소리 같았다.

문이 열리자, 아주 이상하게 생긴 남자가 나왔다. 키는 슈투프스보다 별로 크지 않았다. 새빨간 양복을 입었으며, 역시 새빨간 원통형 모자를 머리에 쓰고 있었다. 코밑에는 50센티미터 정도 되는 기다란 검은 콧수염이 자라 있었다. 끝이 오른쪽과 왼쪽으로 뻗어 있어 마치 터키 칼처럼 보였다. 팔, 다리, 모자의 차양, 양쪽 귀, 심지어 콧수염의 끝 부분까지 은빛 종들이 매달려 있어서 그가 움직일 때마다 소리가 났다. 그 이상한 사람은 아무런 거리낌 없이 자유롭게 움직였다. 때론 깡충깡충 뛰기도 하였는데 얼굴 표정은 전혀 깡충깡충 뛸 기분으로 보이지 않았다.

"아!"

그가 슈투프스의 모습을 보며 외쳤다.

"분명히 절 찾아오신 손님이시로군요. 제게 아무런 도움이 되지는 않겠지만 적어도 저를 찾아오신 분이 어떤 분이신지 정도는 알고 싶습니다."

"제 이름은 슈타니슬러스 슈투프스입니다. 직업은 만담가고, 중요한 탐험 여행을 하고 있습니다."

슈투프스가 목례를 하며 말했다.

"참으로 안됐군요! 저는 니젤프림이라는 사람이지만 굳이 기억하려고 하실 필요는 없습니다, 어르신. 그냥 신경쓰지 마십시오!"

이상한 사람이 말하며 껑충 뛰자 종들이 요란스럽게 울렸다.

"무엇이 그렇게 안됐다는 겁니까? 그리고 왜 굳이 기억할 필요가 없다는 거죠?"

슈투프스가 물었다.

"그런 모든 내막을 들을 필요도 없습니다, 어르신. 절대로 다 기억하지 못하실 테니까요."

"분명히 약속하겠소. 대체로 난 기억력이 아주 좋단 말이오."

슈투프스가 다짐했다.

"대체로, 대체로!"

니젤프림이 체념하듯 손을 내저으며 소리쳤다.

"아무리 그렇다고 하더라도 소용없습니다. 어르신의 기억력 때문이 아니라 바로 제 기억력 때문이니까요."

슈투프스는 순간 그가 자기를 별로 달가워하지 않는다는 느낌을 받았다. 그래서 다시 정중하게 말했다.

"내가 번거롭게 해 드렸다면 미안합니다, 니젤프림 씨. 나중에 시간이 있으실 때 다시 찾아오도록 하지요."

"아이고 그러시지 마세요! 어서 안으로 들어오세요. 그렇게 해 보았자 아무 소용도 없을 테지만요."

니젤프림이 말했다.

슈투프스는 니젤프림을 따라 허름한 집 안쪽으로 들어갔다. 집

은 전체가 하나의 방이었다. 몇 안 되는 가구들은 썩은 나무판자로 만든 것들이었다. 그리고 그릇은 녹슨 깡통이나 그와 비슷한 것으로 만들어져 있었다. 묘하게도 식탁은 두 사람을 위해 준비되어 있었다.

니젤프림이 슈투프스에게 자리에 앉기를 권했다. 그러곤 계속한숨을 내쉬었다. 니젤프림이 작은 술병을 꺼내 들고 깡통 잔 두개를 채우며 말했다.

"난파된 배에서 나온 럼주입니다. 조금 마셔 보세요. 어차피 술기운이 오래 가지도 않을 거예요."

"혹시 저를 기다리고 계셨나요?"

슈투프스가 물었다. 니젤프림의 근심 어린 표정을 보자 슈투프스도 가슴이 아팠다.

"아니요. 이 두 번째 깡통은 동생 나젤큐스를 위해 준비해 두던 것입니다. 하지만 동생이 저에 대해서 아무것도 알고 있지 못하니 아무짝에도 쓸모없는 것이지요. 동생도 다른 사람들이 그런것처럼 절 까맣게 잊어버린 거예요. 그것이 바로 제가 타고난 운명입니다."

니젤프림이 슬픈 목소리로 말했다. 니젤프림의 눈은 금방이라도 눈물이 주르륵 흘러내릴 것처럼 보였다.

"정말 가슴 아픈 일이로군요."

슈투프스가 나지막한 소리로 말하며 술을 조금 마셨다.

"겉모습이 그러하신데 사람들이 쉽게 잊어버린다는 것이 저로선 좀체 상상하기 어렵군요."

니젤프림이 근심 섞인 표정으로 고개를 끄덕였다.

"그래요, 전 어떻게 해서든지 사람들 눈에 띄어 보려고 온갖 노력을 다하고 있어요. 이렇게 많은 종이 달린 이 옷도 제 마음에 들어서 입고 있는 것이 아니라 언젠가는 누군가의 기억에 깊이 남게 될 날이 있게 되기를 고대하면서 입고 있는 것이랍니다. 그렇지만 그 모든 것이 다 부질없는 짓이라는 것을 저 자신도 잘 알고 있지요. 다른 사람들에게 있어서는 기억을 하게 만드는 것이 아주 자연스러운 능력이지만 제게는 결정적으로 부족하거든요. 그것도 언제나 한결같아요. 제 주변의 상황은 언제나 똑같거든요. 어르신도 지금 이렇게 눈앞에 있는 저를 보시는 동안만 실재로 인식하실 거예요. 그러나 우리가 서로 헤어지는 순간부터 어르신은 저를 완전히 잊어버리실 겁니다. 마치 우리가 한 번도 만나 본 적이 없는 것처럼요. 그런 것이 저와 같은 사람에게 어떤 의미가 되는지 상상해 보실 수 있으세요? 지금 어르신이 보고 있는 사람이 바로 그 비극의 인물이랍니다!"

니젤프림은 잠시 흐느끼더니 깡통 잔을 단숨에 비웠다.

"무슨 몹쓸 병이라도 있으신가요?"

슈투프스가 깡통 잔을 들어 입술을 조금 축이며 물었다.

니젤프림이 깡통 잔을 다시 채웠다.

"전에 젊었을 때 저는 스스로에게 언제나 이렇게 말했죠. '니젤프림, 넌 뭔가 문제가 있어! 아무도 널 기억하지 못하잖아. 남들이 다 갖고 있는 능력이 네게는 아예 없어.' 그래서 의사를 찾아갔던 적도 있었어요. 의사에게 나의 고통에 대해서 자세하게 말해 주었지요. 의사는 가만히 귀담아 듣더니만 한번 잘 생각해 보겠다고만 하더군요."

니젤프림은 깡통 잔에 든 럼주를 한번에 다 마셔 버렸다.

"그래서요?"

슈투프스가 물었다.

"그게 끝이에요."

니젤프림이 눈가에 맺힌 눈물을 손으로 닦았다.

"의사는 저와 헤어지자마자 저를 까맣게 잊어버린 거예요. 그러니 잘 생각해 볼 수도 없었겠지요. 그 무렵 저는 그 의사 앞으로 편지도 보내 보았지만 의사가 자기를 찾아온 환자 가운데 니젤프림이라는 사람을 기억해 낼 수 없었답니다."

"정말 난감한 문제로군요."

슈투프스도 그의 처지를 이해하겠는 듯 말했다.

"그러니까 예를 들어서 당신이 지금 밖으로 나간다면 내가 나 혼자서 계속 여기에 있었다고 생각하게 된다는 겁니까?"

"맞아요."

니젤프림이 한숨을 내쉬며 말했다. 그러고는 어느새 눈물로 촉촉이 젖어 있는 수염 끝을 쥐어짰다.

"그렇지만 제 말뜻을 오해하시지는 마세요, 어르신. 단순히 그것 때문에 제가 우는 것은 아니니까요. 저는 한 번도 얼싸안아 보지 못하고, 영원히 키스조차 해 주지 못할 사랑하는 동생 때문에 울고 있는 거랍니다. 그건 정말 참기 어려운 고통입니다!"

"아, 그러시군요. 동생 분을 기다리고 계신다고 하셨지요. 그런데 그 분은 왜 여기에 오시지 않나요?"

"그 애는 오지 않을 거예요. 절대로 오지 않아요."

니젤프림이 다시 넋두리를 늘어놓기 시작했다.

"정확하게 말하자면 그 애가 앞으로 올지, 안 올지 난 모릅니다. 혹은 벌써 왔었는지도 모르고요. 그렇지만 아무 소용이 없어요. 정말 끔찍스러운 일이지요, 정말로요!"

"절 당혹스럽게 하시는군요. 혹시 너무 힘든 부탁이 아니라면 사정을 차근차근 말씀해 주시지요."

"동생의 이름은 나젤큐스입니다. 그것만큼은 확실하게 기억하고 있지요."

"아, 그렇군요. 그 이름을 산 밑에 있는 푯말에서 보았지요."

"맞아요. 동생도 산꼭대기에서 이것과 똑같은 오두막집에서 살고 있어요. 그 애를 만나려면 제가 있는 곳과 정반대 방향의 길로 가야 되지요. 그렇기는 하지만……."

니젤프림이 다시 큰 소리로 흐느껴 울더니 럼주를 벌컥벌컥 마시고 나서야 마음을 진정했다. 슈투프스는 가만히 기다렸다.

"그러니까 이렇게 된 거지요. 우리는 쌍둥이인데 서로 착각할 정도로 닮았어요. 하지만 우리는 전혀 닮지 않았다고도 할 수 있어요. 그 애와 전 모든 상황이 정반대거든요……."

니젤프림은 거기까지 말을 하다가 슈투프스를 날카로운 눈으로 훑어보았다.

"어르신, 혹시 그 애에게 먼저 다녀오신 것은 아니시겠지요?"

"그렇지는 않은 것 같은데요. 어쨌든 그를 만난 기억은 없어

요."

니젤프림이 심각한 얼굴로 고개를 끄덕였다.

"바로 그것이 어르신이 그 애에게 가지 않았다는 증거입니다. 그 애에게로 갔다면 반드시 기억이 나실 테니까요. 사실 어르신이 기억하실 수 있는 것은 그것뿐이지요."

"그렇다면 동생 분께서는……, 어떻게 말해야 좋을지 모르지만, 당신과 같은 문제를 갖고 있지 않다는 건가요?"

"우리는 근본부터가 완전히 달라요! 그러나 그것 때문에 그 애가 고통받고 있으리라고는 생각되지 않아요. 나젤큐스와 함께 있을 때 사람들은 그의 존재를 전혀 알아채지 못하다가 그 애가 떠나고 나면 그제야 그 애가 있었다는 것을 기억해 내지요. 예를 들어 그 애가 지금 이 자리에 와 있을 수도 있지만 우리는 그것을 전혀 눈치채지 못하는 겁니다. 그러나 그 애가 우리 곁을 떠나고 나면 우리 두 사람 모두 그 애가 우리 곁에 있으면서 무슨 말을 했고, 어떤 행동을 했는지 정확히 기억해 낼 수 있게 됩니다."

슈투프스는 머릿속이 뒤죽박죽 엉켜서 몹시 어지러웠다. 그래도 뭔가 위안이 될 만한 말을 해 주고 싶어서 이렇게 말했다.

"당신 동생 분을 우연히 만나게 되면 반드시 당신의 안부를 전해 드릴 것을 약속하리다."

"그건 절대로 안 된다니까요!"

니젤프림이 또다시 흥분하며 소리쳤다.

"어르신은 제 말을 전혀 이해하지 못하시는군요. 그런데도 탐험 가라니……. 어르신은 절대로 사랑스러운 제 동생에게 제 안부를 전해 줄 수 없어요. 첫째는 그 애를 만났다는 것을 뒤늦게야 알게 되기 때문이고, 둘째는 우리가 서로 헤어지자마자 저에 대한 기억을 모조리 잊게 되기 때문이지요. 그래서 그 애는 저에 대해서 전혀 알고 있지 못하고 있고, 앞으로도 모르게 되는 겁니다. 이제 조금 이해가 되십니까, 어르신?"

슈투프스는 확실히 이해되었다기보다는 예의를 갖추느라 고개를 끄덕였다.

"좋아요. 이제까지의 이야기는 비교적 단순하기 때문에 충분히 이해되셨으리라고 생각해요. 그런데 문제는 사랑스러운 제 동생의 얼굴이 저와 아주 닮았다는 겁니다. 아마도 그 애는 장난삼아 이것과 똑같이 생긴 옷에 종까지 매달고 있을 겁니다. 하지만 정신적인 면은 우리 둘 다 완전히 다르답니다. 예를 들자면 그 애는 저와 달리 상당히 활달하고, 아무 책임도 지지 않을 짓궂은 장난을 쉽게 하죠. 그 애가 저지른 고약한 장난에 대해 몇 가지 들려드릴 수도 있어요. 그 애는 다른 사람과 함께 있는 동안은 다른 사람의 눈에 띄지 않으니까 아무 거리낄 게 없거든요. 그러면 저는 외모가 아주 닮았기 때문에 그 애의 죗값을 대신 치러야만 하지요. 억울하지만 제가 저지른 일이 아니라는 것을 어떻게 증명하겠어요?"

"하지만 이제까지 살펴본 바로는 이 섬에는 당신 이외에 아무도 없던데요. 그런데 그 분이 도대체 누구에게 짓궂은 장난을 친다는 거지요?"

"우리가 이렇게 세상에서 멀리 떨어진 곳으로 와서 살고 있는 것도 그 때문이랍니다. 사실 저는 사람들과 어울리는 것을 좋아하는 편이라서 이런 생활이 무척 힘들어요. 하지만 전에 다른 사람들과 함께 살아갔을 때도 마찬가지로 힘들었어요. 몇 번은 동생이 한 짓 때문에 제가 대신 옥살이를 한 적도 있었고요. 그 애가 우연히 제 곁에 오지 않았더라면, 저는 동생 장난을 눈치채지도 못했을 거예요. 어쨌든 동생은 제가 존재하고 있다는 사실조차 모르고 있을 테니 그 애를 탓할 수만은 없지요."

"동생과는 완전히 별개의 인생을 살 순 없나요? 그럼 그렇게 고된 운명을 조금이라도 피해 갈 수 있지 않을까요?"

"어떻게요? 제가 어떻게 하면 그렇게 될 수 있는지 어디 한번 말씀해 보세요. 그리고 사실 저는 저의 유일한 피붙이인 동생을 무척 사랑하고 있어요."

"흠, 그렇다면 나로서도 당신을 도와드릴 방법이 없네요."

"그것 보세요."

니젤프림이 흐느끼며 말을 이었다.

"아무도 절 도와줄 수 없답니다. 다행히 동생에게는 재미있는 일이 많을 테니 그걸 위안으로 삼고 살 수밖에요. 그런데 어르신, 혹시 그 애를 만나게 되신다면 그 애의 말은 한 마디도 믿지 마세요. 그 애는 입을 벌리기만 하면 거짓말을 늘어놓는답니다. 저와는 달리 진실을 별로 중요하게 생각하지 않거든요. 그런데 제가 지금 무슨 말을 하고 있는 거죠? 어차피 우리가 서로 헤어지고 나면 아무것도 기억하지 못하실 텐데."

끊임없이 우는 니젤프림에게 차츰 질리기 시작한 슈투프스가 말했다.

"자, 한번 이렇게 해 보시지요. 나와 함께 배를 타고서 탐험 여행을 떠나는 겁니다."

니젤프림이 얼빠진 사람처럼 멍하니 슈투프스를 쳐다보았다.

"불쌍한 제 동생을 여기에 두고 혼자 떠나라고요? 그 애를 돌보아 줄 사람이 아무도 없을 텐데, 그 애 혼자 덩그러니 남겨 놓으라고요? 어떻게 그렇게 말씀하실 수 있으십니까, 어르신?"

"그럼 그 분도 같이 가면 되지요."

"네? 그 애가 같이 가도 된다고 약속해 주실 수 있으십니까?"

슈투프스는 잠시 생각해 보더니 머리를 가로저었다.

"지금까지 하신 말씀이 모두 사실이라면 약속하기가 좀 어렵겠군요."

"그것 보세요. 어르신도 그렇게 생각하시지요?"

"미안하지만 전 그만 가 봐야겠습니다. 사람들이 배에서 기다리고 있을 거예요. 친절하게 대해 주셔서 감사했습니다."

슈투프스가 의자에서 일어서며 말했다.

"어디로 가시는데요?"

니젤프림이 작별을 조금이라도 뒤로 미루고 싶은 표정으로 물었다.

"지금 탐험 중이거든요. 우리는 비밀이 가득한 멀고 먼 엉터리나라를 찾아가고 있지요. 그동안 들은 이야기들을 종합해 볼 때 이곳에서 아주 가까운 곳에 있을 것 같아요."

니젤프림이 고개를 끄덕였다.

"가깝기야 하겠지만, 어르신은 절대로 그곳에 도착하지 못할 겁니다."

"왜 못한다는 거죠?"

"그것에 대해서라면 사랑스러운 제 동생 나젤큐스에게 물어보세요. 어쨌든 좋은 여행이 되시기를 바랍니다, 어르신."

그들은 서로 악수했고, 슈투프스는 서둘러 집 밖으로 나섰다.

원뿔 모양의 산을 내려갈 수 있는 길은 보이지 않았다. 그는 할 수 없이 맨손으로 바위를 잡고 더듬거리며 내려가야만 했다. 그대로 밑으로 내려가기에는 길이 너무 가팔라서 계속해서 나선형 모양을 따라 돌며 아래로 내려갔다. 그렇게 한참 동안 가고 나니 숨이 차고, 땀방울이 이마에 송글송글 맺혔다.

슈투프스가 한숨 돌리기 위해 잠시 자리에 앉아 위를 쳐다보았다. 그가 이제까지 내려온 곳에 길이 뚫려 있었다. 길은 원뿔 모양의 산을 둥그스름하게 감싸며 정확히 슈투프스가 있는 곳까지 이어져 있었다. 그 밑으로는 바윗돌뿐이었다.

마침내 슈투프스가 산 아래에 도착했다. 푯말이 세워진 바로 그 자리였다. 이번에는 '나젤큐스에게로 가는 길'이라고 적혀 있는 왼쪽으로만 길이 뚫려 있었다.

슈투프스는 자기가 바로 그 사람을 만나고 오는 중이라고 생각했기 때문에 이상하다는 생각이 들지 않았다. 오히려 참 유쾌한 만남이었다고 기억하며 슈투프스는 혼자 싱긋 웃었다. 사실 아주 잠시 동안 뭔가 이상한 느낌이 들었지만 구체적으로 그것이 무엇인지는 알 수 없었다. 그는 어깨를 한번 들썩해 보이고는 작은 보트를 타고서 배로 갔다.

선장은 여행을 처음 시작했을 당시처럼 선실에 앉아 있었다. 그는 아무도 길이를 가늠해 볼 수 없을 만큼 엄청나게 긴 글을 쓰고 있었다. 내용은 '책을 쓰고 있는 선장에 대한 책을 쓰고 있는 선장에 대한……' 것으로 결말은 아직도 까마득히 멀어 보였다. 그러나 벌써 선실의 절반 정도는 종이 뭉치들로 가득 찼다.

선장은 잠시 원고에서 눈을 떼고 돌아온 슈투프스에게 건성으로 인사를 건넸다.

"그 섬은 어떻던가요?"

"아주 재미있었어요. 제일 먼저 산꼭대기에 있는 오두막집으로 갔지요. 문에 이렇게 씌어 있더군요. '나젤큐스입니다. 지금은 집에 없습니다. 절 찾아보세요!' 집 안으로 들어갔더니 정말 아무도 없더군요. 한참 동안 기다리다가 밖으로 나와 집을 한 바퀴 돌았지요. 그러자 새빨간 양복에 역시 새빨간 원통형 모자를 머리에 쓰고, 코밑에는 엄청나게 긴 수염이 난 남자가 서 있더군요. 그 사람은 온몸에 종을 매달고 있었어요. 깡충깡충 뛰면서 웃더니 그가 이렇게 말했지요. '니젤프림을 찾는 중이셨겠지요, 안 그렇습니까?' 난 그렇다고 했지요. 그러자 그 남자는 큰 소리로 웃으며 무릎을 탁 치더니 이렇게 말했어요. '내 농담에 쉽게 걸려드셨네요. 밑에서 푯말을 보고 온 사람들은 모두 그렇게 되지요. 니젤프림이라는 사람은 이 세상에 아예 있지도 않답니다. 만약 나 이외의 다른 사람이 이 집에 살고 있다면 내가 알고 있어야 되지 않겠습니까? 나는 여기 혼자서 살고 있고 니젤프림은 내가 꾸며낸 이야기지요. 그냥 재미로요. 혹시 니젤프림을 직접 만나 본 적이 있으신 가요? 아니지요, 보지 못하셨을 겁니다.'"

"아, 네. 아주 흥미롭군요."

선장은 역시 건성으로 대답하고는 다시 글을 쓰기 시작했다.

슈투프스는 턱을 문지르며 잠시 생각에 잠겼다.

"나젤큐스가 무슨 말인가 더 했었던 것 같은데, 뭐라고 했더라? 아, 이제 생각났다! 분명 이렇게 말했어요. '저는 사람들을 우스갯 거리로 만드는 게 취미랍니다. 농담을 전혀 이해하지 못할 만큼 무뚝뚝한 사람에게도 전 곧잘 장난을 치지요. 그 사람이 벌컥 화 를 내면 어쩌냐고요? 물론 어르신은 제가 전혀 씩씩해 보이지 않 는다고 생각할지도 모르겠네요. 하지만 이것 보세요, 어르신. 전 구태여 씩씩해질 필요가 없어요. 사람들이 저와 함께 있는 한 제 가 곁에 있다는 것을 전혀 눈치채지 못하기 때문이지요. 그게 바 로 제 장점이에요. 어르신도 나중에서야 저를 기억하게 될 겁니 다. 예를 들자면 전 지금 어르신 모르게 어르신의 돈을 몽땅 빼앗 을 수도 있어요. 만약 저를 기억하시게 되면 그때 전 멀리 도망가 버리고 난 다음이겠지요. 어때요, 신나겠지요?'"

"순전히 엉터리로군요."

선장이 이해가 안 된다는 표정으로 중얼거렸다.

"글쎄, 정말 그렇다니까요!"

슈투프스도 맞장구를 쳤다. 그러곤 자신의 주머니를 샅샅이 뒤 졌지만 아무것도 나오지 않았다. 슈투프스는 이내 심각한 표정을 지었다. 사실 그는 섬으로 가기 전에 돈지갑을 미리 숨겨 놓았었다.

"그 녀석을 혹시 배로 데리고 오신 것은 아닌가요?"

선장이 묻자 슈투프스는 심각한 표정을 지으며 말했다.

"나도 그걸 알 수 있으면 좋겠어요."

"전 쓰던 글이나 마저 써야겠어요. 지금 막 한 단락을 끝내려던 참이었거든요."

슈투프스는 갑판으로 나갔다. 키다리 마티아스 갈리가 키를 잡고 있었다.

"닻을 올려라! 다시 항해를 시작한다."

슈투프스가 큰 소리로 외쳤다.

"어디로 가지요?"

키잡이가 묻자 슈투프스가 대답했다.

"두 시 방향! 동 · 서 · 남 · 북 쪽으로!"

"알겠습니다!"

키다리 마티아스 갈리가 소리쳤다.

혀 꼬이는 이야기

　날마다 둥근 지붕으로 이어지는 계단에 앉아 있는 노인이 있었다. 그는 래프랜드 출신이었는데, 사람들은 그를 '둥근지붕계단래프랜드사람'이라고 불렀다.

　마음씨가 착한 어린 젭펠은 노인에게 가끔씩 음식을 갖다 주었다.

　"할아버지, '둥근지붕계단래프랜드사람수프'를 가지고 왔어요."

　"고맙구나. 그렇다면 넌 이제 '둥근지붕계단래프랜드사람수프젭펠'이 되겠구나. 네 친절에 대한 감사의 표시로 알록달록한 모자를 선물해 주마."

　그렇게 해서 젭펠은 '둥근지붕계단래프랜드사람수프젭펠모자'를 갖게 되었다.

　숱이 많은 금발의 젭펠은 그 모자를 자랑스럽게 쓰고 다녔다. 사람들은 이제 그를 '둥근지붕계단래프랜드사람수프젭펠모자숱많은머리'라고 불렀다.

어린 젭펠이 머리를 깎을 때가 되어 이발소를 찾아갔다. 잘린 머리카락이 바닥에 수북이 쌓여 '둥근지붕계단래프랜드사람수프젭펠모자숱많은머리잘린머리카락'이 되었다. 이발사는 그 머리카락이 뭔가 특별한 것 같아 버리지 않고 빗자루로 조심스럽게 쓸어모았다.

특별히 마련한 가방 속에 잘린 머리카락들이 집어넣어졌고, 그것은 '둥근지붕계단래프랜드사람수프젭펠모자숱많은머리잘린머리카락가방'이 되었다. 이발사는 그 가방을 창고에 보관하였다. 그래서 '둥근지붕계단래프랜드사람수프젭펠모자숱많은머리잘린머리카락가방창고'가 되었다.

여기까지의 이야기는 그런 대로 단순하지만 앞으로는 굉장히 복잡해진다.

어느 날 턱에 텁석나룻이 무성한 사냥꾼이 나타났다. 그는 깊은 숲 속에 살았기 때문에 면도를 잘 하지 않았다. 그래서 사람들은 그를 '깊은숲속텁석나룻사냥꾼'이라고 불렀다.

그는 원래 건강한 사람이었다. 하지만 요즘은 콧물을 계속 훌쩍거려 약하고 측은해 보였다. 그는 이른바 '콧물훌쩍깊은숲속텁석나룻사냥꾼독감'이라는 독감에 걸린 것이다.

열이 너무 많이 나고 몸을 꼼짝하기도 힘들었던 사냥꾼은 이발사의 창고에 벌렁 드러누워 버렸다. 그래서 그 창고는 '콧물훌쩍깊은숲속텁석나룻사냥꾼독감둥근지붕계단래프랜드사람수프젭펠모자숱많은머리잘린머리카락가방창고'가 되었다.

그 사실을 알게 된 이발사는 벌컥 화부터 냈다. 자기 집 창고 이름만 말하려고 해도 발작을 했다. 그러니까 한 마디로 말하자면 '콧물훌쩍깊은숲속텁석나룻사냥꾼독감둥근지붕계단래프랜드사람수프젭펠모자숱많은머리잘린머리카락가방창고발작'이 난 것이다.

낙심한 이발사는 우락부락하기로 소문이 난 두 젊은이를 찾아가 사냥꾼을 창고에서 끌어내 달라고 부탁했다. 우락부락한 두 젊은이는 쌍둥이였다. 그래서 사람들이 '우락부락한쌍젊은이들'이라고 불렀다. 두 젊은이는 즉시 특수 임무를 띤 조직을 만들어 '콧물훌쩍깊은숲속텁석나룻사냥꾼독감둥근지붕래프랜드사람수프젭펠모자숱많은머리잘린머리카락가방창고발작우락부락한쌍젊은이들조직'이라고 이름 지었다.

그들은 창고로 몰려가서 콧물을 훌쩍거리는 사냥꾼에게 즉시 나가라고 소리쳤다. 그러나 그 사이에 어느 정도 몸이 좋아진 사냥꾼이 몽둥이를, 그러니까 '콧물훌쩍깊은숲속텁석나룻사냥꾼독감둥근지붕계단래프랜드사람수프젭펠모자숱많은머리잘린머리카락가방창고발작우락부락한쌍젊은이들조직몽둥이'를 쌍둥이를 향해 휘둘렀다.

결국 쌍둥이는 설설 기며 도망가 버렸다. 그들은 절름거리기도 하고 껑충껑충 뛰기도 하며 이상하게 행동했다. 사람들이 그런 그들을 보고는 웃으면서 '콧물훌쩍깊은숲속텁석나룻사냥꾼독감둥근지붕계단래프랜드사람수프젭펠모자숱많은머리잘린머리카락가방창고발작우락부락한쌍젊은이들조직몽둥이껑충껑충그룹'이라고 불렀다.

그들은 몹시 난처해하면서 뭔가 다른 방법을 찾기로 했다. 마침 그 도시에는 발명가가 한 사람 살고 있었는데, 그는 마치 살아 있는 것 같은 인형들을 만들 수 있었다. 그들은 그 발명가를 찾아가 말을 하는 꼭두각시 인형을 만들어 달라고 부탁했다. 돈이 굉장히 많이 들었지만 어쨌거나 인형이 완성되었다. 그 인형은 '콧물훌쩍깊은숲속텁석나룻사냥꾼독감둥근지붕계단래프랜드사람수프젭펠모자숱많은머리잘린머리카락가방창고발작우락부락한쌍젊은이들조직몽둥이껑충껑충그룹재잘재잘입술꼭두각시인형'으로 진귀한 작품이 되었다.

그들은 둥근 지붕으로 이어진 계단 위에 여전히 앉아 있는 늙은 래프랜드 사람에게 그 인형을 보냈다. 자신들이 나서서 얘기할 자신이 없어서 인형이 대신 말하도록 한 것이다.

"당신 때문에 모든 불행이 시작되었으니까 모두 당신 탓이에요. 만약 당신이 젭펠이 준 수프를 받아먹지만 않았더라도……."

인형의 말에 래프랜드 사람이 소리쳤다.

"입 닥쳐!"

그는 그 길고 긴 말을 다시 듣고 싶은 생각이 조금도 없었다. 만약 그가 정확하게 대답하려고 하면 이렇게 말해야 했다.

"'콧물훌쩍깊은숲속텁석나룻사냥꾼독감둥근지붕계단래프랜드사람수프젭펠모자숱많은머리잘린머리카락가방창고발작우락부락한쌍젊은이들조직몽둥이껑충껑충그룹재잘재잘입술꼭두각시인형'아, 입 닥쳐!"

하지만 그렇게 힘들게 말하고 싶지 않아서 그냥 이렇게만 말했다.

"네가 지금 하는 말은 다 쓸데없는 헛소리야. 솔직히 말하자면 그것은 헛소리보다 더한 헛소리지. 그러니까 그것은 '콧물훌쩍깊은숲속팁석나룻사냥꾼독감둥근지붕계단래프랜드사람수프젬펠모자금발머리잘린머리카락가방창고발작우락부락한쌍젊은이들조직몽둥이꼉충껑충그룹재잘재잘입술꼭두각시인형주둥이헛소리지!'

그런 다음 그는 수프를 한입 가득 떠 먹었다.

혹시라도 내게, 그 한입이 어떤 한입이었느냐고 묻지는 말아 주길 바란다.

모니의 걸작품

모니와 나는 사람들이 흔히 말하는 것처럼 세상에서 가장 친한 친구 사이다. 그 애는 이제 겨우 여섯 살이고, 난 그 애보다 나이가 열 배는 더 많지만 그런 나이 차가 우리에게는 전혀 문제되지 않는다.

그 애가 나를 찾아오면 우리는 싸우지 않고 사이좋게 잘 논다. 때로는 세상과 인생에 대한 서로의 생각을 말하기도 하는데 언제나 우리의 의견은 같다. 어떤 때는 각자 가장 좋아하는 책을 가져와 서로에게 읽어 주기도 한다. 모니가 아직 글을 읽지 못하는 것도 아무런 문제가 되지 않는다. 왜냐하면 그 애는 자기가 가장 아끼는 책의 내용을 달달 외우고 있고, 나도 마찬가지이기 때문이다. 우리는 마음속으로 깊은 존경심을 갖고서 서로를 대한다. 모니는 특이한 생각을 많이 하기 때문에 나는 모니를 존경하고, 모니는 그 특이한 생각들을 내가 인정해 주기 때문에 나를 존경한다.

우리는 생일이나 크리스마스 같은 특별한 날이 아니라도 종종 작은 선물을 주고받는다. 흔히 사람들은 '작은 선물이 우정을 지탱해 준다.'고 말하는데 우리는 그 말을 마음속 깊이 믿는다.

최근에 난 모니에게 여러 가지 색의 아름다운 물감과 종이, 붓이 들어 있는 그림 도구 세트를 선물해 주었다.

모니는 무척 좋아했고, 난 모니가 좋아해서 기뻤다. 우리 사이는 언제나 그랬다.

모니가 말했다.

"감사의 표시로 나도 선물 하나 할게요. 지금 당장 멋있는 그림을 한 장 그리겠어요."

"오! 정말? 그것 참 고맙구나."

"어떤 그림을 갖고 싶으세요?"

난 잠시 생각에 잠겼다.

"뭔가 깜짝 놀랄 만한 그림을 갖고 싶어. 너 혼자 스스로 생각해 내서 그린 것 말이야."

"좋아요."

모니가 곧장 그림을 그리기 시작했다.

모니는 집중해서 그림을 그리느라 혀끝을 콧구멍 있는 데까지 쭉 내밀기도 했다. 나는 긴장되어 모니를 쳐다보았다. 이번에는 그 애에게 어떤 특이한 생각이 떠오를지 몹시 궁금해졌다.

잠시 후, 작품이 완성되어 가는 것 같았다. 아이는 고개를 갸우뚱한 채 이곳저곳으로 붓을 옮기며 마무리를 하는가 싶더니, 마침내 완성된 그림을 탁자 위에 펼쳐 놓았다.

"어때요?"

모니가 기대감에 가득 찬 얼굴로 내게 물었다.

"어떤 것 같아요?"

"훌륭해. 정말 고맙다!"

"무엇을 그렸는지 알아볼 수 있나요?"

"물론이지. 부활절 토끼잖아."

"엉터리!"

모니가 약간 기분 나빠 하며 소리쳤다.

"지금은 한여름이잖아요. 그런데 어떻게 부활절 토끼가 있겠어요?"

"난 그냥 여기 양끝이 곧게 서 있는 것을 보고 토끼라고 생각했지."

내가 작은 목소리로 말했다.

모니가 머리를 가로저었다.

"그건 내 머리잖아요! 이건 내 자화상이라고요. 그렇게 안 보여요?"

"안경 때문에 내가 잘못 봤나 봐."

내가 얼른 변명하며 안경알을 화장지로 닦았다. 다시 안경을 쓴 다음 난 그림을 좀 더 자세하게 들여다보았다.

"그렇구나! 이제야 제대로 보이는구나. 정말 너하고 꼭 닮은 자화상이구나. 누구나 그림을 보면 널 그렸다는 것을 금방 알아맞히겠다. 미안해."

"내 생각에는 사진보다 더 잘 그린 것 같아요."

"그럼, 훨씬 낫지."

내가 고개를 끄덕거리자 모니가 말했다.

"사진은 누구나 갖고 있을 테니까요."

"맞아, 사진은 별로 특별하지도 않아. 그렇지만 예술가의 자화상을 갖고 있는 사람은 몇 명 되지 않을 거야. 아마 백만 명 중 한 사람밖에 안 될걸. 아주 귀한 거지. 정말 고맙다."

우리는 함께 그 그림을 한동안 바라보았다.

"혹시 뭐 빠진 것 있으면 그냥 말만 하세요."

모니가 의젓하게 말했다.

"아무것도 없어. 어떻게 그런 생각을 할 수가 있겠니? 그렇지만 이왕 말이 나왔으니 말인데, 그림 속에 있는 네가 공중에 떠 있는 것 같아 약간 불안한 느낌이 들기는 해. 혹시 그 밑에 침대 같은 것을 그려 넣어서 네가 그 위에 누워 있는 것으로 만들면 조금 더 편안하게 보이지 않을까? 그냥 한번 해 본 소리야."

아무 말 없이 모니가 그림을 가져가더니 다시 붓을 잡아 화려한 색깔로 자화상 주변에 나무로 된 침대 모양을 그려 넣었다. 침대 위로는 모서리마다 네 개의 기둥을 세웠고, 그 위로 커튼을 내려 뜨렸다. 어떤 공주라도 그것보다 더 멋있는 침대를 갖고 싶어 하지 않을 것 같았다. 그리고 그것은 아주 커서 종이에 가득 찼다.

"세상에! 정말 고급스러운 가구로구나."

내가 놀라서 큰 소리로 말했다.

그런데 침대 위에 누워 있는 아이의 모습이 너무 작아 보였다. 아이가 불쌍하고 처량해 보이기까지 했다. 난 아무 말도 하지 않

앗지만 우리 두 사람이 종종 같은 생각을 하기 때문에 모니도 그
런 생각을 한 모양이었다.

모니가 물었다.

"혹시 화려한 잠옷을 입고 있는 것처럼 그려야 더 어울릴 것 같
지 않아요?"

"솔직히 말한다면 이런 공주님 침대에는 왕실에서 입는 잠옷을
입고 있는 것으로 그려야 어울릴 것 같아."

결국 모니는 자화상 위에 길고 폭이 넓은 잠옷을 그렸다. 잠옷
에 황금색 별을 가득 그려 넣었다. 두 갈래로 묶은 머리카락만 잠
옷 밖으로 삐죽이 나와 있었다.

"이건 어떤 것 같아요?"

모니가 물었다.

"대단한 작품이야! 정말 훌륭해! 하지만 네 건강이 조금 염려스
럽구나."

"왜요?"

"그러니까 내 말은, 지금은 여름이라서 저렇게 자도 춥지 않겠
지만 겨울에는 어떻게 할 생각이지? 이불을 덮지 않고 자면 심한
감기에 걸릴 것 같아 걱정이구나. 그것을 미리 생각해 두어야 할
것 같아."

모니는 아파서 약을 먹게 되는 것을 세상에서 가장 싫어했다.
그래서 흰색 물감을 듬뿍 찍어 고급스러운 잠옷을 입고 있는 자화
상 위에 두껍고 커다란 이불을 덮어 주었다. 이제는 머리만 이불
밖으로 내밀고 위를 쳐다보는 모습이 되었다.

"참 따뜻하게 생겼다. 이제는 안심해도 될 것 같구나."

내가 만족스럽게 말했다.

그러나 모니는 만족하지 않고 새로운 아이디어를 짜냈다.

무거워 보이는 짙은 파란색 커튼을 침대 위에서부터 아래로 늘어뜨려 침대를 완전히 덮어 버렸다. 그래서 잠옷을 입고 이불을 덮었던 자화상도 그 뒤로 숨겨졌다.

"아니, 세상에! 도대체 무슨 일이지?"

내가 놀라워하며 물었다.

"커튼을 친 거예요. 원래 그렇게 하고 자는 거잖아요."

"그렇구나, 커튼을 치지 않으려면 무엇 때문에 그런 것을 만들어 놓겠니? 그렇게 안 했다면 공주님 침대라고 볼 수도 없지."

"자, 이제는 불을 끄겠어요."

모니가 신나게 말한 다음 그림 전체를 새카맣게 칠했다.

"잘 자렴."

나도 모르게 중얼거렸다.

모니는 완전히 캄캄한 어둠에 휩싸인 완성품 그림을 내게 건네주었다.

"이젠 정말로 만족하시겠지요?"

나는 잠시 까만 종이를 쳐다보며 고개를 끄덕였다.

"걸작품이야. 실제로 이 검은색 안에 어떤 것들이 그려져 있는지 다 아는 사람에게는 특히 그렇겠구나."

리룸 라룸 빌리 바룸

"왜요?"

빌리가 할아버지에게 물었다.

"왜 할아버지한테는 이렇게 길고 흰 수염이 있는 거예요?"

"별로 곱슬곱슬하지는 않지만,

나도 빗질 좀 하고 싶어서."

할아버지는 귀찮아하지도 않고 대답했다.

"내게 동물 뿔로 만들어진 빗이 있거든."

빌리는 생각했다.

'뭔가 이유가 더 있을 것 같은데!

어쩌면 더 말해 줄지도 몰라.'

"그런데 왜요?"

빌리가 명랑하게 다시 물었다.

"뿔로 된 빗은 왜 갖고 있어요? 그건 어디에서 난 거예요?"

"옛날 옛날에 일곱 명의 서커스 광대들이
내게 그 빗을 선물해 주었지.
롤라 야로미어라는 여자 아이를 그리워하는 마음으로 만든
마지막 기념품이라고 하더라.
광대들이 정말 슬퍼했었지.
글쎄, 불쌍한 그 여자 애가 갑자기 사라졌다더구나.
그리고 다시는 나타나지 않았대."

빌리는 깜짝 놀라
눈을 동그랗게 떴다.
"롤라가 왜 사라졌어요?
왜 그렇게 갑자기 사라졌는데요?"

"마법을 쓰려면 긴 주문을 외워야 하는데,
말 한 마디, 한 마디를 할 때마다
각별히 조심하지 않으면 안 되지.
그런데 불행하게도 어느 날
여자 애가 마법을 너무 많이 쓰다가 정신이 혼란스러운 나머지
말을 바꾸어서 해 버렸단다.
그때 마침 소방차가 '삐뽀 삐뽀' 하는 무서운 소리를 내며
서커스 천막 앞을 지나갔기 때문이지."

이야기를 듣던 빌리는

이상한 생각이 들어 다시 물었다.

"소방차가 온 거예요?

왜요? 어디에 불이 났는데요?"

"자동차 열 대, 고가 사다리 차 한 대, 소방차 한 대,

그리고 그것을 타고 온 소방대원들이

도로의 위, 아래, 건너편 그리고 옆으로

정신없이 바쁘게 출동하고 있었지.

커피를 마시던 할머니 세 명이

기절해서 생명이 위독해졌기 때문이었어.

당연히 비상이 걸려 모두들 달려가던 중이었단다.

다행히도 큰일은 일어나지 않았어. 천만다행이었지."

"그렇다고 소방관을 부른 것은

바보 같은 짓이었어요."

빌리가 말하며 씨익 웃었다.

"그런데 세 할머니가 기절했다고요? 왜요?"

"원래 부잣집 귀부인들은

감정이 예민하고, 신경이 날카롭단다.

그런 사람들에게는 좋은 향기가 나고,

그런 사람들은 말도 조용히 하지.

그들은 시끄러운 일에 익숙하지 않아.

어느 날 한자리에 모이게 된 그들이 모카커피와 체리주에

생크림을 함께 먹고 있었지.

그런데 그때 갑자기 뒤제 교수가

귀청이 찢어질 듯한 소리를 내며 방으로 날아 들어온 거야."

"야아! 나도 한번 날아 보고 싶다."

빌리가 깊은 생각에 잠기며 말했다.

"그렇지만, 난 그 사람처럼 하지 않겠어요!

그런데 그 사람은 왜 방 안으로 날아왔나요?

왜 다른 데서 날지 않은 거예요?"

"새들이라면 그것보다 훨씬 더 잘 날지.

연기도, 냄새도, 소리도 없이 말이야.

교수도 그것을 그 누구보다 잘 알고 있었단다.

그래서 크눅스라는 사내아이를

찾아 사방을 헤매고 있었던 거야.

교수는 어떻게 하면 인간이 새처럼

날 수 있는지 알고 싶어서,

그 애의 소식을 들으려고

먼 곳까지 찾아 헤매던 중이었거든."

빌리가 웃었다. 볼에 보조개가 패었다.

"그런데 교수는

왜 하필이면 크눅스라는 애를 찾았어요?

뭘 물어보려고 했는데요?"

"그 애는 마법을 할 줄 알기 때문에
아무 문제없이 새들과 이야기를 할 수 있었거든.
그 아이는 새알에게도
최고의 친구였지.
둥지에 있는 새알들이 자기 동생이라도 되는 양
함께 있을 수도 있었단다.
그렇게 그 애는 새 둥지에서 가까운 곳에
살고 있었지. 마치 새처럼 말이야."

너무나 놀라 한참 동안 가만히 있던
빌리가 다시 호기심을 보이며 물었다.
"크눅스는 왜 나뭇가지 위에서 살았어요?
왜 우리처럼 살지 않았나요?"

"맨 처음에는 좁은 방이 하나 있는
정원의 작은 집에서 살았지.
그런데 어느 날부터인가 방 한가운데에서
아주 연하고 어린 나무가 자라나기 시작했단다!
더 이상 정원에 살 공간이 없게 되자
크눅스네 가족은 나뭇가지로 옮겨 갔지."

빌리는 멍한 표정으로 이야기를 들으며
자기도 그렇게 살아 보고 싶다는 생각을 했다.

"왜요?"

빌리가 호기심을 참지 못하고 다시 물었다.

"왜 하필이면 그곳에 나무가 자랐지요?"

"어떤 화가가 들판에서

그곳의 풍경을 그렸단다.

그런데 나무가 없던 곳에

나무를 그려 넣었던 거야.

그래서 나중에 그가 아무도 눈치채지 못하는 사이에

아기 나무를 심었지.

그렇게 해서 실제 모습과

작품이 똑같이 된 거야."

빌리는 예술 세계에서는 그런 짓을 해도 되는지

잘 알 수 없었다.

좀 더 확실히 알고 싶었다.

"그런데 그 사람은 왜 그림을 그렸어요?"

"인형극을 하는 사람이

많은 사람을 기쁘게 해 주는

발레 공연을 하기 위한 무대를 그려 달라고 주문했었지.

관객들은 벌써 자리를 잡고 앉아 있었어.

방송국의 축제 콘서트 때 쓰는 곡을

배경 음악으로 이용할 계획이었는데

라디오에서 아무 소리도 나오지 않았던 거야.
그래서 결국 인형들의 춤은 순서에서 빠지게 되었지."

그 이야기를 듣고 빌리는 짜증을 냈다.
어느새 얼굴이 뾰로통해졌다.
"왜요?"
빌리가 한참 후에 할아버지에게 물었다.
"라디오에서는 왜 음악이 나오지 않았나요?"

"합주단이 연주를 하지 못했기 때문이야.
모두 웃고 소리치느라고!
지휘자가 신발을 신지 않고 있었거든.
심지어 엄지발가락까지 다 보였단다!
길을 걸어오던 중에
신발이 길에 쩍 달라붙어 버렸다는구나.
어쨌든 박자를 제대로 맞추지 못하니까
지휘자 체면이 말이 아니었지."

다시 기분이 좋아진 빌리가
낄낄거리면서 이야기를 끝까지 듣고 싶어 했다.
"왜요?"
빌리가 물었다.
"본드가 너무 많이 붙어 있었나요, 그 신발에요?"

"시장의 명령으로

밤중에 벽보를 붙여야 할 사람이

벽보판에 본드를 바르지 않고

도시 전체 보도블록에 발라 놓았기 때문이지.

그렇게 하는 동안 다른 사람은

벽보판에 시커멓게 타르 칠을 했단다.

시장이 일을 각각 반대로 시켰기 때문이지."

빌리는 큰 소리로 웃었다.

"세상에 그럴 수가! 정말 너무했다!

그런데 왜 그렇게 뒤죽박죽 명령을 내렸지요?"

"누구나 시장의 목소리를 잘 알고 있었단다.

그렇지만 대개 전화 목소리만 알고 있었지.
그런데 불행하게도
누군가 시장의 목소리를 흉내 냈던 거야.
정작 시장 자신은
그런 일이 일어났던 현장에 있지도 않았지.
수화기를 들고 말한 것은 빨간색과 노란색이 섞인
알록달록한 앵무새였단다."

빌리는 그 다음 일이
궁금해서 물었다.
"그런데 진짜 시장은
왜 그 자리에 없었나요?"

"부드러운 솜털로 만들어진 침대에 누워 쉬고 있었지.
너무 심하게 놀라고, 충격을 받아
완전히 지친 나머지
말할 힘이 없었거든.
몇 시간 동안 놀란 얼굴로
입을 벌린 채 코만 벌름거리고 있었지.
그렇지만 방 안에 함께 있던 의사는
이렇게 말했단다. 용기를 내십시오! 곧 괜찮아질 겁니다!"

시장이 약을 많이 먹어야겠다는 생각이 들자

빌리는 기분이 별로 좋지 않았다.

그래서 약간 근심 어린 목소리로 물었다.

"그런데 무엇 때문에 놀랐는데요?"

"전날 밤, 달빛이 비치는 와중에

망루 위에 올라가 사방을 살펴보다가

수없이 많은 고양이가

지붕 둘레에 모여 있는 것을 보았거든.

그런데 그 고양이들이, 너도 한번 생각해 보거라,

갖가지 모양의 넥타이를 매고 있었단다.

그런데 그 넥타이들은 모두

이 에드워드 할아버지의 것이었단다."

빌리가 골똘히 생각에 잠기더니 다시 물었다.

"그러면 할아버지는 이제 더 이상

넥타이를 맬 수 없겠네요?

왜 그것들을 모두 주었어요?"

"목에 매는 그런 장신구가 난 필요하지 않아."

에드워드 할아버지가 너털웃음을 지으며 말했다.

"이렇게 멋지고 긴 흰 수염 때문에

아무도 그것을 볼 수 없거든.

자, 이렇게 해서 다시 이 이야기의

맨 처음으로 되돌아왔구나.

이제 네가 또 물으면 다시

똑같은 이야기를 처음부터 시작할 거야!"

냄비와 국자 전쟁

옛날 옛적에 높은 산을 사이에 두고 오른쪽과 왼쪽에 각각 두 왕국이 있었다. 사람들은 양쪽 나라를 '오른쪽 나라'와 '왼쪽 나라'라고 불렀다. 무슨 특별한 이유가 있어서가 아니라, 부르다 보니 저절로 그렇게 된 것이다.

두 왕국 사이에 있는 높은 산은 기어 올라가기가 무척 힘들었다. 아무도 꼭대기까지 올라가 본 사람이 없었고 양쪽 나라의 왕은 서로에 대해 아는 것이 거의 없었다. 그만큼 서로에 대해서 관심이 없었다. 두 왕에게는 오히려 여러모로 편한 일이었다.

오른쪽 나라 왕은 카무펠이었고, 왼쪽 나라 왕은 판토펠이었다. 물론 두 왕에게는 왕국을 다스리는 데 도움을 주는 왕비가 있었다. 오른쪽 나라의 왕비는 카멜레였고, 왼쪽 나라의 왕비는 판티네였다.

양쪽 왕국은 비교적 작은 나라였기 때문에 왕이 해야 할 일이 많지 않았다.

카무펠 왕과 카멜레 왕비는 여름이 되면 왕실의 정원에서 미니 골프를 쳤고, 겨울이 되면 궁전 안에서 카드놀이를 했다.

반면, 판토펠 왕은 여름이 되면 판티네 왕비와 함께 배드민턴을 쳤고, 겨울이 되면 궁전 안에서 주사위 놀이를 했다. 두 왕국은 이런 차이점이 있었다.

그러던 어느 날 양쪽 나라 왕비들이 같은 날 같은 시간에 아기를 낳았다. 카멜레 왕비는 공주를 낳았고, 판티네 왕비는 왕자를 낳았다. 공주는 프랄리네라는 이름으로, 왕자는 사피안이라는 이름으로 세례를 받았다.

양쪽 나라에서는 친척들에게 아기의 세례식에 참석해 달라는 초대장을 각각 띄웠다. 왕과 왕비의 친척이 셀 수도 없을 만큼 많고 복잡했던 나머지 어느 옛날이야기와 비슷한 상황이 벌어지고야 말았다. 공교롭게도 두 왕실에는 똑같이 13촌뻘 되는 고모가 있었는데, 양쪽 모두 그 고모에게 초대장 보내는 것을 깜박 잊어버린 것이다.

그녀의 이름은 제르펜티네 이르비쉬였는데, 아주 먼 나라에 살고 있었다. 알려진 직업은 벼룩 사육사였지만, 실제로는 성질이 몹시 고약한 마녀였다.

두 나라에서 모두 초대받지 못한 마녀 고모는 몹시 기분이 상했다.

"으…… 참을 수 없어! 한쪽 나라만이라도 나를 기억해 주었더라면 이렇게 화가 나지는 않았을 거야. 단단히 본때를 보여 줘야겠어. 두고 봐, 나를 잊지 못하게 만들테다!"

화가 잔뜩 난 마녀 고모는 마법의 불꽃 의자에 앉아 세례식이 열리는 양쪽 나라로 출발했다.

원래 성질이 고약한 마녀들은 보통 사람들에겐 없는 신기한 능력을 갖고 있다. 예를 들면 서로 다른 두 곳에서 열리는 결혼식이나 아기 세례식에 동시에 참석해서 춤을 출 수도 있다. 어떻게 그게 가능한지는 오로지 그들 자신만이 안다. 아무에게도 그 비밀을 털어놓지 않기 때문이다.

어쨌든 양쪽 나라의 왕과 왕비는 세례식 날, 생각지도 못한 마녀 고모가 나타나자 무척 당황했다.

"사랑하는 고모님, 저희가 연락드린다는 걸 그만 깜박했나 봅니다. 공주가 태어난 후 워낙 정신이 없어서요. 죄송합니다……. 맹세코 일부러 그런 것은 아니니 노여움을 푸시고 저희를 용서해 주세요. 네?"

카무펠 왕이 황급히 말했다.

그 순간 산 너머 왕실의 판토펠 왕도 똑같은 말을 하고 있었다.

"이렇게 와 주셔서 정말 감사드려요. 고모님, 이제 노여움 푸시고 저희를 용서해 주세요. 네?"

카멜레 왕비는 이렇게 말하고는 마녀 고모의 양쪽 뺨에 입을 맞추었다.

그 순간 산 너머 왕실의 판티네 왕비도 똑같은 말을 했다.

"내 이 일은 그냥 넘어 가지. 자, 나를 기억해 달라는 의미에서 멋진 선물을 하나 준비했네."

마녀 고모가 양쪽 나라의 왕과 왕비에게 말했다.

그녀는 오른쪽 나라의 왕과 왕비에게 도자기로 만든 냄비 하나를 건네주었다. 냄비 표면에는 아름다운 파란색 국자가 그려져 있었는데 그 국자에는 또 다른 냄비가 그려져 있었고, 그 안에는 다시 아주 작은 국자가 그려져 있었다. 이렇게 냄비와 국자 그림이 끝없이 이어져 있었다.

"이것은 보통 냄비가 아니라 아주 특별한 냄비라네. 지금은 보통 냄비와 다름없어 보이지만, 일단 냄비와 한 짝이 되는 국자로 저어 주기만 한다면, 이제까지 먹어 보지 못한 가장 맛있고 영양가 높은 수프가 이 안에 가득 담기게 될 거야. 배고픈 사람들이 잔뜩 먹어 댄다고 해도 수프가 줄어드는 일은 절대 없다네."

이 말을 들은 카무펠 왕의 눈이 어느새 휘둥그레졌다. 카멜레 왕비가 물었다.

"그렇다면 이 그릇에 맞는 국자는 어디에 있나요?"

"흐흐…… 그건 자네들이 직접 찾아봐."

같은 시각 마녀 고모는 왼쪽 나라의 왕과 왕비에게 도자기로 된 국자를 건네주었다. 그 국자에는 아름다운 파란색 냄비가 그려져 있었는데 그 속에는 또 다른 국자가 그려져 있었다. 마찬가지로 더 이상 보이지 않을 때까지 계속 그림이 이어졌다.

"이것은 보통 국자가 아니라 아주 특별한 국자라네. 지금은 보통 국자와 다름없어 보이지만, 일단 이 국자와 한 짝이 되는 냄비를 찾아 이 국자로 휘젓고 나면, 세상에서 가장 맛있고 영양가 있는 수프가 그릇 안에 가득 담기게 될 거야. 배고픈 사람들이 잔뜩

먹어 댄다고 해도 절대로 수프가 줄어들지 않는다네."

이 말에 판토펠 왕의 눈이 휘둥그레졌다. 판티네 왕비가 물었다.

"그럼 이 국자에 맞는 냄비는 어디에 있나요?"

"흐흐…… 그건 자네들이 직접 찾아봐."

그녀는 소름 끼치는 미소를 지어 보였다.

그러고는 마법의 불꽃 의자에 앉더니 양쪽 나라에서 동시에 사라져 버렸다. 하지만 아주 멀리 가 버린 것은 아니다. 나중에 이 이야기에 한 번 더 등장하게 된다.

마녀 고모가 떠나고 난 뒤, 양쪽 나라엔 국자와 냄비만 달랑 남았다. 양쪽 나라 왕과 왕비는 갑자기 몰려든 시커먼 먹구름을 불안하게 쳐다보며 이 선물을 어떻게 쓸까 곰곰이 생각했다. 하지만 아무리 생각을 짜내 보아도 어떻게 해야 할지 몰랐다. 마치 높은 산을 오르는 것만큼이나 힘든 일이었다.

처음에 판토펠 왕 부부는 성 안에 있는 냄비들을 모조리 꺼내 마녀 고모가 준 국자로 그 안을 휘저어 보았지만 허사였다. 온 나라를 샅샅이 뒤졌지만, 결국 어떤 냄비에서도 수프는 나오지 않았다.

카무펠 왕 부부 역시 온 나라의 국자들을 몽땅 찾아내 마녀 고모가 선물한 냄비 안을 휘저어 보았지만 결과는 마찬가지였다.

"도대체 어떻게 생긴 국자일까? 분명 아주 특별한 국자겠지? 부인 생각에도 그럴 것 같지 않소?"

카무펠 왕은 근심 어린 얼굴로 왕비에게 물었다.

"물론이에요. 분명 냄비 속에 그려져 있는 그 국자와 똑같이 생겼을 거예요."

"부인, 정말 대단하구려! 난 거기까지는 생각 못했는데."

같은 시각, 판토펠 왕도 판티네 왕비에게 물었다.

"도대체 어떤 냄비일까? 아주 특별한 냄비겠지? 그럴 것 같지 않소, 부인?"

"분명 국자에 그려져 있는 그 냄비일 거예요."

"당신, 정말 천재구려! 거기까지는 미처 생각하지 못했는데."

결국 양쪽 나라의 왕들은 신하를 각각 다른 나라로 파견하기로 했다. 그러니까 왼쪽 나라의 신하는 '국자 안에 냄비, 그 냄비 안에 국자……' 그림이 계속해서 그려져 있는 냄비를 찾아 나섰고, 오른쪽 나라의 신하는 '냄비 안에 국자, 그 국자 안에 냄비……' 그림이 계속해서 그려져 있는 국자를 찾아 나섰다.

그들은 여러 나라를 찾아가 보았는데, 우연하게도 서로 반대편에 있는 나라에 가 볼 생각은 전혀 하지 못했다. 그들은 "냄비가 그려져 있는 국자인데, 그 냄비 안에 국자가 그려져 있고, 그 국자 안에 다시 냄비가 그려져 있는……." 아니면 "국자가 그려져 있는 냄비인데, 그 국자 안에 냄비가 그려져 있고, 그 냄비 안에 다시 국자가 그려져 있는……."이라는 말을 계속 반복하며 돌아다니다 보니, 어느 순간 자기들이 찾고 있는 것이 냄비인지 국자인지 알 수 없게 되어 버렸다. 그러나 그들은 차마 빈손으로 고국에 돌아갈 수 없어서 점점 더 먼 곳으로 갔다.

양쪽 나라의 왕과 왕비는 골치 아픈 생각을 이제 그만두었다.

국자가 그려져 있는 냄비나 냄비가 그려져 있는 국자는 다른 귀중한 물건들과 함께 유리 진열장 속에 넣어 두었다. 냄비와 국자에는 서서히 먼지가 쌓여 갔고, 그것을 기억하는 사람은 아무도 없었다. 그만큼 많은 세월이 흘렀다.

그동안 사피안 왕자와 프랄리네 공주는 둘 다 아름답고 총명한 아이들로 자라났다.

어느 날 왕자와 공주는 궁전 안에서 지내기가 너무 따분하게 느껴져 험준한 산을 기어 올라갔다. 산꼭대기에서 두 아이는 처음으로 마주쳤다. 둘은 그날 처음 만났는데도, 금세 서로를 좋아하게 되었다. 두 아이는 높은 산꼭대기에 아무도 올라오지 않는다는 것을 잘 알고 있었기 때문에 앞으로도 계속 산꼭대기에서 만나기로 했다.

그러던 어느 날 두 아이는 자신들의 세례식 선물이었던 국자와 냄비에 대한 이야기를 자연스럽게 꺼내게 되었다.

"우리 궁전 안에 냄비가 하나 있는데, 그 안에 국자가 그려져 있고, 그 국자 안에 냄비가 그려져 있어. 그런 식으로 계속 그림이 이어져 있는 거야."

"우리 궁전 안에는 국자가 하나 있는데, 그 안에 냄비가 그려져 있고, 그 냄비 안에 국자가 그려져 있어. 마찬가지로 그런 그림이 계속 이어져 있는 거지."

프랄리네 공주의 말에 이어서 사피안 왕자가 말했다.

"그렇다면 아주 간단한 문제네! 냄비와 국자를 한데 모아 놓으면 되겠네."

"나도 같은 생각이야, 프랄리네. 우리 각자 부모님께 가서 말씀드려 보자."

그들은 입맞춤을 하고 각자의 나라로 돌아갔다.

양쪽 나라의 왕과 왕비는 왕자와 공주가 들려주는 새로운 소식을 귀담아 들었고, 이내 고민에 휩싸였다.

"사피안, 넌 아직 외교에 '외'자도 모르는 것 같구나. 장차 어떤 왕이 될지 걱정이다. 우리에게 국자가 있다는 사실을 숨겼어야지."

판토펠 왕이 근심 어린 눈으로 왕자를 쳐다보며 말했다.

"왜요, 아버님?"

"그쪽에서 우리에게 국자가 있다는 걸 알게 되었으니 냄비를 절대로 넘겨주지 않을 게다. 정말 어리석은 짓을 했구나, 왕자야."

판티네 왕비가 안타까운 표정을 지었다.

"그냥 서로 합치면 되잖아요."

"합치면 된다니! 일찍이 그런 말은 들어본 적이 없다! 세상에 쉬운 일이란 하나도 없다는 것을 이제부터라도 항상 유념하도록 해라."

판토펠 왕이 한숨을 길게 내쉬며 말했다.

한편, 오른쪽 나라의 왕실에서는 카무펠 왕이 공주에게 말하고 있었다.

"우리에게 냄비가 있다는 사실을 밝히지 말았어야지. 그렇게 중요한 나랏일을 어떻게 처리해야 하는지 아직도 몰랐더란 말이냐? 그래 가지고서야 한 나라의 공주가 될 수 있겠느냐, 프랄리네."

"왜요, 아버님?"

"그걸 몰라서 묻는 거냐! 이제 우리에게 냄비가 있는 것을 알게 되었으니 그쪽에서 우리에게 국자를 절대로 넘겨주지 않을 게다. 일을 망쳤어, 이 한심한 것!"

화가 난 카멜레 왕비가 펄쩍 뛰었다.

"그냥 서로 합치면 되잖아요."

"그냥 합치면 된다니! 그건 불가능한 일이야. 나랏일이 절대로 쉽지 않다는 것을 항상 염두에 두도록 해라!"

카무펠 왕이 어이없다는 표정을 지었다.

결국 양쪽 나라의 왕자와 공주는 슬픔에 잠기고 말았다.

판토펠 왕은 판티네 왕비만 참석할 수 있는 비밀 회의를 소집했다. 같은 시각에 카무펠 왕도 카멜레 왕비와 둘만의 비밀 회의를 열었다.

"한 가지 확실한 사실은 냄비가 그려져 있는 국자는 국자가 그려져 있는 냄비가 없으면 아무 소용이 없다는 것이오."

판토펠 왕이 말했다.

"한 가지 분명한 사실은 국자가 그려져 있는 냄비는 냄비가 그려져 있는 국자가 없으면 아무 소용이 없다는 것이오."

카무펠 왕이 말했다.

"국자가 그려진 냄비를 손에 넣기만 한다면 왕실과 백성들의 식량 문제를 완전히 해결할 수 있을 텐데."

판티네 왕비가 말했다.

"냄비가 그려진 국자를 손에 넣기만 한다면 왕실과 백성들의 식량문제를 완전히 해결할 수 있을 텐데."

카멜레 왕비가 말했다.

서로에게 필요한 물건이 있는 곳을 알게 되었으니 이제는 그것을 어떻게 가져오느냐가 문제였다. 그러나 양쪽 나라에서는 해결할 방법을 찾을 수가 없었다. 차라리 이 모든 사실을 잊어버리고 싶었지만, 자기들이 원하는 물건이 어디에 있는지를 알게 된 이상 도저히 포기할 수 없었다. 그렇게 1년이 흘렀다.

그런 와중에도 양쪽 나라 왕자와 공주는 계속 산꼭대기에서 몰래 만났다. 왕자와 공주가 생각하기에는 아주 간단한 문제였지만, 안타깝게도 그들에게는 발언권이 없었다.

어느 날 판토펠 왕과 궁 안을 산책하던 판티네 왕비에게 좋은 생각이 떠올랐다. 왕비는 혹시라도 나쁜 사람의 귀에 들어갈까 봐 입술을 왕의 귀에 바짝 대고 속삭였다.

"우리에게 국자가 그려져 있는 냄비가 없는 한 냄비가 그려져 있는 국자도 아무 소용이 없겠지요. 그렇다면 저쪽에서도 냄비가 그려져 있는 국자가 없는 한 국자가 그려져 있는 냄비는 아무 소용이 없을 거예요."

"그거야 그렇소만……."

"제게 좋은 생각이 있어요. 그들에겐 아무 쓸모 없는 국자가 그려진 냄비를 우리가 사는 거예요."

"하하, 참으로 좋은 생각이구려! 이제 국자가 그려져 있는 냄비는 우리 것이나 다름없소!"

왼쪽 나라에는 나랏돈을 아끼기 위해 내무부 대신과 외무부 대신을 겸임하고 있는 사람이 있었다. 이름이 발두인 빅클링인데, 사람들은 그를 '대신'이라고 불렀다. 대신은 양면으로 바꿔 입을 수 있는 윗옷이 하나 있어서 각 임무에 따라 윗옷을 뒤집어 입었다. 외무부 대신으로 일할 때는 빨간색 바탕에 까만색 줄무늬가 있는 쪽으로, 내무부 대신으로 일할 때는 까만색 바탕에 빨간색 줄무늬가 있는 쪽으로 바꿔 입었다.

어느 날 판토펠 왕이 그를 찾았다. 그는 까만색 바탕에 빨간색 줄무늬의 옷을 입고서 나타났다.

"빅클링 대신, 그게 아니오. 오늘 내가 대신을 부른 것은 대외적인 일 때문이오."

당황한 빅클링은 얼른 윗옷을 뒤집어 입었다.

"전하, 무슨 일로 저를 부르셨는지요?"

외무부 대신으로 변한 빅클링이 머리를 조아렸다.

"빅클링 대신, 그게 아니오. 이번에는 장사꾼으로 변장을 하고서 임무를 수행해야 하니 아예 그 윗옷을 벗도록 하시오."

빅클링은 재빨리 윗옷을 벗었다. 그러고 나서 흰색 수염을 붙이고, 까만 선글라스를 쓰고, 낡은 누더기로 갈아입었다. 그는 금세 장사꾼의 모습이 되었다.

빅클링은 왕에게서 앞으로 할 일에 대해 전해 듣자마자 갖가지 가재도구들이 들어 있는 수레를 끌고서 산 왼쪽으로 빙 돌아 오른쪽 나라로 출발했다.

카무펠 왕의 궁전 앞에 다다르자 빅클링은 크게 소리쳤다.

"물건 사고팝니다! 비싼 값으로 쳐드리고, 싼 값으로 팔겠습니다. 어서 나와 구경하세요!"

오른쪽 나라의 신하들이 하나둘씩 낡은 물건들을 가지고 나왔다. 빅클링은 그들이 갖고 온 물건을 비싼 값으로 쳐주거나 새 물건으로 교환해 주었다. 신하들은 마음속으로 장사꾼이 제정신이 아닌 것 같다고 생각했지만 내심 그와 거래를 하고 싶었기 때문에 많은 물건을 가지고 나왔다.

그때 마침 카멜레 왕비가 궁전 밖에서 나는 소란스러운 소리를 듣게 되었다. 신하들을 통해 그 이유를 알게 된 왕비는 새 물건을 장만할 수 있는 좋은 기회를 놓치고 싶지 않았다. 그래서 낡은 냄비들을 들고 궁전 밖으로 나갔다.

"왕비님, 혹시 궁 안에 국자와 냄비 그림이 반복해서 그려져 있는 이상한 냄비가 있지 않은가요? 아무 쓸모도 없는 것을 그냥 두시면 뭐하겠습니까. 제게 가져다주시면 값을 듬뿍 쳐 드리든가, 새 물건으로 바꿔 드리겠습니다."

빅클링이 말했다.

"아니, 그 냄비는 절대 팔지 않을 거요. 아! 나도 한 가지 제안을 하겠소. 저 왼쪽 나라에 있는 냄비가 그려져 있는 국자를 가지고 오시오. 돈을 듬뿍 쳐주든가, 뭐든 당신이 갖고 싶어 하는 물건으로 바꾸어 주겠소."

"그런 일은 절대로 없을 겁니다, 왕비님! 저쪽 나라에 가서도 이미 물어보았는데, 아무리 돈을 많이 줘도 국자를 내놓지 않겠다고 했습니다. 왕비님께서 그 냄비를 그냥 가지고 계신다면 지금도 앞으로도 계속 아무짝에도 소용없을 겁니다. 하지만 그것을 제게 팔면 돈이라도 많이 받으실 수 있지 않습니까. 잘 생각해 보십시오, 매우 합리적인 제안 아닙니까?"

"아니, 합리적인 것은 내가 제안했던 것뿐이오. 난 절대로 이 냄비를 내주지 않을 생각이오. 저쪽에 있는 국자는 영영 아무런 쓸모도 없는 폐물이 될 거요. 그러니 지금이든 나중이든 우리의 제안을 받아들일 수밖에 없겠지. 그들에게 그렇게 전해 주시오!"

그제야 빅클링은 자신의 정체가 탄로난 것을 알아채고 다시 왼쪽 나라로 돌아갔다. 물론 이번에도 산 왼쪽으로 빙 돌아서 갔다.

판토펠 왕과 판티네 왕비는 빈손으로 돌아온 빅클링에게 크게 화를 냈다. 특히 카무펠 왕과 카멜레 왕비에게 더욱 분통을 터뜨렸는데, 심지어 카무펠 왕 부부는 도무지 합리적인 대화를 할 줄 모르는 사람들이라고까지 비난했다.

그 사이에 카무펠 왕과 카멜레 왕비는 깊은 생각에 잠겨 있었다. 그러고는 둘만의 비밀 회의를 소집했다.

"사실 변장하고 왔던 그 장사치의 말이 완전히 틀린 건 아니에요. 냄비가 그려져 있는 국자를 손에 쥘 수 없다면 국자가 그려져 있는 냄비 역시 아무짝에도 소용없을 테니까요."

"그건 당신 말이 맞소."

카무펠 왕이 카멜레 왕비의 말에 동의했다.

"아무 소용 없는 저 냄비를 귀중한 그 국자와 맞바꾸면 어떨까요?"

"그거 참으로 좋은 생각이오! 그건 더 이상 생각할 것도 없소.

당신 정말 대단하구려!"

카무펠 왕은 기쁨을 감추지 못했다.

오른쪽 나라에도 내무부 대신과 외무부 대신의 임무를 동시에 수행하고 있는 한 명의 신하가 있었다. 이름은 쿠니베르트 크라츠 푸스이고, 사람들은 그를 '대신'이라고 불렀다. 그의 윗옷도 양면으로 입을 수 있는 옷이었는데, 왼쪽 나라 대신과는 정반대로 내무부 대신일 때는 빨간색 바탕에 까만색 줄무늬가 있는 쪽으로, 외무부 대신일 때는 까만색 바탕에 빨간색 줄무늬가 있는 쪽으로 뒤집어 입었다.

어느 날 그가 카무펠 왕의 부름을 받았다. 그는 외무부 대신의 자격인지, 내무부 대신의 자격인지 헷갈려서 윗옷을 입지 않고 돌돌 말아 팔에 걸치고 갔다.

"으흠! 크라츠푸스 대신, 공식적인 나랏일을 해야 하니 어서 그 옷을 입으시오."

당황한 크라츠푸스는 얼른 윗옷을 입었다. 빨간색 바탕에 까만색 줄이 있는 쪽이었다.

"전하, 무슨 일이시옵니까?"

"그게 아니오, 크라츠푸스 대신. 이번에는 외교적인 임무를 수행해야 하니 어서 그 옷을 뒤집어 입으시오."

크라츠푸스는 허둥지둥 윗옷을 뒤집어 입었다.

카무펠 왕이 그에게 앞으로 해야 할 일을 설명해 주었고, 곧이어 카멜레 왕비는 국자가 그려져 있는 냄비를 여러 겹의 신문지로 잘 싸서 그의 배낭 속에 넣어 주었다. 크라츠푸스 대신은 배낭을 메고서 먼 길을 떠났다.

그는 산 오른쪽으로 빙 돌아가서 판토펠 왕과 판티네 왕비가 있는 성에 도착했다. 그는 왕과 왕비에게 서로 가지고 있는 국자와 냄비를 교환하자는 제안을 했다. 왕과 왕비는 또다시 고민에 빠졌고 비밀 회의를 하기 위해 잠시 그 자리를 떴다.

"한 가지 분명한 것은, 냄비가 그려져 있는 국자는 국자가 그려져 있는 냄비가 우리에게 없는 한 아무 소용없다는 것이오."

"오! 지당하신 말씀이에요. 당신은 정말 예리한 판단력을 갖고 있군요."

판티네 왕비는 판토펠 왕의 말을 듣고 무척 놀라워했다.

"논리적으로 생각해 보면 우리에게 더 필요한 것은 냄비가 그려져 있는 국자보다 국자가 그려져 있는 냄비요. 그러니 결론은 간단하지."

"맞아요! 쓸모없는 국자 대신에 귀중한 냄비를 받는 게 우리에게 훨씬 유리해요."

"현명한 당신의 말을 듣고 보니, 이보다 더 좋은 기회가 없을 것 같소. 더 이상 주저하지 맙시다!"

판토펠 왕이 확신에 찬 목소리로 말했다.

이렇게 해서 공식적인 거래가 이루어졌다. 왼쪽 나라 왕과 왕비는 국자가 그려져 있는 냄비를 크라츠푸스를 통해 넘겨받았고, 크라츠푸스는 냄비가 그려져 있는 국자를 건네받았다.

크라츠푸스는 결과에 상당히 만족스러워하며, 산 오른쪽으로 빙 돌아서 고국으로 갔다.

양쪽 나라의 왕과 왕비는 처음엔 서로 물건을 교환하길 잘했다고 생각했다. 그러나 그 생각은 결코 오래가지 않았다. 바꾼 물건으로 아무것도 할 수 없기는 마찬가지였기 때문이다. 그들은 서로 상대 나라 때문에 자신들이 쓸데없는 짓을 했다고 생각하며 적개심을 품었다.

"저쪽 나라 사람들은 솔직하지도 않고, 도덕도 모르는 사람들이야. 저런 작자들과는 이제 어떤 거래도 하지 않겠어."

양쪽 나라에선 똑같은 말을 하며 분을 삭였다. 그리고 더 이상 서로 외교를 지속할 이유가 없다는 악의적인 내용이 담긴 편지를 상대 나라에 각각 보냈다. 이로써 양쪽 나라의 외교 관계는 끊기고 말았다.

어느 날 카무펠 왕과 카멜레 왕비가 침대에 누워 있었다. 두 사람 다 그동안 너무 많은 고민을 해 왔기 때문에 심한 두통에 시달렸다.

"카멜레, 잠들었소?"

"아뇨, 잠이 안 와요."

"나도 마찬가지요."

"아! 정말 생각할수록 화가 치밀어 올라요. 어떻게 그런 일이 있을 수 있어요? 그들은 우리 나라 전체의 체면을 깎아내렸어요."

"저쪽 사람들이 기본적인 예의도 지키지 않는 마당에 우리도 예의고 뭐고 잘해 줄 필요가 전혀 없지 않겠소?"

"맞아요, 그렇다면 우리만 바보가 되겠지요. 어떻게 해서든 우리 냄비를 되찾아야 해요! 그들이 우리에게 속여서 넘긴 그 국자 나부랭이로는 아무것도 할 수 없으니까요."

카무펠 왕은 한동안 생각에 잠겼다.

"그렇지만…… 그들이 순순히 돌려주지 않는다면?"

"그렇다면 물어볼 필요도 없이 그냥 가져와야지요."

"그것 참 좋은 생각이오! 카멜레 당신은 참으로 똑똑하구려."

카무펠 왕이 크게 감탄했다.

오른쪽 나라에는 레베렉트 랑핑거라는 대도둑이 살고 있었다. 다음 날 아침 카무펠 왕이 그를 왕실로 불러들여 비밀 요원으로 임명하고 특수 임무를 맡겼다. 특수 임무는 바로 왼쪽 나라에 가서 문제의 냄비를 훔쳐 오는 것이었다. 왕은 그곳 사람들에게 절대로 들키지 않도록 주의하라고 거듭 당부했다.

"전하, 아무 걱정하지 마십시오. 기필코 그 냄비를 아무도 모르게 가져오겠습니다."

랑핑거가 자신 있게 말했다.

그는 외투 깃을 올리고, 까만 선글라스를 쓰고, 모자를 깊숙이 눌러쓴 다음 길을 떠났다.

우연히도 바로 그 시각에 판토펠 왕과 판티네 왕비도 똑같은 생각을 하고 있었다. 단지 왼쪽 나라 도둑의 이름이 클라우스 클라우라는 것만 달랐다. 그 역시 비밀 요원으로서 애당초 왼쪽 나라 왕실 것이었던 국자를 도로 가져오라는 특수 임무를 맡았다. 물론 그도 오른쪽 나라 사람에게 들키지 않도록 조심해야 했다.

비밀 요원들이 각각 떠나고 나자 두 나라의 왕과 왕비는 안도의

한숨을 내쉬었다. 그날 밤, 그들은 그 일이 있은 후 처음으로 아주 깊이 잠들었다. 그래서 두 나라의 비밀 요원들은 별 어려움 없이 냄비와 국자를 각각 훔쳐서 자기 나라로 돌아갈 수 있었다.

양쪽 나라의 왕과 왕비들은 성공적으로 훔쳐 온 물건을 보고 무척 기뻐했다. 비밀 요원들에게 나라를 위한 공헌을 한 대가로 훈장을 수여하는 등 대단한 영광을 베풀었다. 그러나 기쁨의 환호성은 그리 오래 가지 못했다. 모든 일이 물거품이 되었다는 것을 곧 깨달았기 때문이다.

양쪽 나라는 더욱 사이가 나빠졌다. 서로에 대한 적개심이 하늘을 찌를 듯 치솟았다.

"이런 도둑놈들! 그자들이 도둑질도 서슴지 않는 파렴치한이란 사실이 만천하에 드러났어!"

판토펠 왕과 판티네 왕비가 소리쳤다.

"이번 일로 그들이 남의 물건을 강탈하는 짓조차 서슴지 않는 몹쓸 놈들이란 걸 알았으니 천만다행이야! 이런 도둑놈들 같으니라고!"

카무펠 왕과 카멜레 왕비도 소리쳤다.

"오른쪽 나라는 자폭하라!"

왼쪽 나라 사람들이 소리쳤다.

"왼쪽 나라는 자폭하라!"

오른쪽 나라 사람들이 소리쳤다.

결국 양쪽 나라의 왕들은 병사를 총동원했다. 카무펠 왕은 병사 네 명, 중대장 다섯 명, 대장 세 명으로 군대를 정비했다. 판토펠 왕은 병사 세 명, 중대장 네 명, 대장 네 명 그리고 (함대가 없지만) 장군 한 명을 불러 모았다.

양쪽 나라의 왕들은 매서운 바람이 휘몰아치는 캄캄한 밤에 병사들을 이끌고 적국으로 출발했다. 왕비들은 왕실 창가에서 행군에 나선 병사들을 향해 손수건을 흔들어 주었다.

카무펠 왕의 병사들은 산 오른쪽으로 돌고, 판토펠 왕의 병사들은 왼쪽으로 돌았기 때문에 서로 마주치지 않았다. 그래서 적국에 도착했을 때 그들은 아무런 반격도 받지 않았다. 양쪽 나라의 왕비들은 침입자들에게 완강히 저항했지만 결국 그들에게 인질로 잡히고 말았다. 양쪽 병사들은 상대 나라의 왕실에 불을 지르고, 불타는 왕궁의 모습을 만족스럽게 지켜보았다. 적국의 왕실이 잿더미가 된 걸 보자 그들은 각각 산의 왼쪽과 오른쪽을 따라 신나게 행군하며 자기 나라로 돌아갔다.

이런 난리통에 국자와 냄비는 과연 어떻게 되었을까?

왕과 왕비의 계획을 눈치 챈 사피안 왕자와 프랄리네 공주가 미리 불행의 씨앗이 된 국자와 냄비를 몰래 숨겨 두었다. 왕자와 공주는 절대로 전쟁에 동참할 수 없었다. 전쟁은 오직 어른들만 한다고 배웠기 때문이다. 또한 그들은 서로 싸우고 싶은 생각이 추호도 없었다.

난리가 나던 그날 밤에도 왕자와 공주는 미리 약속한 대로 산꼭대기에서 만났다. 프랄리네 공주는 냄비를, 사피안 왕자는 국자를 가져왔다. 둘은 냄비 안에 국자를 넣고 아주 조심스럽게 휘저었다. 그러자 놀랍게도 냄비 안에 맛있고 영양가 높은 수프가 가득 찼다. 왕자와 공주는 행복해하며 수프를 배부르게 먹었다. 이 일은 이렇게 간단하게 해결되었다!

그 사이 병사들과 판티네 왕비를 이끌고 돌아온 카무펠 왕과, 또 병사들과 카멜레 왕비를 이끌고 돌아온 판토펠 왕은 똑같이 폐허가 된 왕실을 보았다. 그들은 심한 충격을 받았고, 어딜 가나 슬픔에 잠긴 울음소리가 가득했다. 양쪽 나라 왕들은 불탄 잿더미 위에 앉아 비통하게 울었다. 병사들은 왕의 주위를 에워싼 채 슬픔을 간신히 참고 있었다.

애초에 그들은 인질로 잡아온 왕비들을 돌려보내는 대신 국자, 또는 냄비를 돌려받을 생각이었다. 하지만 이젠 다 소용없었다. 국자와 냄비가 모두 온 데 간 데 없이 사라져 버린 것이다. 더구나 곳간은 완전히 불에 탔고, 먹을 것은 눈을 씻고 찾아봐도 없었다.

사정이 이러니 인질로 잡아온 왕비도 소용없어져 버려 각 나라는 그냥 한밤중에 왕비들을 자기 나라로 보내 주었다. 공손한 배웅은 아니었지만 전쟁 중에는 얼마든지 있을 수 있는 일이었다.

판티네 왕비와 카멜레 왕비는 각자의 왕실로 무사히 돌아갈 수 있었다. 그러나 너무 힘든 일을 겪은 터라 그들 모두는 이제 기뻐할 힘조차 남아 있지 않았다.

한편, 양쪽 나라의 왕과 왕비들은 왕자와 공주가 없어졌다는 사실을 까맣게 모르고 있었다. 처음에는 상대 나라를 공격할 계략을 세우느라 왕자와 공주에게 신경 쓸 틈이 없었고, 나중에는 폐허가 된 나라에 대한 비통함 때문에 그들이 없어진지도 모르고 있었다. 어쨌든 제일 먼저 그 사실을 알아챈 사람은 바로 왕비들이었다.

"도대체 사피안 왕자는 어디에 있나요?"

판티네 왕비가 두 손을 모아 쥐며 큰 소리로 물었다.

"도대체 프랄리네 공주는 어디 있는 거예요?"

카멜레 왕비가 자신의 머리카락을 움켜잡으며 소리쳤다.

양쪽 나라가 즉시 전령을 상대 나라로 보냈지만 그 어디에서도 공주와 왕자의 소식은 들을 수 없었다.

양쪽 왕실에서 일어난 비극은 더욱 처절한 아픔이 되어 가슴을 후려쳤다!

"이 모든 것이 한낱 그 국자 나부랭이 때문에 일어난 일이라니!"

카무펠 왕이 눈물을 삼켰다.

"이 모든 것이 그 보잘 것 없는 냄비 때문에 일어난 일이라니!"

판토펠 왕이 흐느꼈다.

"일이 이렇게 될 줄 미리 알았더라면 차라리 냄비를 그냥 넘겨 주고 말 것을."

카멜레 왕비는 눈물을 흘렸다.

"앞으로 일어날 일을 미리 알았더라면 차라리 국자를 그냥 넘겨 주고 말 것을."

판티네 왕비는 깊은 한숨을 쉬었다.

이렇게 산의 양쪽 나라에서 잘못을 크게 뉘우치는 말들이 오고 갔다. 물론 서로 상대편의 이야기를 들을 수는 없었다.

사람들은 대개 같은 불행을 겪게 되면 상대방을 이해하게 된다. 서로에게 불행을 가져다 준 경우에는 더욱 그럴 것이다. 또한 두 나라 사람들은 모두 배가 고팠지만 먹을 것이라고는 하나도 없었다. 그제야 비로소 그들은 분별력이 생기게 되었다.

결국 양쪽 나라 왕들이 상대 나라로 전령을 보냈고, 앞날을 상의하기 위해 서로 만나기로 합의했다. 그러나 그 만남은 쉽게 이루어지지 못했다. 두 나라의 경계선인 중간 지점에서 만나는 것까지는 합의가 되었으나 판토펠 왕은 산의 왼쪽으로 돌아가고 싶어 했고, 카무펠 왕은 오른쪽으로 돌아가려고 했기 때문이다. 만약 서로의 뜻대로 한다면 계속해서 산을 빙빙 돌아야 된다. 그러나 두 왕 모두 한 발짝도 양보하려고 하지 않았다.

마침내 그들은 양쪽 모두 불편하지만 서로 체면을 지킬 수 있는 선에서 의견을 모았다. 산꼭대기에서 회의를 하기로 결정한 것이다. 그런 경우는 일찍이 한 번도 없었고 꽤 힘든 일이었지만, 둘 다 사정이 급하고 배고픔에 시달렸기 때문에 어쩔 수 없었다.

양쪽 나라의 왕은 대신, 병사, 비밀 요원, 신하들을 이끌고 서로 산을 오르기 시작했다. 산꼭대기에 도착했을 때 너무나 힘들고 지쳐서 바닥에 철퍼덕 주저앉았다.

그때 숨어 있던 사피안 왕자와 프랄리네 공주가 냄비와 국자를 들고 양쪽 나라 사람들 앞에 나타났다. 냄비에는 맛있어 보이는 수프가 가득 담겨 있었고 구수한 냄새가 풍겨 나왔다. 그들 모두 한결같이 침을 꼴깍 삼켰다.

"여기까지 오시다니 정말 잘 하셨어요, 전하. 제가 음식을 나누어 드려도 될까요?"

사피안 왕자가 물었다.

"제발 허락해 주세요, 전하. 모두 다 배불리 먹을 수 있을 만큼 수프는 충분히 있답니다."

프랄리네 공주가 말했다.

"오호!"

국자와 냄비뿐만 아니라 왕자와 공주도 찾게 된 왕과 왕비들은 크게 기뻐하며 탄성을 질렀다.

결국 그들은 다 함께 수프를 나누어 먹었다. 수프는 아무리 먹어도 줄지 않았고, 이제까지 먹어 본 음식 중에 최상의 맛이었다.

"처음부터 국자를 우리에게 넘겨주었더라면 좋았잖아요! 오래 전부터 우리 것이 되었어야 할 물건인데 그쪽에서 고집스레 갖고 있었으니……."

카멜레 왕비가 상대 나라의 왕과 왕비에게 핀잔을 주었다.

"이것 보세요! 그쪽에서 우리에게 냄비를 넘겨주었더라면 그간

의 모든 일을 겪지 않아도 되었을 거예요!"

판티네 왕비도 지지 않고 큰소리를 쳤다.

"어쨌든 지금 이 자리에서 국자와 냄비의 임자가 누군지 확실한 결정을 내려야겠습니다."

"또 처음부터 모든 것을 다시 시작하지는 맙시다!"

카무펠 왕의 말에 이어 판토펠 왕이 말했다. 그가 지금까지 살아오면서 한 말 중 가장 현명한 말이었다.

모두 감격에 겨워 아무 말도 하지 않았다. 배가 부를 때까지 수

프만 계속해서 먹었다. 원래 사람들은 배가 부르면 대화하기가 쉬워지는 법이다. 적절한 때를 기다리고 있던 왕자와 공주가 드디어 입을 열었다.

"저희는 서로 좋아하기 때문에 성년이 되면 결혼할 생각입니다. 부디 허락해 주세요. 그리고 국자와 냄비는 저희들 결혼 선물로 주셨으면 좋겠어요."

그 후 양쪽 나라의 왕과 왕비는 몇 차례의 협상 끝에 왕자와 공주의 결혼을 승낙했다. 물론 국자와 냄비는 예비 신혼부부가 갖게 되었다. 그들은 결혼 후에도 하나가 없으면 다른 하나도 소용이 없다는 것을 잘 알고 있기 때문에 절대로 그것을 나눠 가지려는 싸움 따윈 하지 않았다.

양쪽 나라 왕실은 옛 궁전이 전부 불에 타 버렸기 때문에 산꼭대기에 새로운 궁전을 만들어 함께 살게 되었다. 판토펠 왕과 판티네 왕비는 새 궁전의 왼쪽에서 살았고, 카무펠 왕과 카멜레 왕비는 오른쪽에서 살았다. 왕들은 이따금 '여보세요, 화내지 말아요.'라는 게임을 즐겼고, 왕비들은 서로 새로운 소식을 들려주었다. 양쪽 나라 왕과 왕비는 나이가 들자 곧바로 나랏일을 후손들에게 넘겼다. 모든 일이 순조롭게 풀려 나갔고, 모두가 행복해했다.

사피안 왕자와 프랄리네 공주의 결혼식이 열리던 날에는 여러 나라에서 하객들이 찾아왔다. 그중 마녀 고모도 끼어 있었다. 이번만큼은 초청장을 잊지 않고 보냈기 때문이다. 하객들은 신기한 수프의 훌륭한 맛에 찬사를 아끼지 않았다. 마녀 고모 역시 수프를 맛보았는데 갑자기 붉으락푸르락해진 얼굴로 외쳤다.

"솔직히 국자와 냄비가 이렇게 두 나라를 행복하게 해 줄 거라곤 생각도 못했네. 이럴 줄 알았으면 처음부터 그걸 선물로 주지 않았을 거야! 에잇, 내가 이런 엄청난 실수를 저지르다니 억울하고 분하다!"

마녀 고모는 이 말을 끝으로 마법의 불꽃 의자를 타고서 먼 곳으로 떠나 다시는 돌아오지 않았다. 그렇지만 국자가 그려져 있는 냄비는 그대로 남아 냄비가 그려져 있는 국자로 휘젓기만 하면 언제나 맛있는 수프가 가득 생겼다. 절대로 바닥이 드러나는 법이 없는 그 냄비는 지금까지도 쓰이고 있다. 그래서 먹을 것이 없어 굶주리는 사람들이 그 궁전을 찾아가기만 하면 수프를 실컷 먹을 수 있다. 다만 궁전이 어디에 있는지 먼저 찾아내야 할 것이다.

곰돌이 워셔블의 여행

옛날에 워셔블이라는 귀여운 곰돌이가 있었다. 그 이름은 오래 전에 한 아이가 곰돌이를 막 샀을 때 상표에 적힌 글을 보고 지은 것이었다. 아이는 이제 학교에 다니고 있고, 곰돌이와 놀기에는 너무 자라 버렸다. 워셔블도 세월의 흔적을 숨길 수 없어서 낡은 인형이 되었다. 자주 빨고 빗어 주는 바람에 털은 거의 다 빠졌고 헝겊을 대고 기운 곳도 많았다.

워셔블은 평소 소파 한구석에 앉은 채 멍하게 앞만 쳐다보며 지냈다. 밤낮으로 한자리에만 앉아서 지내는 것은 아주 지루한 일이었기 때문에 워셔블은 가끔 몸을 흔들며 춤을 추었다. 물론 아무도 보는 사람이 없을 때만 그렇게 했다. 대개 곰돌이 인형은 행동이 굼뜨기 때문에 워셔블 역시 춤추는 모습엔 자신이 없었다. 혹시 누군가 자신을 본다면 몹시 창피할 것 같았다.

어느 날 워셔블이 언제나처럼 소파의 한쪽 구석에 앉아 있었다.

파리 한 마리가 창문으로 날아 들어와 주위를 빙빙 돌더니 워셔블의 콧잔등 위에 앉았다.

"안녕!"

파리가 인사했다.

"안녕!"

워셔블이 곁눈으로 파리를 보며 대답했다.

"너 뭐하고 있니?"

"그냥 여기 앉아 있어."

"그건 나도 알고 있어. 그런데 왜 거기에 그렇게 앉아 있냐구?"

파리가 윙윙대며 물었다.

"그냥."

워셔블이 심드렁하게 대꾸하자, 파리가 가만히 생각에 잠겨 있다가 말했다.

"무슨 이유가 있을 것 같은데."

"없어. 그런데 그게 그렇게 중요한 거니?"

"그럼 얼마나 중요한데!"

파리가 말했다.

"이 세상에서 가장 중요한 거야. 예를 들어서 나는 빙빙 돌고, 모든 것을 맛보기 위해 존재해. 너도 빙빙 돌고, 맛보는 걸 할 수 있어?"

"아니."

"아니? 기가 막혀! 자기가 왜 이 세상에 살고 있는지도 모르다니, 넌 바보야! 아주 형편없는 바보!"

파리가 가소롭다는 듯이 비웃었다. 그러고는 곰돌이의 머리 위를 몇 바퀴 돌면서 콧노래를 부르며 멀리 날아갔다.

"바보래요, 바보래요, 아무것도 모른대요!"

낡은 곰돌이 인형은 곰곰이 생각에 잠기더니 혼잣말을 했다.

"이거야 원. 난 정말 바보인지도 몰라. 자신이 이 세상에 왜 살고 있는지 누구나 알고 있다면 나도 당연히 알아야 하겠지. 한번 여기저기 찾아가 물어보면 해답을 찾을 수 있을지도 몰라."

워셔블은 소파에서 아래로 미끄러져 내려와 뒤뚱뒤뚱 걸었다.

걷다가 지하실로 내려가는 계단에서 생쥐를 만났다.

곰돌이가 상냥하게 인사했다.

"안녕! 내 이름은 워셔블이야. 난 내가 이 세상에 왜 살고 있는지 알고 싶어."

생쥐는 깨금발을 하고서 곰돌이를 위아래로 훑어보았다.

"가장 중요한 것은 잡히지 않기 위해 영리하게 굴어야 한다는 것과 가족을 먹여 살리기 위해 치즈와 베이컨을 잘 간수해야 한다는 거야. 넌 가족을 먹여 살릴 수 있니?"

"아니."

"불쌍한 녀석."

생쥐가 길게 한숨을 내쉬며 말을 이었다.

"그렇다면 나도 네가 왜 세상에 살고 있는지 잘 모르겠다."

생쥐는 워셔블을 남겨 두고 쥐구멍 속으로 쏙 들어가 버렸다.

워셔블은 어깨를 들썩하더니 집 밖으로 나갔다.

밖으로 나가니 작은 마당이 있었다. 마당에는 닭이 이리저리 다

니며 모래 속을 파헤치거나 꼭꼭대고 있었다.

"안녕! 곰돌아."

워셔블을 본 암탉이 꼭꼭거리며 말했다.

"오늘 난 벌써 알을 두 개나 낳았어. 둥그스름하고, 속이 꽉 찬 너무나 좋은 달걀이야. 그게 보고 싶어서 온 거지, 그렇지?"

"사실은 그게 아냐."

"그럼, 내 달걀에 관심이 없다는 거야?"

닭이 고개를 갸우뚱하며 물었다.

"으, 응. 실은 궁금한 게 있어서……."

워셔블이 말했다.

"뭐어? 달걀보다 더 중요한 것이 있다고? 이 세상에서 달걀을 낳는 것이야말로 존재의 유일한 의미야. 그렇다면 너는 무엇 때문에 살지?"

"나도 그것을 알고 싶어."

"내 말 잘 들어. 너도 나처럼 해 봐. 달걀을 낳는 거야, 달걀을 낳으라구!"

"난 못 해."

"정말 형편없군!"

닭이 화를 벌컥 내며 휙 돌아서 가 버렸다.

"어리석은 닭 같으니라고!"

워셔블이 혼잣말을 하고는 마당 밖으로 나갔다.

마당 밖에서 그가 처음으로 만난 것은 더러운 웅덩이에서 목욕을 하고 있는 되새였다.

"이것 봐! 뭘 그렇게 멍청하게 쳐다보고 있는 거야? 목욕하는 거 처음 봤어?"

되새가 큰 소리로 물었다.

"아니. 나도 목욕은 많이 해 봤는걸. 그렇지만 그렇게 물을 철벅거리면서 해 보지는 않았어."

"그런데 도대체 왜 나를 빤히 보고 있는 거야?"

"내가 이 세상에 왜 살고 있는지 알고 싶어."

"난 네가 이 세상에 왜 살고 있는지 따위에 관심 없어. 그렇지만 내가 좋은 방법을 하나 가르쳐 줄게. 그냥 나처럼 이렇게 하면서, 그런 골치 아픈 생각을 아예 하지 않는 거야. 아무것도 신경 쓰지 말고 이 오스카처럼 신나게 놀면 모든 것이 다 해결돼. 오직 그것만이 중요한 거야."

워셔블은 한동안 생각에 잠기더니 한숨을 내쉬며 말했다.

"그래도 난 나처럼 닳아 빠진 곰돌이가 세상에 왜 살고 있는지 알고 싶어."

되새는 곰돌이를 비웃고는 날아가 버렸다.

워셔블은 골똘히 생각에 잠긴 채 타박타박 걸어가다가 꽃이 만발해 있는 풀밭에 이르렀다. 그곳에는 이곳저곳을 바쁘게 날아다니는 꿀벌이 있었다.

"저기 있잖아……. 묻고 싶은 게 한 가지 있는데……."

워셔블이 조심스럽게 말을 꺼냈다.

"시간 없어, 시간 없어!"

꿀벌이 말하며 바로 옆에 있는 꽃으로 급히 날아갔다. 워셔블은 다시 꿀벌 곁으로 다가갔다.

"넌 네가 왜 세상에 살고 있는지 혹시 알고 있니?"

"물론이지! 그런 것쯤이야 이미 애벌레 때부터 알고 있었는걸. 부지런히 움직이고, 꿀을 모으고, 벌집을 만들기 위해서 사는 거야."

"부지런히 움직인다고? 그거 어떻게 하는 건데?"

"부지런하다는 것은 그냥 부지런하다는 거야. 일을 하거나 항상 뭔가를 하고 있고, 절대로 게으름 피우지 않는 거지. 그런 거 몰라?"

"몰라."

"이런 쓸데없는 이야기를 하고 있을 시간 없어! 어서 일을 해야겠어. 그러니 어서 비켜 줘. 그렇지 않으면 너를 쏘아 버릴 테야."

곰돌이는 벌에게 쏘이고 싶지 않아 멀찍이 비켜섰다.

초원 한가운데 파란 호수가 있었다. 반짝이는 물결 위로 멋진 깃털을 가진 백조가 빙글빙글 돌고 있었다. 워셔블이 백조를 보며 감탄했다.

"너 정말 아름답구나!"

"나도 알아."

백조가 말하더니 이내 양쪽 날개를 펼쳐서 불룩한 돛처럼 보이게 했다.

"그런데 넌 왜 사는 거니?"

"그렇게 한심한 질문을 하다니! 내가 사는 가장 중요한 이유는

아름다움이야. 그것 말고 또 뭐가 있겠니?"

그러면서 백조는 호수 위에 비치는 자신의 아름다운 자태를 바라보았다.

"그렇게 중요한 의미를 난 이미 훤히 알고 있어. 그런데 너는?"

워셔블은 호수 위로 비치는 자신의 모습을 보며 솔직하게 대답했다.

"난 아냐."

"그렇다면 너야말로 살 필요가 없겠구나."

백조가 빈정대며 말했다. 그러고는 닳아 빠진 곰돌이에게 눈길 한번 주지 않고 호수 쪽으로 가 버렸다.

호수의 끝에서 숲이 시작되었다. 워셔블은 숲 속으로 들어갔다.

한참을 걷다 보니 나뭇가지 위에 앉아 자꾸만 똑같은 소리를 내고 있는 뻐꾸기가 보였다.

"너 거기에서 뭐하니?"

"세고 있는 중이야. 예순 다섯, 예순 여섯, 예순 일곱…….."

"무엇을 세는데?"

"그냥 보이는 걸 다 세는 거야. 나무, 나뭇잎, 솔방울, 날짜, 시간 등등. 그냥 전부 다. 예순 여덟, 예순 아홉, 일흔…….."

"그게 무슨 중요한 의미가 있는데?"

워셔블이 물었다.

"당연히 있지! 숫자는 중요한 거야. 셀 수 있는 것만이 진실이니까. 셀 수 없는 것은 아무 소용이 없어."

"아하!"

워셔블이 기대에 가득 차서 물었다.

"그렇다면 혹시 나도 세어 줄 수 있니?"

"좋아. 한 줄로 서 봐."

"그건 안 돼. 난 나 혼자일 뿐이야."

"그렇다면 넌 아무것도 아냐."

뻐꾸기는 이렇게 말한 뒤 멀리 날아가 버렸다. 저 멀리서 다시 뭔가를 세는 뻐꾸기 소리가 들려왔다.

낡은 곰돌이는 나무가 점점 더 울창하고, 더 어두워지는 깊은 숲 속으로 걸어 들어갔다. 덩굴 식물들이 나무 밑으로 내려와 길을 막고 있었다. 밀림 지대였다.

한 무리의 원숭이가 높은 나뭇가지 위에 앉아 신나게 떠들고 있었다. 원숭이들은 곰돌이를 보자마자 갑자기 말을 뚝 그쳤다. 대장 원숭이가 나무 밑으로 내려와 곰돌이 앞에 버티고 섰다.

"여기에서 뭘 찾고 있지?"

대장 원숭이가 말하며 이빨을 허옇게 드러내 보였다.

"방해할 생각은 없었어요. 나는 다만 우리 같은 것들이 왜 사는지 내게 말해 줄 수 있는 그 누군가를 찾고 있는 중이었어요."

원숭이들이 일제히 수군거리기 시작했다.

"우리 같은 것들이 왜 사는지 알고 싶대. 우리 같은 것들이 왜 사는지 알고 싶대……."

"조용히 해!"

대장 원숭이가 고함을 치며 입을 넙죽거렸다. 주위가 조용해지자 다시 말문을 열었다.

"세상에 사는 유일한 목적은 클럽이나 위원회라든가, 정당 같은 하나의 단체를 만들기 위함이야. 우리도 언제나 그렇게 하고 있거든."

"왜요?"

"무리 중 하나가 명령을 내리면 나머지 것들이 그것을 따르는 것이 중요하기 때문이지. 그렇게 하지 않으면 모두 엉망진창이 되어 버리고 말거든. 함께 사는 사회에서 각자 정확한 위치를 확보해야만 되는 거야, 그렇게 하지 않으면 아무것도 안 돼. 넌 명령을 내리거나, 명령에 복종할 수 있니?"

"아뇨."

"그렇다면 넌 우리와 함께 할 수 없어!"

대장 원숭이가 소리쳤고, 다른 원숭이들이 손에 잡히는 것을 닥치는 대로 워셔블을 향해 던지기 시작했다.

곰돌이는 뒤뚱거리며 황급히 달아났다.

밀림 지대를 지나가자 드넓은 초원이 나타났다. 그 한가운데는 심각한 고민에 휩싸인 듯한 한 무리의 코끼리들이 있었다. 그들의 얼굴은 지혜로워 보였고, 행동거지도 믿음직스러웠다.

"실례합니다."

워셔블이 약간 수줍어하며 말했다.

"이 세상에 내가 왜 살고 있는지 내게 말해 줄 수 있나요?"

코끼리들은 이마에 주름이 깊게 잡힌 얼굴로 워셔블을 바라보았다.

"아주 심오한 질문이구나. 우리도 벌써 오래전부터 그것에 대해 고민하고 있는 중이지."

코끼리 한 마리가 말했다.

"그래서요? 그래서 결론이 나왔나요?"

워셔블이 기대에 가득 차 물었다.

"심오한 문제는 신중하게 생각해 봐야 해."

다른 코끼리가 끼어들며 말했다.

"급하게 서둘러서는 절대로 안 되지. 그렇기 때문에 존재의 의미는 존재의 의미에 대해서 심각하게 생각하는 것에서 찾아볼 수 있는 거야."

"그렇지만……."

워셔블이 말꼬리를 잡으며 말했다.

"그렇게 하려면 시간이 오래 걸리겠군요. 제가 그렇게 오랫동안 기다릴 수 있을지 모르겠어요."

"그렇지만……."

이번에는 또 다른 코끼리가 점잖게 끼어들며 말했다.

"네게도 다른 생물들처럼 고귀한 영혼이 있을 거야, 그렇지? 그렇지 않다면 네 몸속에 무엇이 들어 있을 것 같니?"

"아직 자세하게 들여다보지는 못했지만 내 생각엔 톱밥과 스펀지 뭐 그런 것이 들어 있는 것 같아요."

"그렇다면 넌 진짜 살아 있는 생물이 아니로구나."

처음 말을 했던 코끼리가 진지한 표정을 지었다.

"그렇다면 넌 영혼이나 정신도 없이 한낱 짜 맞추어 놓은 물건일 뿐이야. 아무짝에도 쓸모없게 되면 넌 그대로 버려지는 신세가 될 거야."

낡고 오래된 곰돌이는 비록 몸속에 톱밥과 스펀지를 담고 있기는 했지만 가슴이 너무 아팠다. 그렇다고 어떻게 해 볼 도리도 없지만 그냥 집어던져 버려지는 신세가 되고 싶지는 않았다. 곰돌이는 계속해서 뒤뚱거리며 걸었다. 이제는 누구를 만나 물어보고 싶은 생각조차도 들지 않았다.

초원에는 차츰 돌과 모래가 많아졌다. 워셔블은 너무나 피곤해서 어느 바위 그늘 아래 주저앉았다. 그런데 얼마 떨어지지 않은 곳에서 열심히 체조를 하고 있는 거북이가 보였다. 거북이는 막 운동을 끝내고 가쁜 숨을 몰아쉬며 곰돌이를 쳐다보았다.

"거기에서 뭐 하고 있는 거야? 몸도 그런데 운동 좀 하면 나쁠 것 없잖아."

"에이! 내 몸은 처음부터 이런 걸요. 난 아무것도 바꾸고 싶지 않아요. 다만 내가 이 세상을 왜 사는지에 대해서만 알고 싶을 뿐이에요."

워셔블이 말했다.

"그건 아주 간단해. 우리는 가능한 한 오래 살기 위해 살아. 난 이미 백 년도 더 살았지만 더 오래 살기 위해 날마다 체조를 하고 있어."

"무엇 때문에 더 오래 살려고 하는데요?"

"당연한 걸 왜 물어? 계속 이렇게 운동을 하기 위해서야. 너도 그렇게 하고 싶지 않니?"

"아뇨."

워셔블은 계속해서 길을 걸었다.

한참을 가다가 워셔블은 사막에서 따뜻한 돌 위에 누워 졸고 있는 도마뱀을 만났다. 도마뱀은 한쪽 눈을 살며시 뜨더니 천천히 말했다.

"햇빛 가리지 말고 좀 비켜 줘."

워셔블은 옆으로 비켜서며 물었다.

"혹시 다 닳아 빠진 곰돌이가 이 세상을 왜 살고 있는지에 대해서 말 좀 해 줄 수 있을까?"

그제야 도마뱀은 다른 한쪽 눈을 마저 떴다. 곰돌이를 유심히 쳐다보더니 혀를 차고 하품을 한 후 이렇게 말했다.

"네가 지금 찾아다니는 것은 어디에도 존재하지 않아. 이 세상에 의미 있는 것은 아무것도 없어. 모든 것이 다 지나가 버릴 뿐이지. 그냥 의미가 있을 것처럼 보이거나 착각하는 거야. 그러니 그 궁금증은 잊어버려, 친구야. 나처럼 여기 이렇게 햇볕 아래 누워 아무런 생각도 하지 않는 거야. 아…… 무런 생각도!"

워셔블은 헝겊으로 기워 놓은 배에 따스한 햇볕이 내리쪼이도록 누운 채 아무 생각도 하지 않으려고 무진 애를 썼다. 시간이 지날수록 몹시 지루해졌지만 그럭저럭 지낼 만했다. 적어도 귀에서 뭔가 긁적이는 듯한 소리만 나지 않는다면. 워셔블이 앞발로 귀를 후비자 벌레가 툭 떨어졌다. 벌레는 당혹스러워하며 이쪽저쪽으로 빠르게 움직였다.

"미안합니다, 미안해요. 다른 동물들처럼 귓구멍이 있는 줄로 착각했어요.”

“괜찮아. 누구나 착각할 수 있지. 그런데 넌 다른 동물의 귀에 들어가 무엇을 하는 거지?”

“그 안에 틀어박혀 있는 거예요. 그 안에 둥지를 틀고 앉아 점점 더 깊숙이 파 들어가면 절대로 빠져나올 수 없게 되죠. 그것이 바로 내가 살아가는 이유예요. 당신도 어딘가에 둥지를 틀고 싶지 않나요?”

“그렇기는 해. 하지만 너처럼은 하고 싶지 않아.”

워셔블은 다시 뒤뚱거리며 걷기 시작했다.

혼자서 드넓은 사막을 타박타박 걸어가는데 어디에선가 갑자기 ‘스르륵’ 하는 소리가 들렸다.

“어이, 뚱뚱이! 어디를 그렇게 급히 가는 거야?”

워셔블이 뒤를 돌아보자 방울뱀이 반짝이는 눈으로 쳐다보고 있었다. 워셔블은 얼른 도망가고 싶었지만 몸이 뻣뻣해졌다.

“그대로 가만히 있어, 꼬마야. 안 그러면 내 신경이 몹시 날카로워진단 말이야.”

뱀이 혀를 날름거리며 천천히 다가왔다. 곰돌이 앞에 바짝 다가온 뱀이 쉿소리를 내며 말했다.

“꼬마야, 너 참 잘 만났다. 내 마음에 쏙 들어.”

“고, 고마워요. 그런데 빨리 가 볼 데가 있어요.”

“그래? 어디를 그렇게 급히 가야 한다는 거지?”

“내가 세상에 왜 살고 있는지 알아내야만 하거든요.”

"그런 거야 내가 얼마든지 가르쳐 줄 수 있지. 너 같은 것들은 나한테 잡아먹히기 위해 사는 거야. 뚱뚱아, 너를 보니 정말 식욕이 돈다. 그런데 너 내가 먹어도 되는 거지, 그렇지?"

뱀이 소름이 오싹 돋을 만큼 징그러운 미소를 지어 보였다.

"아니요! 실은 내 몸속엔 톱밥과 스펀지뿐이거든요."

"에잇! 다른 먹이나 찾아봐야겠군."

뱀은 소리 없이 스르륵 미끄러져 가 버렸다.

워셔블은 안도의 한숨을 내쉬고, 그 짧은 다리로 최대한 빨리 걸어 그곳에서 도망쳤다. 그러다가 옆구리가 아파 잠시 걸음을 멈췄다. 주변을 살펴보니 눈앞에 덤불이 보였다. 한 나뭇가지에 눈부신 비단실로 둘러싸인 작은 주머니 같은 것이 매달려 있었다. 워셔블이 쳐다보고 있는데 갑자기 주머니가 툭 터지기 시작하더니 곧 나비가 아름답고 화려한 색깔의 날개를 햇살에 펼쳐 보이면서 밖으로 나왔다.

"와! 정말 멋있다! 어떻게 그렇게 할 수 있지?"

"그냥 한 거야. 맨 처음에 난 알이었어. 그러다가 애벌레가 되었고, 그 다음에 번데기로 변했다가 이제 이렇게 나비가 된 거야. 항상 더 나은 것으로 발전해 가기 위해 생물은 존재하거든. 넌 더 발전할 수 없니?"

"으, 응."

"그럼 무엇 때문에 사는데?"

나비는 이런 질문을 던지고는 날개를 펄럭이며 날아갔다.

"글쎄. 나도 이쯤에서 그걸 알게 되었으면 좋겠다."

워셔블이 혼자 중얼거렸다.

바로 그 순간 한 소녀가 지나갔다. 소녀는 맨발이었고, 헝겊으로 기운 옷을 입고 있었다. 소녀의 부모는 가난했기 때문에 새 옷을 사 줄 수가 없었다.

소녀가 눈을 커다랗게 뜨고 낡은 곰돌이를 바라보았다.

"너 이름이 뭐니?"

"워셔블."

"난 곰돌이 인형을 한 번도 가져 본 적이 없어. 너 정말 예쁘다. 난 네가 정말 좋아. 내 곰인형이 되어 줄래?"

"좋아."

워셔블은 비록 몸속이 톱밥과 스펀지로 채워져 있기는 했지만 가슴이 온통 따스해지는 것을 느꼈다.

소녀가 곰돌이를 안고 콧잔등에 입을 맞췄다.

그 순간부터 워셔블은 다시 누군가의 소유물이 되었다. 그리고 그 둘은 행복했다.

그러나 아직 이 이야기는 끝나지 않았다. 며칠이 지난 후 성가신 파리가 소녀의 집 안으로 날아 들어왔다. 파리는 낡은 곰돌이를 보자마자 곰돌이의 머리 주위를 빙빙 돌며 콧노래를 불렀다.

"너 뭐하러 사니? 얘는 바보래요, 바보래요, 아무것도 모른대요……."

그러나 이번만큼은 워셔블이 가만히 있지 않았다.

찰싹!

파리는 더 이상 아무 말도 하지 못했다.

헤르만의 비밀 여행

"띠띠, 띠. 일곱 시 십오 분입니다."

라디오에서 현재 시각을 알리는 소리가 흘러나왔다.

"그만 자고 어서 침대에서 일어나, 헤르만."

아버지가 말했다.

"그 우유 마저 다 마셔야지, 헤르만."

어머니가 말했다.

"어서 마셔라."

아버지가 말했다.

"어서 서둘러."

어머니가 말했다.

"길 가다가 또 한눈팔면 안 된다, 헤르만."

아버지가 말했다.

"그래서 자꾸 학교에 늦잖니, 헤르만."

어머니가 말했다.

"그러니까 늘 성적이 그 모양이지."

아버지가 말했다.

"엄마 아빠 클라라가 홍역을 앓고 있다는 것만으로도 힘이 든단
다. 어젯밤 내내 울더구나."

어머니가 말했다.

"그리고 나갈 때 또다시 문을 쾅 소리 나게 닫지 마라, 헤르만."

아버지가 말했다.

"그러면 네 동생이 깰 거야. 몸도 아픈데……."

어머니가 말했다.

"잠시 후 새로운 한 주일의 시작을 알리는 상쾌한 종소리를 보
내 드리겠습니다."

이어 라디오에서 종소리가 흘러나왔다.

헤르만(나이는 아홉 살, 키는 124센티미터, 몸무게는 35킬로그
램, 빨간 머리에 주근깨 많음)은 아버지와 어머니의 잔소리를 다
듣고 난 다음 조용히 식탁에서 일어나 현관으로 갔다. 조용히 우
비를 입고, 책가방을 메고, 목도리를 두르고, 모자를 쓰고 살며시
현관문을 열고 밖으로 나갔다. 헤르만은 집 전체가 들썩일 정도로
문을 쾅! 닫았다. 그러곤 잠시 문 앞에 우뚝 선 채 집 안에서 동생
이 큰 소리로 울어 대는 소리를 엿들었다. 헤르만은 이내 기분 좋
은 얼굴로 고개를 끄덕이며 계단을 한 번에 세 개씩 우당탕거리며
뛰어 내려갔다. 아마 이웃집에서도 개구쟁이 헤르만이 번개처럼

빠르게 뛰어서 등교하는 중이라는 것을 단박에 알 수 있었을 것이다.

밖에 나오니 비가 내리고 있었다. 줄기차게 쏟아지는 비가 아니라 옷소매 쪽과 목 언저리가 약간 서늘하게 느껴질 정도의 가랑비였다. 벌써 며칠째 비가 내렸는데 이번 비는 오랫동안 지루하게 내릴 것 같았다. 헤르만은 갑자기 에르나 고모가 생각났다. 고모는 매번 집에 올 때마다 이렇게 말했다.

"절대로 너희를 방해하지 않을게. 딱 이틀만 쉬었다 갈 거다."

그래 놓고는 대개 한달 내내 가지도 않고 불만스러운 얼굴로 소파에 앉아 있었다.

오늘은 월요일이다. 이렇게 이른 월요일 아침, 도시에는 월요일을 싫어하는 사람들로 가득하다. 사람들의 얼굴만 봐도 훤히 알 수 있다. 월요일을 싫어할 만한 이유는 얼마든지 많다. 헤르만도 월요일이 정말 싫었다. 월요일은 또다시 소중한 일주일을 구구단이나, 쓸데없는 것을 배우면서 허비해야 한다는 걸 깨닫는 날이기 때문이다. 헤르만은 특히 포근한 침대에 누워 있기 가장 좋은 시각에 등교해야 한다는 사실에 몹시 화가 났다.

헤르만이 보기에 선생님들의 머릿속엔 오직 한 가지 생각뿐인 것 같았다. 힘없는 많은 아이들이 인생에 싫증을 느끼도록 만드는 것 말이다. 만일 누군가 그 일을 못하게 막는다면 선생님들은 학교에서 일하는 재미를 아예 잃고 말 거다. 헤르만은 씁쓸하게 웃었다.

부모님들은 항상 선생님 편이다. 그건 입 아프게 말할 필요조차 없다. 그리고 어머니 아버지는 동생 클라라가 홍역을 앓기 시작하면서부터는 헤르만을 성가셔 하는 듯했다. 클라라가 무슨 큰 병이라도 난 것처럼 말이다! 홍역은 한 번 앓고 나면 다시 걸리지 않는다. 과학적으로 증명된 사실이다. 그런데 이미 홍역을 앓은 헤르만을 클라라 방에 얼씬도 못하게 했다. 부모님은 헤르만이 더 어렸을 때는 이렇게까지 유난스럽게 굴지 않았다. 동생이 태어나기 전에도 말이다.

클라라는 이제 두 돌 반이 되었는데, 같이 놀 수도 없고, 싸울 수도 없는 정말 아무짝에도 쓸모없는 아이다. 게다가 그 애가 마치 설탕 가루로 만들어지기라도 한 것처럼 모두들 조심스럽게 대해야만 했다.

이제 헤르만은 집에서 외톨이가 되었다. 어머니와 아버지가 자기를 그렇게 만들었다고 생각하니 갑자기 목구멍에서 화가 치밀어 올랐다. 헤르만은 두고 보라며 마음속으로 뭔가를 다짐했다.

헤르만은 여행사 사무실 앞에서 걸음을 멈췄다. 진열창에 야자수와 고층 빌딩으로 가득 찬 먼 이국의 도시를 배경으로 자신의 모습이 비쳤기 때문이다.

헤르만은 제 얼굴을 유심히 들여다보며 고개를 오른쪽 왼쪽으로 천천히 돌려보았다. 실제 나이보다 훨씬 겉늙어 보였다. 오랫동안 스트레스를 받아 왔기 때문일 것이다. 순간 헤르만은 그동안 수없이 상상해 왔던 장면을 다시 떠올렸다.

나처럼 아무에게도 사랑을 받지 못하는 사람은 어쩔 수 없이 나쁜 길로 들어서게 돼 있어. 어쩌면 정말 시카고나 상하이에서 활

동하는 악당이 될지도 몰라. 그렇게 되면 온 세상의 신문엔 내가 저지른 갖가지 악행에 대한 소식들로 가득 채워지겠지. 은행털이, 현금 수송차 습격 사건, 악당들끼리의 총싸움 같은 거 말이야. 도시 전체에 테러를 일으켜도 경찰은 손도 못 쓸 거야. 그러다가 나도 언젠가는 법정에서 심판을 받고 끔찍하게 생을 마감하겠지. 영화에서 악당들은 꼭 죽거나 벌을 받잖아. 어쨌든 나는 피를 토하고 죽어 가면서도 이렇게 유언을 남길 거야.

"내가 이 지경이 된 것은 순전히 내 부모 탓이오. 그래도 그들에게 내가 죽었다는 소식 정도는 전해 주시게."

그런 다음 난 창백한 입술을 영원히 다물고 말겠지. 사람들을 괴롭히는 짓도 더 이상 못 하게 될 거야.

헤르만은 침을 꼴깍 삼키고, 숨을 깊이 들이마셨다. 아랫입술이 약간 떨렸지만 대개 악당 두목들이 그런 것처럼 의연한 표정을 지으려고 애썼다.

만약 외인부대에 들어가서 거짓 이름으로 전투에 참가하고, 그곳에서 장렬하게 싸우다 죽어서 훈장을 받게 된다면 어떨까? 나는 텔레비전 다큐멘터리 프로그램으로 다뤄질 정도로 유명한 사람이 될지도 몰라. 하지만 내 정체를 제대로 아는 사람이 없으니까 아버지 어머니도 죽은 사람이 바로 나인 줄은 까맣게 모르겠지.

그런데 과연 아홉 살짜리 아이를 외인부대에서 받아 줄까? 너무 어려서 받아 주지 않을 거야. 그렇다고 이렇게 마냥 참을 수는 없잖아. 난 꼭 시카고나 상하이로 갈 거야. 아무래도 비행기를 납

치해서 가는 게 가장 손쉬운 방법이겠지. 일단 몰래 권총을 갖고서 비행기에 타는 거야. 의자에 앉아 있다가 비행기가 뜨면 조종사를 권총으로 위협하는 거야. 얼마 전에 아빠도 말했어. 조종사들은 납치범이 시키는 대로 할 수밖에 없다고.

어쨌든 시카고나 상하이에 도착한 다음엔 어떻게 할까? 거기도 물론 학교가 있겠지. 요즘같이 불행한 세상에는 아이들에게 공부를 안 시키는 나라가 없으니까. 뭐야? 그렇게 되면 지금과 다를게 하나도 없잖아. 시카고나 상하이에 도착하면 지금처럼 비가 내리고 있을 게 분명해. 나처럼 지독하게 운이 나쁜 아이한테는 비가 더 어울리니까.

이 세상이 내가 나쁜 짓을 하도록 부추기고 있어. 나는 나를 자꾸 못살게 구는 세상에 맞춰 살지는 않을 거야. 아! 또 다른 세상이 있다면 얼마나 좋을까. 난 정말 불행해…….

헤르만은 골목 어귀의 시계방에서 울리는 자명종 소리를 듣고나서야 정신이 번쩍 들었다. 순간 학교에 10분이나 늦었다는 것을 깨달았다. 배써를 선생님이 날마다 하는 잔소리를 듣지 않으려면 지금이라도 열심히 뛰어야 한다.

헤르만은 헐레벌떡 뛰어가면서도 지각이나 혹은 다른 이유로 결국 꾸중을 듣게 되리라고 생각했다. 세상 모든 사람이 저마다 생각이 다르다 해도 단 한 가지에 대해서는 생각이 똑같다. 그건 헤르만을 그대로 놔두어서는 절대로 안 된다는 것이다. 누군가는 쉴 새 없이 가르치고 주의를 줘서 헤르만을 아예 바꿔 놓거나 좀 더 나은 사람으로 만들려고 했다. 주로 야단을 치거나 매를 드는 경우가 많은데, 어떤 선생님들은 듣기 좋은 말로 꼬드기기도 했다. 특히 뢰어 선생님이나 크뢰츠 선생님의 경우는 마치 헤르만의 친구인 척하면서 얕은수를 썼다. 그들은 헤르만이 자신들의 마음을 전혀 눈치채지 못하리라고 생각했다. 그렇지만 헤르만은 그들의 속마음을 다 꿰뚫고 있었다. 그래서 혹시라도 착한 척하거나 모범생인 척하며 그들을 기쁘게 하는 짓은 절대로 하지 않으려 했다. 무엇보다도 헤르만은 다른 사람들이 있는 그대로의 자신을 받아들여 주길 바랐다. 자신의 특별한 재능을 인정해 주지 않는다면 세상이야 어떻게 돌아가든 개의치 않기로 했다.

특별한 재주? 예를 들어 어떤 것이 있을까?

언뜻 떠오르지는 않지만 아무튼 헤르만은 자신에게 재주가 많다고 생각했다.

헤르만은 흔히 다른 사람들이 말하는 '돈벌이가 되지 않는 시시한 잔재주'가 많았다. 손가락 두 개로 고막이 찢어질 정도로 강하게 휘파람을 불 수 있고, 물구나무도 설 수 있고, 얼굴 표정을 괴상하게 일그러뜨릴 수도 있다. 손잡이를 붙잡지 않고 자전거를 탈 수 있으며, 코르크와 동전으로 몇 가지 마법을 할 수 있고 또……. 어쨌든 학교 친구들이 상상도 못 할 수많은 재주가 있었다. 헤르만은 어차피 친구들에게 이러한 재주들을 자랑할 생각이 없었다. 시시한 학교생활 따위에는 관심이 없기 때문이다. 헤르만은 이미 학교의 수준을 훨씬 뛰어넘었다고 생각했다. 그리고 이제는 혼자서 외롭게, 아무도 다가설 수 없는 목표를 향해 비밀리에 자신의 길을 걷기로 결심을 굳혔다.

헤르만은 허겁지겁 뛰었다. 그렇다고 아주 **빠르게** 뛴 것은 아니다. 적어도 열심히 뛰어왔다는 변명을 할 수 있을 정도로만 뛰었다.

그때 어디선가 요란한 사이렌 소리가 들렸다.

헤르만은 즉시 속도를 늦췄다. 소방차 한 대가 **빠르게** 지나갔고, 이어 두 번째, 세 번째 차가 그 자리에 멈춰 섰다. 헤르만은 기대에 가득 찬 얼굴로 소방차가 사라진 길을 바라보았다.

혹시 학교에 불이 났는지도 모른다. 소방차가 학교 쪽으로 달려갔기 때문이다. 어쩌면 학교 지하실에서 사는 수위 아저씨 크뇔리거가 담배를 피우다가 깜박 잠들었을지도 모른다. 담뱃불이 소파 구석으로 굴러 떨어져 소파에 불이 붙었을 것이다. 아니면 쥐가 전선을 잘못 건드려 합선이 되는 바람에 기름보일러에 불이 붙었거나, 석유통에서 기름이 새어 나왔을 수도 있다. 그것도 아니면 오래된 가스관이 망가졌거나, 크뇔리거 아저씨의 아내가 다리미 선을 콘센트에서 **빼는** 것을 잊고 외출을 했거나…….

요즘엔 갖가지 이유로 화재 사건이 자주 일어나니까, 학교라고 예외일 수 없을 것이다. 곰곰이 생각해 보면 화재가 날 가능성은 늘 우리 주위를 맴돌고 있다. 학교만은 안전하리라고 굳게 믿는 것이 오히려 기적을 바라는 것일 수도 있다.

헤르만은 정말로 학교가 이글거리는 불꽃 속에서 타 들어가고 있다면 이렇게 정신없이 뛰어갈 필요도 없겠다고 생각했다. 이미 소방대원들이 학교에 도착해서 불을 **끄고** 있을 테고, 자신이 목숨을 내걸고 불길 속에 뛰어든다고 한들 누군가를 구할 수 있을 것 같지도 않았기 때문이다.

헤르만은 모든 상황이 눈앞에 훤히 보이는 듯했다. 자신이 학교에 도착할 때쯤이면 소방대원들이 불타는 학교 주위에서 호스를 든 채로 어쩔 줄 몰라 하고 있을 게 뻔했다. 그러면 헤르만은 다가가 이렇게 말할 것이다.

"아저씨, 왜 불을 끄지 않고 이러고 있는 거예요?"

"물론 우리도 불을 끄고 싶단다, 얘야. 그런데 저 안이 어떤 상황인지 몰라서 우리도 어쩔 수 없구나. 누군가 우리를 안내해 줘야 하는데 그럴 만한 사람이 없단다."

소방대장이 말한다.

"왜 없어요?"

헤르만이 한쪽에 몰려 있는 사람들을 쳐다보며 묻는다.

"저기 저쪽에 선생님들 몇 분이 계세요. 저 분들에게 한번 말씀해 보세요."

"벌써 부탁해 보았단다. 그런데 거절하더구나. 두렵기 때문이지."

"그렇다면 제가 할게요. 저를 따라오세요, 아저씨!"

헤르만이 씩 웃으며 말한다. 그런 다음 조금도 머뭇거리지 않고 키를 넘는 불길을 지나 사방으로 불꽃이 튀는 곳으로 뛰어 들어간다. 소방관들은 그제야 뒤따라 들어가며 호스로 물을 뿜어 댈 것이다.

겨우 불길을 잡긴 했지만 이미 때를 놓친 탓에 피해가 클 것이다. 어쨌든 그건 선생님들의 책임이다. 그들 누구라도 용기를 내어 일찍 나섰더라면 피해를 훨씬 줄일 수 있었을 것이다.

헤르만은 상상 속의 자신이 불길 속에서 희생자가 되어야 할지, 당당히 살아 나와서 텔레비전 인터뷰에 응해야 할지 선뜻 결정할 수가 없었다. 그러나 헤르만은 상관없었다. 속 좁은 어른들이 어린애가 나서서 화재 진화를 지휘하도록 놔둘 리가 없기 때문이다. 결국 헤르만은 이 문제는 어른들이 알아서 할 문제니까 더 이상 신경 쓰지 않기로 했다. 그리고 헤르만은 자신이 학교에 갈 이유가 없다는 쪽으로 차츰 생각이 기울었다.

그렇지만 만약, 아주 만약에 말이다. 거의 그럴 리는 없겠지만 학교에 불이 난 게 아니라면 지금이라도 가야 하지 않을까? 잠시 생각한 끝에 헤르만은 한숨을 길게 내쉬었다. 그러고는 더 느린 속도로 계속 걸어갔다.

갈림길에서 헤르만은 오른쪽으로 꺾어 찻길을 가로지르려다가 어깨에 광고판을 걸치고 가는 어떤 남자와 부딪칠 뻔했다. 정신을 차리고 보니 남자의 배 쪽에 있는 광고판에는 어릿광대가 그려져 있고, 등 쪽에 있는 광고판에는 화려한 수영복을 입고 커다란 초록색 뱀을 몸에 친친 감은 금발 여인의 모습이 그려져 있었다. 그리고 새빨간 글씨로 이렇게 적혀 있었다.

판달리 서커스단에서
오늘 대공연을 펼칩니다!

헤르만은 광고판을 좀 더 자세히 볼 생각에 남자를 뒤따라갔다.

남자는 수염도 깎지 않은 얼굴로, 이미 꺼진 담배를 질겅거리고 있었다. 모자에서는 빗물이 뚝뚝 떨어졌다. 그는 헤르만이 따라오는 것을 눈치챘는지 갑자기 뒤를 돌아 살짝 윙크를 했다.

흠칫 놀란 헤르만은 혹시나 하고 주위를 둘러보았다. 그러나 다른 사람들은 각자 제 갈 길을 가고 있었다. 그 윙크는 헤르만에게 보낸 것이 분명했다. 마치 비밀스런 약속이라도 하려는 듯 친밀감이 느껴졌다.

도대체 그 윙크의 의미는 뭘까? 처음 보는 사람인데……. 헤르만은 가만히 생각해 보았다. 문득 그가 왕뱀과 관련 있는 사람일지도 모른다는 생각이 들었다. 언젠가 책에서 왕뱀은 커다란 바구니에 담아 운반한다고 읽은 기억이 났다. 그러나 오래 사용한 바구니라면 구멍이 나 있을 수 있다. 그 구멍을 통해 왕뱀이 도망쳐 버린 걸까? 그래서 그는 그 뱀을 찾아 헤매는 중인 걸까?

그런데 왜 하필이면 헤르만에게 윙크를 했을까? 아마도 그는 뱀이 어디에 있는지 알고 있을 것이다. 다만 뱀을 다시 잡아 바구니에 넣을 수 있는 사람을 찾고 있었을 것이다. 그렇다, 바로 그것이다.

왕뱀의 이름은 바로 파티마이고, 비는 물론 물이라면 질색한다. 그래서 바구니에서 빠져나와 계단을 타고 계속 위로 올라가다가 우연히 현관문이 열려 있는 집으로 들어갔을 것이다. 집 안에는 아무것도 모른 채 잠든 아기가 있다. 그 사이에 파티마는 물음표처럼 똬리를 틀고 앉는다. 허겁지겁 달려온 부모는 뱀을 자극하지 않고 쫓아낼 궁리를 하며 복도에서 서성댄다. 주먹을 불끈 쥔 채로 말이다. 실은 섣불리 나설 용기가 나지 않는 것이다.

이제야 헤르만은 그 남자가 자신에게 윙크를 한 이유를 알 것 같았다. 그건 아무도 모르게 자기를 따라오라는 의미였다. 그런 끔찍하고 위험한 일에 대해서 사람들이 알게 되면 도시 전체가 술 렁이고, 혼란스럽게 되어 모든 것을 잃게 될지도 모르기 때문이 다. 그래서 헤르만처럼 뱀에 대해 잘 아는 전문가가 이 문제를 해 결해 주기를 바라고 있었을 것이다.

물론 헤르만은 평소 아기들에게 별로 관심이 없었다. 그러나 목 숨을 구하는 일은 매우 중요하다. 헤르만은 학교 수업을 몇 시간 빠지는 한이 있더라도 아기를 꼭 구해 주어야겠다고 다짐했다. 이 런 상황이라면 누구나 그랬을 것이다. 아무런 힘도 없는 젖먹이 앞에 커다란 뱀이 입을 쩍 벌린 채 똬리를 틀고 있는데 '죄송합니 다. 하지만 지금은 학교에 가야 되는 걸요.'라고 떳떳하게 말할 수 있는 사람이 과연 어디 있겠는가? 그것은 비겁한 변명으로 들릴 게 뻔했다. 헤르만은 절대로 그런 잔인한 짓을 할 수 없었다. 더구 나 그 문제를 해결해 줄 수 있는 사람이 저 혼자뿐이라면 더더욱 그랬다.

헤르만은 광고판을 몸에 걸친 남자에게로 씩씩하게 걸어갔다. 이미 모든 각오가 서 있었다.

헤르만은 왕뱀이 있는 집에 도착하면 일단 아무도 다치지 않게 사람들을 모두 밖으로 내보내야겠다고 생각했다. 그러면 위험하 기 짝이 없는 동물과 단둘이 방안에 남아 있게 되는 것이다. 헤르 만과 왕뱀은 서로의 눈을 뚫어져라 쳐다본다. 왕뱀은 흔히 알려져 있다시피 먹이에 최면을 걸려는 습성이 있다. 그러나 헤르만 역시 최면술을 사용할 수 있다. 더구나 헤르만은 세계에서 최면술을 가장 잘 하는 사람이다. 바로 그 점 때문에 헤르만에게 도움을 청한 것이다.

고요함 속에 헤르만과 왕뱀의 치열한 싸움이 벌어진다. 정신적인 싸움이 얼마나 고통스러운지 세상 사람들은 짐작은커녕 상상조차 하지 못할 것이다. 헤르만은 절대 굽히지 않고 단 1초라도 뱀에게서 눈을 떼지 않는다. 마침내 뱀은 동물보다 뛰어난 인간의 정신에 기가 꺾여 키다리처럼 뻣뻣해졌다가 그대로 양탄자에 뻗어 버리게 된다. 반면 지나친 정신 집중으로 지친 헤르만의 얼굴이 하얗게 질려 있다. 아기의 부모가 금세 헤르만에게 달려와 고맙다며 인사를 할 것이다. 헤르만은 자신의 정체를 끝까지 밝히지 않고 그 사이에 몰려든 사람들을 향해 살짝 미소를 짓고는 유유히 사라져 버릴 것이다.

광고판을 걸치고 가던 남자가 갑자기 멈칫하더니 뒤돌아보았다. 그는 헤르만을 빤히 볼 뿐 아무 말도 하지 않았다.

"죄송합니다. 왕뱀요, 그러니까 저는……. 그런데…… 뱀은 어디에 있어요?"

그는 불 꺼진 꽁초를 다시 질겅거리며 어리둥절한 표정을 지어 보였다.

"응?"

"그리고 아기는요? 파티마가…… 그러니까 그 커다란 뱀이 어디 있는지 알고 싶어요."

"왕뱀 이제 없다. 이 광고판은 작년에 쓰고 남은 거야. 그때 왕뱀이 있었지. 돈이 좀 궁해서 새 광고판을 못 만들었지 뭐냐. 아…… 알았냐?"

그 남자가 떠듬떠듬 말했다.

"네. 알겠어요, 아쉽네요. 어쨌든 죄송합니다."

헤르만은 크게 실망했다. 그러곤 뒤돌아 다시 뛰기 시작했다.

"괜찮다!"

그 남자가 소리치며 헤르만을 이상한 눈으로 쳐다보았다.

헤르만은 한참 후에야 자신이 어디까지 왔는지 깨달았다. 광고판을 걸친 남자만 쳐다보며 왕뱀과 싸우는 상상 속에서 걷느라 길을 눈여겨보지 않았기 때문이다. 헤르만은 다시 신호등이 있는 갈림길로 갔다. 막 건너가려던 참에 신호등에 빨간불이 켜져서 잠시 기다려야 했다.

그제야 헤르만은 서커스단에 혹시 어린아이가 필요하지 않으냐고 물어볼 걸 그랬다고 생각했다. 이를테면 난쟁이 혹은 어리석은 바보 역할도 괜찮았다. 아니, 이왕이면 체조를 하는 사람이 더 나을 것 같았다. 수천 명의 관객이 숨을 죽이고 긴장감을 자아내는 북소리만 들릴 때, 에르마니오라는 예명으로 불리는 헤르만이 널빤지 발판을 힘차게 굴러 세 번 공중 돌기를 한 다음 여섯 명의 사내들이 탑을 쌓아 놓은 곳의 맨 꼭대기에 사뿐히 내려앉는 것이다. 이어 관중석에서는 박수갈채가 요란스럽게 터져 나올 것이고, 헤르만은 세계의 각 나라에서 몰려온 통신원들에게 이렇게 말할 것이다.

"아주 우연한 계기로 체조를 시작했죠. 서커스 단장 앞에서 어릴 때 자주 했던 물구나무서기를 보여 줬다가 저한테 특별한 재주가 있다는 것을 그 분이 눈치챈 거지요."

신호등은 여전히 빨간색이었다.

이번엔 마법사가 된 자신을 상상했다. 예복에 마법사 모자를 쓰고 까만색 망토까지 두른 비밀스러운 미스터 엑스(Mr. X)! 코르크와 동전으로 하는 잔재주로는 미흡하겠지만 처음 시작하는 것치고는 그럭저럭 괜찮을 듯했다.

더 나아가 사물을 투시하는 능력을 갖고 있다면, 다른 사람의 생각을 알아내는 것쯤이야 식은 죽 먹기일 것이다. 상상하기 어려운 모든 것을 오로지 정신력만을 이용해서 나타나게 한다거나 사라지게 할 수도 있을 것이다. 자동차, 코끼리, 심지어 자기 자신까지도 말이다.

아직도 신호등은 바뀌지 않았다. 뭔가 이상한 낌새를 느낀 헤르만은 그제야 신호등이 고장 났다는 것을 알았다. 물론 흔히 있을 수 있는 일이었다. 가끔씩 신호등이 말썽을 부리는 바람에 자동차가 길게 늘어서고, 도로가 엉망진창으로 뒤엉키게 된다. 그러면 사람들이 교통 당국에 전화를 걸어 기술자를 보내 달라고 요청하기도 한다. 하지만 기술자가 하필이면 오늘 같은 날 다른 곳에서 바쁘게 일하고 있을 수도 있다. 아니면 산에서 일을 하는 그를 찾으려고 사람들이 헬리콥터를 타고서 산으로 가고 있는 중인지도 모른다. 그 사이 불순 세력이 폭동을 일으켜 도시 전체, 아니 나라 전체에 설치된 신호등의 작동이 한순간 멈추었을 수도 있다. 신호등의 작동을 조정할 수 있는 특수 광선기가 그들의 손에 있기 때문에 그들의 본부를 찾아내지 못하는 한 모든 것은 정지된 채로 있을 수밖에 없는 상황인 것이다.

하지만 이 상황을 누가 해결해 줄 때까지 비를 맞으며 가만히 서서 기다릴 수만은 없었다. 그렇다고 빨간 불이 켜진 도로를 그냥 건널 수도 없었다. 선생님이 지금 막 수업이 시작되었다는 이유로 그렇게 시킨다고 하더라도 말이다. 왜냐하면 학생들에게 빨간색 신호등이 켜져 있을 때 건너지 말라고 누누이 강조해 왔던 건 바로 선생님들이다. 이제 와서 갑자기 말을 바꾼다는 것은 있을 수 없는 일이다. 경우에 따라서 어떤 때는 이렇게 하라고 했다가, 또 어떤 때는 저렇게 하라고 하는 건 옳지 않다. 적어도 헤르만에게는 받아들일 수 없는 일이다. 절대로! 집으로 되돌아간다거나, 다른 곳으로 갈 수는 있지만 빨간 불이 켜져 있을 때 건너는 일은 결단코 할 수 없었다.

그러나 헤르만은 엄청난 정신력으로 불순 세력의 계획을 모두 물거품으로 만들 수 있을 듯했다. 왜냐하면 지금 헤르만은 상상 속에서 유명한 마법사가 되어 있기 때문이다.

헤르만은 마법의 눈빛으로 신호등을 뚫어져라 쳐다보았다. 그 러자 바로 그 순간 신호등이 초록색으로 바뀌었다.

비밀스런 마법사 미스터 엑스(Mr. X)는 건널목을 건너면서 이 런 것보다는 조금 더 훌륭한 일에 초능력을 사용해야 되지 않을까 하고 생각했다. 그러나 확실한 결정을 내리지는 못했다.

그때 마침 헤르만 앞으로 허리가 구부정하고 낡은 옷을 걸친 할 머니가 절름거리며 걸어갔다. 한 손에는 우산을 펼쳐 들고, 다른 손에는 크고 무거운 가방을 힘겹게 끌고 가는 중이었다.

헤르만은 그 할머니를 걱정스럽게 쳐다보며 뒤쫓아갔다. 자칫 실수로 천 마르크짜리 지폐를 가방에서 흘릴 것처럼 보였기 때문 이다. 실제로 그런 일이 생기더라도 할머니는 눈치채지 못하고, 다른 사람들도 미처 보지 못해 지폐는 빗물과 함께 하수구로 떠내 려가 버릴 것 같았다. 어쩌면 그 돈은 할머니가 갖고 있는 유일한 재산일지도 모른다! 그렇다면 정말 큰일이다. 누군가는 당연히 지 폐를 주워 원래의 주인에게 돌려주어야 한다.

할머니가 일부러 가난한 사람처럼 옷차림을 했는지도 모른다. 실제로는 보물과 마차와 하인이 있는 큰 성에 사는 공작부인일지 모른다. 그러면 저렇게 가난한 할머니가 갖고 있기엔 너무 큰 돈 으로 보이는 천 마르크 지폐에 대한 의심도 떨쳐 버릴 수 있을 것

이다.

어쨌든 돈을 돌려주면서 할머니와 자연스럽게 얘기할 기회가 올 것이다. 할머니는 헤르만을 집으로 초대해 코코아와 케이크를 준다. 그리고 유산을 상속할 자식이 없는 할머니가 믿음직해 보이는 헤르만을 양아들로 삼는다. 그러면 학교 선생님들은 헤르만을 도련님이라든가 다른 존칭으로 부르며 인사할 테고, 어머니 아버지는 헤르만을 일찍 잘 돌봐 주지 못한 것을 몹시 후회할 것이다. 헤르만은 부모님을 너그러이 용서해 주기로 결심한다. 심지어 성에 들어와 사는 것까지 허락해 줄 생각도 있다. 물론 문지기가 살던 집을 사용하라고 하겠지만. 적어도 휴가 때만이라도 그렇게 하라고 허락할 수 있다. 아니, 가끔 한 번씩 그렇게 하라고 허락해 줄 수도 있다. 사실 따지고 보면 부모님에게는 애지중지하며 키우는 클라라가 있지 않은가. 어차피 어머니 아버지도 그런 것을 원했으니 자신들의 처지를 그대로 받아들여야 할 것이다. 그래야만 공평할 테니까.

헤르만은 단 1초도 할머니의 커다란 가방에서 눈을 떼지 않았다. 그러나 아무것도 떨어지지 않았다. 더구나 그 할머니는 어느 허술한 집 대문 안으로 들어가 버렸다. 일부러 변장한 공작부인이 아니었던 모양이다.

헤르만은 한숨을 내쉬며 그 자리에 가만히 멈춰 섰다. 지금 자기가 어디에 와 있는지 전혀 알 수 없었다. 학교 가는 길에서 상당히 멀리 떨어져 있는 건 확실했다.

그때 어느 가까운 종탑에서 여덟 시를 알리는 소리가 울렸다. 학교 수업이 여덟 시부터 시작되기 때문에 이제는 어떻게 가든지 지각하기는 마찬가지였다. 헤르만이 할 수 있는 일은 두 가지뿐이다. 이 세상 누구라도 고개를 끄덕일 수 있는 변명거리를 생각해 내든가 아니면 차라리 결석을 해 버리는 것이다.

두 번째 방법을 선택하면 한나절 동안 공부하지 않고 지낼 수 있지만, 대신 심한 꾸지람을 들을 각오를 단단히 해 두어야만 했다. 두 번째 방법은 마지막까지 남겨 두고 첫 번째 방법에 대해 좀 더 곰곰이 생각해 보기로 했다.

헤르만이 서 있던 자리 바로 뒤에는 담배와 신문 등을 파는 작은 판매대가 있었다. 헤르만은 여러 신문을 눈으로 죽 훑었다. 신문마다 맨 위쪽에 날짜와 함께 '월요일'이라고 쓰여 있었다.

헤르만은 골똘히 생각했다. 도대체 사람들은 오늘이 월요일이라는 것을 어떻게 알았을까? 월요일이면 뭔가 더 특별한, 그러니까 목요일이나 수요일과 다른 그 어떤 것이 있는 걸까? 예를 들어 감자를 보고 바나나라고 하지 않고 감자라고 말할 수 있는 것처럼, 바나나가 샐러드와 전혀 다르게 생긴 것처럼 말이다.

물론 다들 오늘이 월요일이라는 것을 당연하게 생각하고 받아들이지만 엄밀히 따져 보면 과학적인 증거가 없다. 옛날 사람들은 지구가 공처럼 둥글지 않고 접시처럼 편편한 땅으로 되어 있다고 착각했었다. 이것만 봐도 모든 사람이 같은 생각을 한다고 해도 그것이 반드시 옳다고 할 수는 없는 것이다.

수백 내지 수만 년이 흐르는 동안, 예를 들면 827년 전에 누군가 실수로 날짜를 잘못 계산했을 수도 있는 일이다. 딴 데 정신이 팔려 그만 금요일을 건너뛰었을 수도 있다. 이 세상이 생겨난 이래로 엄청나게 많은 날이 지나갔는데 얼마든지 그런 실수가 일어날 법도 하다. 그건 별로 놀라운 일도 아니다. 그렇다면 오늘은 월요일이 아니라 하루 전날인 일요일이 되는 셈이다! 일요일은 학교에 가고 싶어도 갈 수 없는 날이다.

헤르만은 이런 식으로 자신의 생각을 정리해 나갔다. 결국 헤르만은 학교에 가지 않아도 되니까 지각한 것에 대해 굳이 죄송해할 필요가 없다고 결론지었다. 오히려 다른 사람들이 왜 지금 학교에 왔는지에 대해 헤르만에게 그럴 듯한 변명을 해야 할 것이다.

그러나 헤르만은 수많은 세월이 흐르는 동안 실수로 같은 날짜를 두 번 셌을 가능성도 있다는 생각이 들었다. 그렇게 되면 오늘은 월요일과 다름없이 학교에 가야 하는 화요일이 된다.

어쨌든 이것 한 가지만은 분명했다. 날짜 문제가 과학적으로 완전히 증명되지 않는 한 선생님조차도 헤르만을 설득시킬 수 없다. 사실 따지고 보면 경솔한 사람들이 아무 생각 없이 살아가는 것이 헤르만의 책임은 아니었다. 그러나 헤르만은 그렇게 생각 없이 사는 사람들 속에 끼고 싶지 않았다. 그는 세상에서 가장 유명한 시간 연구가다. 그것도 선구자라고까지 말할 수 있는 입장이다. 소위 달력학의 선구자요, 최신 과학의 창시자가 되는 것이다. 아마도 무지한 사람들이 수많은 문제점을 찾아내 그에게 질문을 던지겠지만 그것은 유명한 연구가들에게 흔히 일어나는 일이다. 어쨌든 처음에는 그럴 것이다. 나중에는 노벨상도 받고, 모든 교과서에 그의 이름이 쓰여질 날도 있을 것이다.

이마를 잔뜩 찡그린 헤르만은 이제 어디로 가는지 별로 신경 쓰지 않고 계속 걸어갔다.

날짜 문제를 과학적으로 연구한다는 것이 제법 그럴 듯하게 생각되었다. 그러나 어떻게 알아내야 하나? 모두 오늘이 월요일이라고 굳게 믿고 있기 때문에 누구에게 물어볼 수도 없었다. 날짜를 거꾸로 세어 가는 것도 불가능했다. 오늘이 월요일이나, 화요일이나, 일요일이라는 것에서부터 출발해서 거꾸로 세어 나가야 하는데 바로 오늘이 무슨 요일인지 증명할 길이 없으니 아무 소용이 없는 것이다. 세상이 생겨난 날 이후부터 세어 나가는 것도 정확히 그날이 언제인지 모르기 때문에 역시 불가능했다.

곧바로 한숨이 터져 나왔다. 온갖 생각들로 머릿속이 뒤죽박죽되었고, 빗물이 소맷자락과 비옷 속으로 스며들었다. 문제가 이렇게 복잡해지리라고는 미처 상상하지 못했다. 끝까지 해결 방법이 나오지 않자 헤르만은 차라리 다른 방법으로 문제를 해결하기로 했다. 예를 들면 무슨 표시라든가, 제비뽑기 혹은 수수께끼 같은 것으로 말이다. 정말 그것이 좋겠다! 이제 운명에 맡겨야 하겠다.

　헤르만은 문득 주위를 돌아보다가 전에 한 번도 와 보지 않은 광장에 서 있다는 걸 깨달았다. 한가운데는 커다란 분수가 있었고, 그 주위 바닥은 여러 가지 무늬의 희고 검은 대리석 조각으로 장식되어 있었다. 운명에 맡기기에는 더 없이 좋은 장소였다.

　만약 광장의 반대쪽까지 흰색 대리석만 밟고 갈 수 있다면 오늘이 정말 월요일이므로 학교에 가야 한다. 그 사이 시간이 많이 지났어도 어쩔 수 없다. 또 만약 최선을 다했지만 그렇게 광장을 가로지르는 것이 불가능하다면 오늘은 일요일이다. 헤르만은 속임수를 쓰지 않고 최선을 다할 것을 스스로의 명예를 걸고 맹세했다.

　한동안 헤르만은 그 광장에서 앞으로도 뛰고, 왼쪽으로도 뛰고, 오른쪽으로 가거나 혹은 뒤로 물러서면서 깡충깡충 뛰었다. 또 어떤 때는 딱히 발디딜 곳이 없어서 한 발로 중심을 잡고 오랫동안 서서 신중하게 생각했다. 헤르만은 검은색 대리석은 깊고 깊은 낭떠러지라서 자칫 건드리기만 해도 그 안으로 푹 빠져 버릴 거라고 상상했다. 그 아래 캄캄한 곳에는 독사, 전갈 그리고 긴 다리를 허우적거리며 그를 향해 다가올 독거미가 있을 것만 같았다. 생각만 해도 소름이 오싹 돋았다. 너무나 끔찍해서 차라리 모든 걸 포기하고 그대로 달아나 버리고 싶은 충동이 들었다. 그러나 쉽게 그만 둘 엄두도 나지 않았다. 이미 운명에 맡겼기 때문에 앞으로 무슨 일이 일어나든지 그대로 따라가는 수밖에 없었다. 헤르만은 낭

떠러지와 독거미에 대한 생각을 떨쳐 버리고 싶었다. 그런데 무엇보다도 헤르만을 더욱 불안하게 만드는 것이 있었다.

검은색과 흰색 대리석으로 만들어진 무늬가 똑같지 않고, 어디를 가든 모두 달랐다. 헤르만은 혹시 이 무늬가 어떤 암호가 아닐까 하고 생각했다. 비밀 언어로 된 암호 말이다. 그 위를 마구 뛰어다님으로써 어떤 위험한 문제를 일으키지나 않을까 하는 걱정도 들었다.

헤르만은 손잡이가 있는 커다란 기계의 수많은 버튼을 아무것이나 무턱대고 눌러 보고 있는 위험천만한 사람의 모습을 떠올렸다. 무슨 일이 일어날지 아무도 모른다. 어쩌면 이렇게 깡충깡충 뛰어다니는 것이 자신도 모르는 무슨 암시가 되어 땅속 깊은 곳에 있던 괴물의 잠을 깨우고 밖으로 불러내는 것은 아닐까? 혹은 갑자기 다른 별나라로 가게 되거나, 4차원 공간 따위로 가게 될지도 모른다.

헤르만은 더 이상 움직일 수 없었다.

어쩌면 이 광장은 비밀 암호를 전달하기 위해 누군가 일부러 만들어 둔 것일 수도 있다. 혹시 지구 밖에 위성이 설치되어서 헤르만의 행동거지를 낱낱이 관찰하면서 비밀 기관에 보고하고 있는 건 아닐까? 그곳에서는 이미 대혼란이 일어나고 있을지도 모른다.

"비상! 저 아이는 도대체 누굴까? 어떻게 우리의 비밀을 알아냈지?"

사람들이 모두 야단법석을 피운다.

"어쨌든 한 가지 분명한 사실은⋯⋯."

비밀 기관의 대장이 비장한 얼굴로 말한다.

"우리는 죽음까지 각오할 큰 위험에 처해 있다. 저 아이는 너무 많은 것을 알고 있다. 당장 내 앞으로 끌고 오도록 하라!"

밖으로 나온 비밀 대원이 순식간에 헤르만을 에워싼다. 탈출은 불가능하다.

"자, 애야. 여기서 뭘 그렇게 재밌게 하고 있냐?"

그 사내들 가운데 한 명이 헤르만에게 묻는다.

"그냥 노는 거예요. 오늘이 월요일이라서 학교에 가야 할지 말 아야 할지 결정하려고요."

"재미있군."

다른 사내가 입 꼬리를 비스듬히 추켜올리고 징그럽게 웃으며 말한다.

"그래, 그렇게 놀다가 우리의 특수 비밀 암호를 풀었단 말이 지?"

"그런 건 몰라요. 순전히 우연이에요. 정말이라고요!"

헤르만이 대답한다.

"이거 아주 독종인데."

맨 처음 말했던 남자가 다시 말한다.

"대장님한테 가면 너 같은 녀석도 다 불게 되어 있어. 그러면 모든 사실을 털어놓겠지. 어서 이 녀석을 데려가자!"

그들은 헤르만을 마취제로 기절시킨 뒤 몸을 묶고 입을 틀어막 아 자동차 트렁크에 싣는다.

그 후 헤르만의 소식을 아무도 듣지 못한다.

광장 이곳저곳에 사람들이 지나가고 있었다. 대부분 우산을 들고 있었다. 헤르만은 사람들이 이렇게 위험한 데를 어떻게 아무런 두려움 없이 무심하게 걸어다닐 수 있는지 알 수 없었다. 그런 생각을 하고 있는데 순간 얼굴이 화끈 달아올랐다. 험상궂게 생긴 세 명의 남자가 까만 모자와 길고 까만 비옷을 입은 채 헤르만을 향해 똑바로 다가오고 있었다. 그들은 한순간도 헤르만에게서 눈을 떼지 않았다.

'그들이 정말로 오고 있어!'

헤르만은 있는 힘을 다해 광장을 가로질러 골목길로 뛰어 들어갔다. 그리고 다시 한번 다른 골목길로 꺾어 달리면서 계속 뒤를 돌아보았다. 따라오는 사람이 없는 것 같았지만 착각일 수도 있다. 이렇게 무턱대고 달리다가는 곧 그들에게 붙잡힐 게 뻔했다. 만약 첩자들이 헤르만을 정말로 포위했다면 말이다.

헤르만은 걸음을 멈추고 곰곰이 생각해 보았다. 갑자기 한기가 느껴졌다. 신발은 이미 젖었고, 비옷은 축축하고 무거웠다. 몸도 덜덜 떨렸다.

'어서 빨리 이곳을 빠져나가야 해.'

마침 가까이에 뒷문이 열린 트럭이 보였다. 헤르만은 오래 생각할 것도 없이 트럭 짐칸에 올라탔다. 짐칸에는 외투나 양복을 비롯한 옷가지들이 가득했다. 아마 세탁소나 옷 공장 트럭인 모양이었다. 헤르만은 옷가지 뒤로 기어올랐다. 곧 문이 닫히더니 사방이 컴컴해졌다. 곧이어 시동이 걸리면서 차가 달리기 시작했다.

시간이 점점 흐르고 차는 이리저리 흔들렸다. 헤르만은 어두컴컴한 곳에 앉아 상상 때문에 괜한 짓을 했다고 생각했다. 그 세 남자들에게서 왜 도망쳐 왔을까? 그들은 보통 사람들이었을 뿐, 첩자들은 아니었을지도 모른다. 그냥 스쳐 지나가는 사람이거나 혹은 비 오는데 밖에서 헤매지 말고 얼른 집으로 돌아가라고 말해 주려고 했을 수도 있다.

그러나 이제 와서 그런 생각을 한들 무슨 소용이 있겠는가. 헤르만은 어디로 가는지도 알 수 없는 컴컴한 트럭 속에 실려 가고 있는 신세일 뿐이었다. 순전히 자신이 저지른 잘못 때문이었다. 이제부터는 모든 게 상상이 아닌 실제 상황이었다. 이 트럭은 아주 먼 낯선 도시나 나라로 갈 수도 있다. 이 트럭에서 언제쯤 나갈 수 있을까? 만약 트럭이 어느 창고로 들어가 그곳에서 며칠 동안 떠나지 않는다면? 아마 배고프고 목말라 죽게 되겠지. 사람들이 들을 수 있게 소리를 지르고 문을 주먹으로 쳐야 하나? 그러나 그 소리를 아무도 듣지 못한다면? 그리고 설령 듣는다 하더라도 나를 보면 어떻게 할까?

헤르만은 조용히 흐느꼈다. 아버지와 어머니가 곁에 있다면, 아니 클라라라도 함께 있다면 큰 위로가 될 것 같았다. 얼마나 멀리 왔는지는 모르지만 어떻게 해서든 밖으로 나갈 수만 있다면 지하철을 타리라 마음먹었다. 주머니에 돈이 얼마쯤 있었다. 그리고 헤르만은 곧바로 집에 가서 어머니 아버지에게 모든 사실을 솔직하게 털어놓기로 했다.

갑자기 트럭이 멈추더니 뒷문이 열리고 옷가지들이 밖으로 옮겨졌다. 그런데 하필이면 그때 헤르만이 큰 소리로 기침을 했다.

잠시 조용한 듯싶더니 옷가지들을 옆으로 치우는 굵은 팔이 보였다. 뚱뚱한 아저씨가 놀란 얼굴로 헤르만을 쳐다보았다.

"이런……. 이 녀석, 어떻게 그 안에 들어갔지?"

순간적으로 결심을 굳힌 헤르만이 짐칸을 뛰쳐나와 아저씨를 밀치고 힘껏 도망쳤다. 뛰어가면서 뒤를 돌아보니 옷을 한 아름 안고 있던 아저씨가 옷가지를 땅바닥에 떨어뜨리고 웅덩이에 넘어져 있었다. 그는 헤르만을 향해 손짓하며 고래고래 소리를 질렀다. 얼굴이 시뻘겠다.

헤르만은 아저씨에게 미안한 생각이 드는 한편, 거친 서부의 법칙이 그러하니 어쩔 수 없는 일이라는 생각도 들었다. 둘 중 누가 살아남느냐의 문제였던 것이다. 다행히 헤르만이 더 빨랐다. 헤르만은 세상에서 제일 빨랐고, 알래스카에서부터 멕시코까지 모든 나라에서 가장 두려워하는 존재가 되었다.

어느새 헤르만은 검은색 수말을 탄 채 달리고 있다. 말발굽 소리가 대초원에 쩌렁쩌렁 울려 댄다. 헤르만은 신바람 나게 달리며 "이랴!" 하고 큰 소리로 외친다. 이제 또 한 명의 추적자를 따돌린 셈이다.

눈 깜짝할 사이에 파란색 산 밑에 도착한다. 그곳에는 그만이 알고 있는 비밀의 문이 있다. 그 안으로만 들어가면 현상금을 타기 위해 그를 쫓는 사람들이 더 이상 그를 잡을 수 없게 된다.

헤르미라는 낯선 이름으로 수만 달러의 현상금이 걸려 있는 헤르만의 사진이 거친 서부 마을 곳곳에 붙어 있다. 시장이든, 보안관이든, 판사든 간에 돈과 권력을 쥐고 있는 자들을 향해 던지는 그의 복수극을 세상 누구도 막을 수 없다.

핍박하는 자의 적인 헤르미는 그동안 그들이 저질러 왔던 행패에 대해 신중하게 생각해 보기 위해 고삐를 잡아 말을 세웠다. 마치 독수리처럼 매서운 눈초리로 사방을 훑어보던 그의 입술에 옅은 웃음기가 사라지고, 뭔가 굳은 결심을 한 표정이 어렸다.

어느새 헤르만은 폐허가 된 어느 집의 맨 꼭대기 층까지 올라가 있었다. 헤르만은 자기가 이곳에 왜 왔는지도 몰랐다. 그가 서 있는 방은 창문이 깨져 있었고, 뜯겨진 벽지, 이리저리 널려진 전깃줄, 구멍 뚫린 지붕, 또 바닥엔 온갖 너저분한 쓰레기들로 가득 차 엉망진창이었다. 게다가 문짝은 다 떨어져 나가고 없었다.

헤르만은 다른 방도 살펴보았다. 어떤 방은 한쪽 벽면이 아예 떨어져 나가 밖이 훤히 내다보였다. 밖을 보니 쓰레기 더미와 물웅덩이 가운데 커다란 준설기가 작동을 멈춘 채 서 있었다. 아마도 빗줄기가 점점 더 굵어져 일꾼들이 잠시 쉬고 있는 모양이었다.

헤르만은 가장자리로 다가가 아래를 조심스럽게 내려다보았다. 헤르만이 서 있는 방은 3층이었다. 바닥에서 약간 우지끈거리는 소리가 나면서 부스러기가 떨어졌다. 헤르만은 멈칫하며 재빨리 뒤로 물러섰다.

헤르만은 계단을 따라 더 높은 층으로 올라가 보았다. 계단에는 손잡이가 다 떨어져 나가고 없었다.

이곳 역시 흥미를 끌 만한 것이 없었다. 집은 텅텅 비어 있었다. 헤르만은 창고가 있던 자리까지 살펴보다가 그곳에서 낡고, 곰팡이가 슨 커다란 가방을 발견했다.

뚫린 지붕 구멍 안으로 차가운 바람이 불어오자, 헤르만은 너무 추워서 덜덜 떨었다. 그렇지만 밖으로 나가고 싶지는 않았다. 가방 안에 뭔가 비밀이 숨겨져 있을 것 같았기 때문이다.

마치 이 안에 보물이 들어 있다고 가방 속에서 누가 말하는 것 같았다. 반드시 그럴 것만 같았다. 헤르만은 가슴이 두근거리기 시작했다.

오래 전 인도의 왕이 이 집에 살았을지도 모른다. 물론 다른 사람들이 눈치채지 못하게 레만이라든가, 후버라는 평범한 이름을 빌려 살았을 것이다. 그는 이곳 창고에 보물을 몽땅 숨겨 두었다가 나중에 다시 돌아오지 못했을 것이다. 어쩌면 이 가방은 온 세상에 악명을 떨친 해적의 가방일 수도 있다. 해적은 이미 백 년 전에 붙잡혀 교수형에 처해졌다. 사람들은 그가 보물을 어느 해변이나 무인도에 숨겼을 거라고 생각한다. 이런 평범한 집 창고 속에 소중한 보물을 숨겨 두리라고는 생각지 못해서 끝내 찾아내지 못한다. 이런 보물을 찾아내려면 모름지기 헤르만처럼 뛰어난 육감이 있어야만 하는 것이다.

가방을 열면 눈부신 금화와 진주, 보석이 가득하다. 그리고 다음과 같은 글이 아주 낡아 부서져 없어져 버릴 것 같은 양피지에 적혀 있다. 해골과 뼈 두 개를 서로 걸쳐 놓은 그림도 밑에 그려져 있을 것이다.

7대양을 누비고 다니던 공포의 빈즈브라우트 해적선의 선장이며 대장인 나 요나단 야콥 블랙은 당부한다. 당신이 누구이든지 간에 인간과 동물을 위해 사용한다는 한 가지 조건 하에 강탈과 살인으로 모아 둔 이 보물들을 당신에게 전부 넘길 것이다. 그렇게 함으로써 지옥으로 가게 될 내 영혼이 평화와 행복을 찾을 수 있게 되기를 바란다. 만약 이 조건이 지켜지지 않으면 나는 악령이 되어 당신의 일거수일투족을 살피며 쫓아다니다가 비참한 최후를 맞게 할 것이다

헤르만은 계속 기침을 해 댔다. 주머니에서 손수건을 꺼냈지만 이미 푹 젖어 있었다. 손수건을 다시 주머니 속에 넣고 외투의 소맷자락에 대고 코를 풀었다. 그런 다음 가방을 열려고 허리를 잔뜩 구부렸다.

"아무것도 없어."

창고 속에 있는 신문지 더미 쪽에서 크고 분명한 소리가 들려왔다.

"내가 벌써 다 뒤져 봤어."

헤르만은 너무나 놀라 꼼짝도 할 수 없었다. 마치 수천 개의 바

늘에 찔린 것처럼 두피가 따끔거렸다. 흔히 사람들이 무서운 이야기를 듣고서 머리가 뾰족하게 서는 느낌 같았다.

신문 더미가 꿈틀거리더니 다 찢어진 외투에 귀마개, 너덜거리는 모자 그리고 거추장스러워 보이는 안경을 걸쳐 쓴 할아버지가 나타났다. 유난히 빨간 코는 멍울이 생겨 울퉁불퉁했으며, 턱에는 수염이 나 있었다. 할아버지는 징그러울 정도로 시뻘건 눈으로 헤르만을 쳐다보았다.

"어이, 꼬마 친구. 좋은 아침! 아니 좋은 저녁인가? 어쨌든……."

할아버지가 쉰 목소리로 말하며 손짓으로 인사했다.

할아버지가 별로 무서워 보이지 않았기 때문에 헤르만은 마음이 놓였다.

"안녕하세요!"

헤르만도 한 손을 들며 무감각하게 인사를 건넸다.

"세상이 어떻게 돌아가고 있지? 여전히 돌아가고 있는 거야, 아니면 이미 끝나 버린 거야?"

할아버지의 이상한 질문에 헤르만은 어떻게 대답해야 좋을지 몰라 어깨만 들썩여 보였다.

"한 백 년쯤 잠을 잤거든."

할아버지가 자리에서 일어섰다.

"어라, 믿지 못하겠냐? 그럼 믿지 말든지. 앞으로 믿게 될 테니까. 시간이란 상대적인 거야. 어떤 사람에게는 빨리 지나가고, 또 어떤 사람에게는 천천히 지나가거든. 그러니 사람들을 상대하기가 무척이나 어렵지. 서로 엇갈리기 때문에 상대방에게 무슨 말을 할 수 있겠냐? 그런데 꼬마 친구, 어제는 무슨 요일이었지?"

"일요일요. 적어도 사람들은 그렇다고 주장해요."

할아버지가 헤르만을 슬쩍 쳐다보고는 고개를 끄덕였다.

"그것 봐, 내가 그렇다고 했잖아. 아함."

할아버지가 기지개를 켜며 하품을 했다.

"이리 와, 꼬마 친구, 어디 아침 식사를 할 만한 게 있나 같이 찾아보자구."

헤르만은 머뭇거리며 할아버지를 따라 다른 창고로 갔다. 친구라는 호칭 때문에 뭔가 친근한 느낌이 들었다. 그러나 왠지 조금 지나치다는 생각도 들었다. 할아버지가 헤르만을 뜨내기 거지 중 하나라고 생각할 수도 있었다. 하지만 완전히 그렇게 보는 것 같지는 않았다.

한쪽 구석에는 병이 수북이 쌓여 있었다. 어떤 병에는 포도주가 조금 들어 있었고, 또 어떤 병에는 맥주가 들어 있었다. 할아버지는 한 병씩 차례대로 마셨다. 헤르만은 할아버지의 모습을 물끄러미 바라보았다.

"근데 너 이름이 뭐냐?"

"헤르만이요."

"난 알버트야. 하지만 굳이 외울 필요는 없어. 모두들 나를 아인슈타인이라고 부르지. 그냥 아인슈타인만 찾으면 돼. 경찰한테 물어봐도 다 알지. 모두들 날 알고 있을 테니까. 너도 한잔 할래?"

헤르만은 고개를 저었다.

아인슈타인이 안경 너머로 헤르만을 유심히 훑어보았다.

"너 혹시 스스로 술을 마시기에 너무 어리다고 생각하고 있는 것 아니냐? 내가 충고 하나 해 줄까, 헤르만? 난 너보다 나이가 별로 많지 않아. 내기 할래? 너 몇 살이냐?"

"열 살이요."

헤르만은 나이를 한 살 올려 말했다.

"그것 봐, 내가 뭐랬어."

아인슈타인은 진지한 얼굴로 고개를 끄덕였다.

"난 열여덟이야. 열여덟 살의 새파란 청년이란 말이야. 물론 그렇게 보이지 않겠지. 왜냐하면 내가 남들보다 더 빨리 살았으니까. 알겠어, 친구? 아주 빠르게 말이야. 시간은 상대적인 거니까."

"정말요? 어떻게 그렇게 할 수 있지요?"

헤르만은 아인슈타인의 새로운 사고방식에 홀딱 반해 버렸다.

아인슈타인이 한참 동안 기침을 심하게 해 댔다.

"혹시 담배 가진 것 있어, 꼬마 친구?"

헤르만은 고개를 설레설레 흔들었다.

"담배 안 피워? 하기야 뭐, 나도 안 피워. 잘 때는 말이야. 그때는 나도 비흡연가지. 모든 것이 상대적이라니까. 너 돈 있냐?"

"용돈밖에 없어요."

"많아?"

"6마르크요……."

헤르만이 조그만 소리로 중얼거렸다.

"그거면 충분해."

"뭐 사려고요?"

아인슈타인이 잠시 생각에 잠기더니 이렇게 말했다.

"그러니까 내 말은 네가 부자라는 거야. 나도 부자가 될 수 있지. 우리 둘 다 부자가 될 수 있어. 물론 네가 원하기만 한다면 말이야."

"내가 부자라고요? 겨우 6마르크로요?"

"그것 역시 상대적인 거지. 6마르크로 많은 돈을 살 수 있어. 백 마르크짜리, 천 마르크짜리까지도 가능해. 꼬마 친구, 천 마르크 갖고 싶어? 아니면 2천 마르크?"

물론 그렇게 될 수만 있다면 좋겠지만 헤르만은 그 말을 믿을 수 없었다.

"돈을 조금 내고 많은 돈을 살 수는 없어요. 그렇다면 돈 벌기가 아주 쉽게요. 그렇게 되면 아무도 일하러 나가지 않을 거예요."

"내가 일하는 사람처럼 보이냐? 난 논 지 오래야. 합리적인 인간은 그런 짓 안하지. 혹시 이자라는 말 들어본 적 있어, 꼬마 친구?"

헤르만이 어정쩡하게 고개를 끄덕였다. 오래전에 들어보긴 했지만 정확히 그것이 무슨 뜻인지는 몰랐다.

"잘 들어, 헤르만. 내가 설명해 줄게. 이자라는 건 처음에 돈을 갖고 있었던 사람이 아무 짓도 하지 않아도 돈이 저절로 불어나게 되는 거야. 자꾸만 돈이 많아지는 거지. 말하자면 아무것도 안 하는데 그냥 저 혼자서 말이야. 꼭 마법을 부리는 것 같지, 안 그러냐? 정말 마법 같은 거지만 진짜로 그렇게 되거든. 만약 어제 내가 내 전 재산을 투자하지만 않았다면 네게 그것을 증명해 보일 수 있었을 텐데 아쉽구나, 헤르만. 처음부터 아무것도 없으면 시작할 수도 없거든."

"왜 돈이 불어나는데요? 어떻게 그럴 수 있어요?"

헤르만이 묻자 아인슈타인이 안경을 이마 위로 밀어 올렸다.

"초보자에게는 설명해 주기가 무척 어려운데 말씀이야. 다행히 내가 그 분야에서 전문가지. 내가 아주 쉽게 설명해 줄 테니 잘 들어라. 예를 들어서 내가 은행이고 넌 그냥 너라고 하자. 가령 네가 나한테 100마르크를 주었다고 하자. 그것을 1년 동안 그대로 은행에 두는 거지. 그러니까 내게 맡긴다는 거야. 1년 후면 내가 네게 100마르크를 돌려주고, 추가로 10마르크를 주는 거야. 그리고 네가 다시 110마르크를 내게 맡기게 되면 또 1년 후에 은행에서, 그러니까 내게서 11마르크를 추가로 받게 되는 거야. 그때는 첫 번째 보다 돈을 더 많이 가져왔기 때문에 이자가 많아지는 거지. 그러니까 2년 후면 넌 121마르크를 갖게 되는 거고, 그렇게 계속 반복되면 해마다 돈이 저절로 더 많아지게 되는 거야. 그것을 이자와 이자의 이자라고 하는 거지. 굉장하지, 안 그래?"

"그래요. 하지만 시간이 너무 오래 걸릴 것 같아요."

아인슈타인이 다시 의미심장한 표정으로 고개를 끄덕였다.

"그건 네 말이 맞아. 그게 바로 문제의 핵심이지. 그래서 난 시간 여행자가 되었단다."

"무엇이 되었다고요?"

"시간 여행자. 그런 말 처음 들어 보냐? 나와 이름이 같았던 어떤 박사님이 처음으로 했던 말이야. 대부분의 사람들은 한 장소에서 다른 장소로 이동했다가 다시 되돌아오는 여행을 하지. 그들은 공간을 여행하는 거야. 그런데 시간 여행자는 과거나 미래로, 예를 들어 작년이나 백 년 전으로 혹은 앞으로 다가 올 다음 세기를 오가며 여행하지."

헤르만은 입을 쩍 벌린 채 아인슈타인을 뚫어져라 쳐다보았다.

"정말 과거로 돌아가 본 적 있어요?"

"물론이지. 수십 번 갔었지."

"그래 거긴 어떤가요?"

아인슈타인이 입을 실룩거렸다.

"별 거 아니었어. 되게 심심하기만 하던데."

"그럼 저기……, 혹시 저도 데리고 갈 수 있나요?"

아인슈타인이 모자 위로 머리를 긁적이며 난감한 표정을 지었다.

"흠, 그런데…… 미안하지만 그렇게는 할 수 없단다. 우주인이 되려면 우주여행을 위해서 얼마나 많은 훈련을 해야 하는지는 너도 익히 들어서 알고 있을 거야. 우리 같은 사람들이 우주인이 된다는 것은 무척 힘들거든. 나도 시간 여행을 할 수 있기까지 여러 해 동안 훈련을 거쳤단다. 내가 널 데려가면 아마 넌 떨어져 죽고 말 거야. 나도 참 안타깝다, 헤르만. 내가 보기에 넌 썩 괜찮은 녀석 같거든."

"네, 그렇군요. 그냥 한번 해 본 거짓말이었군요."

헤르만이 실망스런 표정을 지었다.

아인슈타인이 다시 코에 걸쳐 있던 안경을 위로 밀어 올리고, 언짢은 얼굴로 헤르만을 쳐다보았다.

"내가 쓸데없이 거짓말이나 했다고 생각하는 거냐? 거참 안타깝구나. 그렇다면 우린 더 이상 아무 말도 할 필요 없겠다."

그는 자리에서 일어서서 나가려고 했다.

"그럼 한번 증명해 보세요!"

아인슈타인이 걸음을 멈추고 천천히 뒤를 돌아보았다.

"돈 많이 갖고 싶으냐고 내가 네게 물었지? 그런데 넌 그게 싫은 모양이야. 그것 참 안됐구나."

"그걸 어떻게 증명하는데요?"

"네가 직접 눈으로 볼 수 있게 할 수 있지. 1만 마르크나 10만 마르크쯤 된다면 증명되지 않겠냐?"

"10만이라고요? 정말요?"

"더 많아질 수도 있지. 네가 원하는 만큼. 100만쯤 만들어 줄까?"

헤르만은 할 말을 잃고 말았다.

"물론 당연히 그렇게 하기 위해서는 아무것도 없는 상태로는 안 되니까 처음 시작할 수 있는 자본이 있어야지. 네 돈 6마르크만 있으면 충분할 거야."

"그걸로 뭘 어떻게 하는데요?"

"아직도 이해 못 했냐, 꼬마 친구? 아주 간단해. 내가 100년 전의 과거로 여행을 떠나 그곳에서 네 돈으로 통장을 만드는 거야. 그런 다음 현재로 되돌아와 똑같은 은행으로 가는 거지. 그러면 지난 100년 동안 그 돈이 엄청나게 불어나 있겠지. 이제 알겠니? 그 돈을 다 빼내어 그것을 가지고 다시 100년 전으로 돌아가는 거야. 그곳에서 다시 저금을 하는 거지. 그렇게 원하는 액수만큼 돈이 모아질 때까지 계속하는 거야. 애들 장난 같은 짓이지. 자, 어떻게 할래? 그냥 대답만 해."

"그럼 정말로 내게 100만 마르크를 돌려준다고요?"

"문제 없어!"

"시간은 얼마나 걸리는데요?"

아인슈타인이 신경질적으로 고개를 저었다.

"아직도 이해를 못 했구나, 헤르만. 난 아무 때나 편한 시간에 이곳으로 돌아올 수 있으니까 시간은 전혀 걸리지 않아."

아인슈타인은 잠시 생각에 잠기더니 이렇게 말했다.

"굳이 말하자면 30분 안에 다시 되돌아올 수 있지. 혹시 무슨 일이 그 사이에 일어날지도 모르니까 안전 조치를 취하는 의미에서 말이야. 이해가 됐냐?"

헤르만은 머릿속이 뒤죽박죽 복잡해졌고 몹시 흥분되었다. 그래서 호주머니를 뒤져 그에게 6마르크를 건네주었다.

"아인슈타인 씨, 꼭 돌아오시는 거죠?"

"날 어떻게 생각하는 거냐! 난 이제까지 친구를 배신한 적이 한 번도 없었어. 자, 30분 후에 보자. 그리고 절대 가지 마라, 꼭이다!"

"안 갈게요. 그리고 정말 고맙습니다."

아인슈타인이 갑자기 서둘렀다. 그는 밖으로 나가면서 뒤도 돌아보지 않고 소리쳤다.

"걱정 마, 꼬마 친구!"

이제 그의 모습은 보이지 않았다.

밖에는 비가 주룩주룩 내렸다. 헤르만은 낡고 곰팡이가 핀 가방에 앉아 시간 여행자가 돌아오기만을 기다렸다.

헤르만은 100만 마르크가 얼마만큼 될지 상상해 보려고 했지만 쉽지 않았다. 단지 무지무지 많은 돈이라는 생각만 들었다. 분명히 책가방 안에 다 넣지 못할 것 같았다. 차라리 이곳에 있는 가방 가운데 하나를 쓰는 게 나을 듯싶었다. 어떻게 해서든지 집으로 가져갈 방법은 있을 것이다.

아버지와 어머니가 100만 마르크를 보고 어떤 표정을 지을지 상상해 보았다. 오늘 학교를 결석한 것쯤은 문젯거리도 되지 않을 것 같았다. 오히려 자신을 칭찬하고 감격할 것이다. 더 나아가 헤르만을 무척 자랑스럽게 여긴 나머지, 모든 것을 이해하기에는 아직 어린 클라라에게 오빠를 닮으라고 말할 것 같았다.

100만 마르크로 뭘 살지도 상상해 보았다. 먼저 아버지에게는 새 차를, 어머니에게는 밍크 코트를 사 드릴 생각이었다. 그리고 나서 기찻길 위를 달리는 장난감 기차와 몹시 갖고 싶어 했던 열대어가 든 어항, 아이스하키용 스케이트, 공기총을 살 것이다. 그것들을 다 사고도 돈이 남으면 기어가 12단까지 있는 경주용 자전거를 사기로 했다.

날이 점점 더 추워지고, 자꾸만 기침이 나왔다. 아인슈타인은 왜 돌아오지 않는 걸까? 이미 30분이 훨씬 지났다. 슬슬 걱정이 되어 눈물이 찔끔 나왔다.

헤르만은 시간 여행이 어떤 식으로 진행되고, 며칠, 몇 주, 몇 달을 스쳐 지나 갈 때 어떤 기분이 드는지 상상해 보려고 애썼다. 머리도 아프고, 배도 아프고, 어지러울 것이다. 심지어 의식을 잃을 수도 있을 것 같았다. 아인슈타인은 그런 것들을 다 참아 내려면 훈련을 많이 받아야 한다고 말했었다. 헤르만은 아마도 그런 힘겨운 훈련을 충분히 겪었기 때문에 그가 이제 겨우 열여덟 살 나이인데도 그렇게 늙어 보이는 모양이라고 생각했다.

시간 여행을 하는 동안 무엇과 부딪힐 위험도 많을 듯했다. 물론 아인슈타인은 이미 그것에 익숙해져 있을 것이다. 어쩌면 계속 돌아오려고 노력하고 있지만, 오늘이 며칠인지 정확히 기억나지 않아서 못 돌아오고 있을지도 모른다. 어제가 일요일이라는 사실을 몰랐던 것으로 보아 요일이나 날짜에 별로 신경을 쓰지 않는

게 분명했다. 그래서 내일이나 혹은 어제로 잘못 되돌아갔을 것이다. 그러고는 헤르만이 그곳에 없는 것을 이상하게 여기고 있을지 모른다는 생각이 들었다.

약 두 시간 가량 기다리고 나자 뭔가 예상치 못했던 일이 일어나 아인슈타인이 돌아오지 못한다는 확신이 들었다. 딱히 그를 도와줄 방법도 없을 뿐더러 그가 돌아올 때까지 무턱대고 기다리는 것도 무리였다. 너무 춥고, 몸도 아파서 약간은 따뜻하고 비도 맞지 않을 수 있는 학교로 가는 것이 차라리 낫겠다는 생각이 들었다.

헤르만은 책가방에서 꺼낸 색연필로 벽에다 크게 글씨를 썼다.

아인슈타인 할아버지
전 더 이상 기다릴 수 없어요.
미안하지만 100만 마르크는
우리 집으로 보내 주세요.
— 친구 헤르만이

창고에서 나온 헤르만은 부서져 내릴 것 같은 층계를 내려와 밖으로 나섰다. 아직도 비가 내리고 있었다.

헤르만은 전에 한 번도 와 본 적이 없던 곳을 한참 동안 헤맸다. 그러다가 지하철역이 보여 그곳으로 내려갔다. 학교 근처로 가려면 어느 노선을 이용해야 하는지 정도는 알고 있었지만 그 노선이 그곳까지 오는지, 아니면 가다가 바꿔 타야 되는지는 알 수 없었다. 그래서 안내판을 보면서 노선을 찾고 있는데 갑자기 아인슈타인에게 남긴 메모에 집 주소를 적어 놓지 않았다는 생각이 들었다. 그것이 없으면 아무리 시간 여행자라도 돈을 부칠 방법이 없을 것 같았다. 100만 마르크라는 큰 돈이 걸려 있는 일이었다. 헤르만은 그 부서진 집으로 되돌아가야겠다고 결심했다. 그러다가 헤르만은 갑자기 움찔하며 제자리에 우뚝 섰다.

한쪽 구석 바닥에 아인슈타인이 쓰러져 자고 있었던 것이다. 그의 곁에는 빈 포도주 병이 있었다.

순간적으로 헤르만은 그에게 속았다는 사실을 깨달았다. 술을 마시기 위해 그가 헤르만에게서 돈을 빼앗아 간 것이다. 그가 말했던 시간 여행이란 것은 모두 엉터리였다.

헤르만은 어떻게 할지 곰곰이 생각했다. 그를 깨울까? 그렇지만 그렇게 해 본들 무슨 소용이 있을까? 그는 절대로 헤르만에게 돈을 돌려줄 수 없을 것이다. 이미 다 써 버렸을 게 틀림없을 테니까 말이다. 경찰서에 갈까? 그럼 경찰은 어떻게 해서 빈집까지 갔으며 왜 학교에 가지 않았는지 꼬치꼬치 캐물을 게 뻔했다. 그러면 모든 것이 들통 나 버릴 것이다. 학교에 결석해도 감옥에 가던가? 과연 경찰은 어떻게 할까? 헤르만은 어떻게 해야 좋을지 알 수 없었다.

그런데 그때 까만색 가죽 잠바를 입은 경찰 두 명이 걸어오고 있었다. 헤르만은 얼른 기둥 뒤로 숨었다. 그리고 경찰들이 아인슈타인을 흔들며 깨우는 것을 지켜보았다. 아인슈타인은 뭐가 뭔지 알아들을 수 없는 말을 중얼거리며 좀처럼 일어날 생각을 하지 않았다. 경찰들이 그를 양쪽에서 팔짱을 끼고 일으켜 세웠다. 그렇게 끌려가던 아인슈타인과 헤르만의 눈이 마주쳤지만 그는 헤르만을 전혀 기억하지 못하는 듯했다.

"죄송합니다요, 경찰관 나리. 도대체 지금 여기가 몇 세기인가요?"

그가 두 명의 경찰에게 말하는 소리가 헤르만에게까지 들렸다. 경찰들은 아무 대답도 하지 않았다.

헤르만은 그들이 사라지고 난 후에도 한참 동안 서서 그쪽을 바라보았다.

헤르만은 아인슈타인처럼 되고 싶은 생각은 추호도 없었다! 비록 그렇게 될 가능성이 있었지만 말이다. 두 사람의 차이점이라면 헤르만은 이제 막 그 길로 들어섰다는 것이고, 아인슈타인은 평생을 그렇게 살아왔다는 것뿐이다.

헤르만은 완전히 새로운 사람이 되어야겠다고 생각했다. 이제부터 부지런하고 착한 모범생이 되고, 부모님과 선생님께 기쁨을 주는 훌륭한 사람이 되기로 결심했다. 얼른 학교로 돌아가 자신의 잘못을 고백하고 어떤 처벌이든 달게 받기로 했다. 어차피 이런 짓은 이번이 마지막이다.

하지만 이런 결심들을 곧바로 실천하기에 앞서 몇 가지 어려움이 있었다. 헤르만에게는 돈이 없었다. 돈이 없으면 지하철 표를 살 수 없다. 물론 몰래 탈 수 있지만, 이것은 원칙을 어기는 짓이다. 그것은 착하게 살겠다는 다짐에도 어긋나는 일이다. 또 그러다가 누군가에게 들키기라도 한다면 50마르크의 벌금을 내야만 했다. 벌금을 낼 돈이 없어서 감옥에 붙잡혀 들어가고, 부모님이 이 사실을 알게 된다면 이제 그만 부모와 자식의 연을 끊자고 말할지도 모른다.

헤르만은 눈물이 찔끔찔끔 났고, 코에서는 콧물이 나왔다.

몰래 타는 것 말고는 뾰족한 수가 없었다. 들킬 게 뻔하지만 어쩔 수 없이 그렇게 해야만 했다.

헤르만은 훌쩍이면서 불이 환하게 밝혀져 있는 안내판을 살펴보았다. 먼저 8호선을 타고 시내로 들어가, 그곳에서 5호선으로 갈아타야 학교 근처로 갈 수 있었다. 눈물을 찔끔거리며 표를 집어넣어야 하는 자동문을 통과했다. 그런 다음 훌쩍거리며 에스컬레이터를 타고 한 층 내려갔다. 그러고는 울면서 8호선을 기다리다가, 8호선을 타고 시내까지 갔다. 그리고 훌쩍거리면서 그곳에서 5호선으로 갈아탔다. 그렇게 계속 가는 동안 헤르만은 사람들이 전부 자기만 쳐다보는 것 같았다. 모든 사람으로부터 관심의 대상이 되기는 했지만 그토록 절실하게 외로움을 느껴 본 적은 처음이었다.

마침내 학교 근처 역에서 내려 밖으로 올라왔을 때는 안도의 한숨이 터져 나왔다. 아무도 그에게 말을 걸지 않았고, 검표원이 표를 보자고 하지도 않았으며, 모든 것이 잘 해결되었다. 헤르만은 비로소 울음을 그쳤다. 운명의 여신이 그에게 따뜻한 손길을 보내주는 듯했다.

"감사합니다, 하느님! 사랑해요, 수호천사님!"

헤르만은 이제부터 착한 아이가 될 수 있을 것 같았다.

　마지막으로 골목을 꺾어 돌자 눈앞에 학교가 보였다. 교문이 활짝 열려 있었다. 그때였다. 아이들이 시끄럽게 떠들며 거리로 몰려나오기 시작했다. 그들 가운데는 헤르만과 같은 반 아이들도 끼어 있었다. 학교가 끝난 것이다. 헤르만은 이미 너무 늦었다는 걸 깨달았다. 아무리 좋은 생각을 마음속에 품고 있어도 이젠 아무 소용없었다.

　헤르만은 다른 아이들이나 선생님의 눈에 띄지 않으려고 어느 집 대문 안으로 숨었다. 사람들이 다 지나가고 난 다음에야 기침을 하면서 피곤한 몸을 이끌고 집으로 향했다.

　기분이 씁쓸했다. 잘해 보려고 해도 아무도 관심이 없었다. 심지어 하느님도 마찬가지였다. 그렇지 않다면 모든 것이 지금과는 조금 달랐을지도 모른다. 비록 아주 사소하게라도 뭔가 칭찬받을 만한 일을 할 수 있었을 것이다.

　집으로 돌아가면 모든 것이 이전과 똑같을 게 뻔했다.

"헤르만, 이거 해!"

"헤르만, 내버려 둬!"

이런 말들을 다시 들어야만 한다.

헤르만은 집이 아닌 다른 곳에 살았으면 좋겠다고 생각했다. 집에 가 봐야 상황이 나아지리란 보장도 없었고 노력하고 싶은 의욕도 전혀 나지 않았다. 당장 폐렴에 걸려서 죽게 될지도 모를 거란 생각도 들었다.

헤르만은 현관문을 조용히 열고 집 안으로 들어섰다. 부엌에서 어머니의 목소리가 들렸다.

"헤르만, 지금 오니?"

아무 대답이 없자 어머니가 부엌에서 나왔다. 그리고 헤르만을 보고는 깜짝 놀랐다.

"아니 세상에, 너 무슨 일이니? 물에 빠졌니, 헤르만? 흠뻑 젖었구나. 옷은 또 왜 이렇게 더러워졌니?"

헤르만은 아무 대답도 하지 않았다. 정말 너무나 슬펐다. 온몸이 부들부들 떨렸고, 위아래 이빨이 맞부딪쳤다. 헤르만은 머리를 푹 숙인 채 야단 맞을 각오를 했다. 아무리 심한 꾸중을 듣는다 해도 할 수 없었다.

"이리 와라, 어서 젖은 옷들을 벗어 놓으렴!"

어머니는 헤르만이 옷을 벗는 걸 도와주었다.

"우리 아가, 많이 아픈 모양이로구나. 아주 심한 감기에 걸렸나 보다."

어머니가 헤르만을 보고 '우리 아가'라고 부른 것은 정말 오래간만의 일이었다.

어머니는 헤르만을 거실로 데려가 이마 위에 손을 얹었다.

"열이 높구나."

어머니가 걱정스럽게 말했다.

그때 침실에서 클라라의 울음 소리가 들렸다.

"클라라가 울어요."

"알고 있어. 그렇지만 지금은 널 먼저 돌봐 주어야겠구나. 우리 아가, 이리 오렴. 뜨거운 물로 목욕을 하고, 침대로 가서 찜질을 좀 해야겠다."

엄마는 헤르만이 어디서 무엇을 했는지 꼬치꼬치 캐묻지 않았고, 평소에 늘 했던 것처럼 "두고 봐. 아빠가 돌아오시면 혼내 주라고 할 테니까!"라는 말도 하지 않았다. 별로 화가 난 것 같지도 않았다. 진심으로 헤르만을 걱정하는 듯했다. 그런 어머니의 모습은 클라라를 돌보던 모습과 똑같아 보였다.

침대에 누워 있는데 어머니가 헤르만이 제일 좋아하는 따뜻한 코코아와 버터 빵 그리고 조금 덜 반가운 두꺼운 목도리를 가져왔다.

"학교에 며칠 빠진다고 별 일은 없을 게다."

"아, 네."

헤르만은 쉰 목소리로 대답하며 기침을 했다.

"다시 건강해져야지. 내가 내일 전화 걸어서 선생님께 잘 말씀드리마."

헤르만은 잠시 머뭇거렸다.

"실은…… 오늘도 학교에 가지 않았어요."

어머니가 고개를 끄덕였다.

"그런 것 같더라."

그 말이 전부였다. 어머니는 더 이상 아무 말도 하지 않았다. 이마를 덮은 머리카락을 위로 쓸어 올려 주고, 이불을 잘 덮어 줄 뿐이었다.

저녁때 돌아온 아버지는 어머니와 한참 동안 거실에서 조용히 대화를 나눴다. 저녁 식사가 끝난 다음 아버지가 헤르만이 누워 있는 침대로 다가와 몸이 어떠냐고 물었다. 아버지 역시 야단치지 않았다. 오히려 예전에 곧잘 그랬던 것처럼 머리맡에서 재미있는 책을 읽어 주었다.

『산타 크루즈로 가는 멀고 먼 길』이라는 책인데 중요한 비밀문서를 산타 크루즈로 가져 가야 하는 임무를 받은 어떤 용감한 사람에 대한 이야기였다. 그 사람은 목적지에 가까워질수록 점점 더 힘든 상황과 부딪쳤다. 그러나 정말 힘들 것 같은 마지막 고비까지 그는 씩씩하게 뚫고 지나갔다. 그가 거의 만신창이가 된 몸으로 산타 크루즈까지 갔을 때 도시는 텅 비어 있었다. 문서를 전달받아야 할 사람은 그곳에 있지 않았던 것이다. 그 동안의 모든 노력이 모두 물거품이 된 셈이었다.

아버지가 그 책을 다 읽고 탁자 위에 내려놓았다. 두 사람은 한동안 아무 말도 하지 않았다. 그렇게 서로 벅찬 마음을 속으로 가다듬고 있었다.

마침내 헤르만이 조용히 말했다.

"아빠, 저도 오늘 그 사람과 똑같았어요."

아버지가 고개를 끄덕여 보였다.

"이해한다, 아가."

"정말요?"

"그래, 나도 산타 크루즈로 간 적이 있었거든."

헤르만이 일어나 앉으려고 하자 아버지가 다시 부드럽게 눕혀 주었다.

"그냥 누워 있거라. 누구나 산타 크루즈에 한 번쯤은 가게 된단 다."

아버지는 잠시 생각에 잠기는가 싶더니 이렇게 덧붙였다.

"어떤 사람들은 더 많이 가기도 하지."

헤르만이 감동스런 눈빛으로 아버지를 쳐다보았다. 정말 동화 속에 나올 법한 멋진 아버지라는 생각이 들었다. 어머니도 마찬가 지였다.

이제부터는 클라라에 대해서도 좋게 생각할 수 있을 것 같았다. 언젠가 클라라가 말을 할 수 있게 될 때, 동생이 있다는 걸 다행이 라고 생각할지도 모른다.

"그런데 말이다. 혹시 네게도 비밀문서 같은 게 있었니?"

헤르만은 한참 동안 생각하고는 이렇게 속삭였다.

"저도 몰라요. 갖고 있다고 생각했지만……."

"쉿! 아무 말도 하지 마! 그건 비밀이잖니, 안 그래?"

바로 그 순간 클라라를 돌보던 어머니가 방안으로 들어왔다. 어머니가 두 사람을 번갈아 쳐다보며 물었다.

"아니, 무슨 일이에요? 뭔가 대단한 결심을 한 표정들 같은데요."

아버지와 아들이 서로의 얼굴을 쳐다보며 슬며시 웃었다.

어머니가 말했다.

"나도 끼워 줄래요?"

아버지가 헤르만을 보고 눈을 찡긋거렸다.

"그럴까?"

헤르만이 대답했다.

"물론이지요!"

나비가 되는 긴 여정 혹은 이상한 교환

1장

옛날에 시커먼 바위 망루 위에
비룡 한 마리가 살고 있었다.
비룡은 앞뒤로 불길을 내뿜었고,
온몸은 가시덤불로 뒤덮였으며, 성질이 아주 고약스러웠다.

그러던 어느 날 힉스 교수가
비룡을 찾아갔다.
과학자들이 원래 그렇듯이
한쪽에 책을 펼쳐 놓고 비룡을 앞뒤로 열심히 관찰했다.
그는 궁금한 나머지 비룡의 크기도 재어 보았다.
꼬리까지 합하면 총 30미터나 되었다!

그런데 그 무지막지한 녀석이

책과 줄자와 함께 과학자를 꿀꺽 삼켜 버렸다.

비룡은 털끝만큼도 미안해하지 않았다.

정말 못된 녀석이었다. 하지만 몸만큼은 건강했다.

비룡은 갑자기 어지럽고, 속이 메스꺼웠다.

어쨌든 책은 소화가 안 되는 법이니까!

비룡은 과학자와 함께 책을 토해 냈다.

과학자는 안경을 집어든 채

뒤도 돌아보지 않고 도망갔다.

그런데 한 가지 문제가 생겼다!

너무 정신이 없었는지, 아니면 음흉한 꾀였는지 모르지만

그만 책을 놓고 간 것이었다.

비룡이 그 책을 읽기 시작했다.

차라리 읽지 않았더라면 좋았을 텐데!

책을 펼치자마자

불길을 내뿜으면서

기어다니는 동물이

바로 비틀거리는 비룡이라고

흰 종이에 검은색 글씨로

또박또박 적혀 있었다.

비룡은 끓어오르는 분노에 못 이겨 비명을 질러 댔다.
"나는 비틀거리지 않아! 나는 비틀거리지 않아!"
비룡은 책을 갈기갈기 찢어 버렸다.
비룡은 절대로 비틀거리는 비룡 따윈 되고 싶지 않았다.
그날 비룡은 하루 종일 화풀이로
못된 짓만 골라서 했다.

그러나 무슨 짓을 하든 간에
비틀거리는 비룡으로 남기는 마찬가지였다.
비룡은 아이처럼 엉엉 울었다.
더 이상 밖에도 나가지 않고
가만히 집에 누워 지냈다.

2장

갖가지 꽃들이 만발한 드넓은 초원에
수컷 흰나비가 너울대고 있었다.
그는 섬세한 감수성을 가졌으며
모든 꽃에게 다정다감했다.
그는 바퀴 위에 올라 앉아 있는 양
암컷 흰나비와 함께 왈츠를 추었다.

예민한 수컷 흰나비는 소음을 가장 싫어했다.
가까운 도로에서 나는 시끄러운 자동차 소리가
그에게는 몹시 거북스럽고 신경을 자극했다.
그래서 그는 숲 속에서 자신이 가장 좋아하는
조용한 장소로 갔다.

그가 그곳에 도착하자마자 꿀벌이
윙윙 소리를 내며 요란하게 날아들었다.
수컷 흰나비가 소리쳤다.
"이런 괘씸한 것! 내가 이곳에서도 소음에 시달려야 하냐!"
꿀벌이 계속 윙윙대며 말했다.

"하하! 너 그거 아니? 네 이름은 나풀거린다는 뜻의 나비라는 걸?"

흰나비는 너무나 놀라 얼굴이 하얗게 질려 버렸다.

"내 이름에 나풀거린다는 뜻이 들어 있다니 정말 너무 끔찍해!"

그 순간부터 나비는 더 이상 춤도 추지 않고
까치발로 걸어 다녔다.
그렇지만 오래 가지는 못했다.
과거에도 그랬지만 앞으로도
결국 그는 나풀거리는 나비로 남을 것이다.
시름에 잠긴 흰나비는 발을 모은 채
나가지도 않고, 혼자 가만히
사막의 은둔자가 되어
그간 나풀거리고 다녔던 것을 후회하며 살아갔다.

3장

어느 날 뱀 한 마리가
지그재그로 느릿느릿 다가와서
이렇게 말했다.
"너무너무 웃겨!

내가 아는 어떤 비룡은 말이야,

자기가 비룡이라는 것을 몹시 슬퍼하고 있더라고.

인생이라는 것이 종종 그렇단 말이야."

흰나비는 뱀이 한 말의 진정한 의미를

곰곰이 생각해 보았다.

열나흘 동안 열심히 생각한 끝에

흰나비가 소리쳤다.

"아하, 이제야 알겠다!"

아직도 걱정을 다 털어 버리지는 못했지만

흰나비는 먼 길을 떠나기 위해 식량을 챙겼다.

그리고 비룡이 살고 있는 망루에 찾아갔다.

그곳 바닥에는 허연 **뼈**들이 널려 있었다.

흰나비는 비룡을 만날 엄두가 나지 않았다.

흰나비는 용기를 내서 망루 위까지 올라가 보았다.

아픈 비룡이 침대에 누워

신세 한탄을 늘어놓으려고 했다.

흰나비가 먼저 말을 꺼냈다.

"이미 들어서 알고 있어요.

그래서 말인데, 우리 고민을

서로 맞바꾸면 어떨까요?

그러니까 내가 비틀거리는 나비, 즉 비비가 되는 거예요."

비룡은 처음에 말뜻을 잘 알아듣지 못했지만

무슨 말인지 이해하고 나자

금세 환한 얼굴로

흰나비에게 악수를 청했다.

물론 아주 부드러운 몸짓으로!

그는 종이와 잉크를 재빨리 꺼내 왔고,

마침내 고민거리를 교환하자는 정식 계약서를 완성했다.

"계약서 완성!"

둘은 감격에 겨워 소리쳤다.

그러고 나서 나풀나풀 나룡과 비틀비틀 비비는 팔짱을 낀 채

망루 밖으로 날아갔다.

주름투성이 필레몬

　인도의 밀림 지대 한가운데 주름투성이 필레몬이라는 늙고 지혜로운 코끼리가 살고 있었다. 그는 가끔씩 더위를 식히기 위해 기둥 같은 네 개의 육중한 다리로 성스러운 강가에 서서 모래를 머리에 뿌리며 목욕을 했다.

　그는 신체적 장점을 많이 타고났는데, 그중에서 긴 코가 가장 쓸만했다. 심지어 그 코는 목욕할 때 편리한 샤워기로도 쓰였다. 주름투성이 필레몬은 날마다 감사하는 마음과 기쁨을 간직하며 살아갔다.

　그런데 그가 언제부터 그곳에 와서 살고 있는지 확실하게 아는 동물은 아무도 없었다. 제일 나이 많은 거북이조차 그 코끼리는 늘 그곳에 있었다고 회상했다. 그래서 아무도 주름투성이 필레몬의 나이를 가늠할 수 없었다. 필레몬 역시 나이를 잊고 살았다. 왜냐하면 그런 사소한 것까지 기억해 둘 만큼 여유가 없었기 때문이다. 그는 전혀 다른 것들에 대해 생각했다. 모름지기 그는 철학가였다.

주름투성이 필레몬의 몸은 엄청나게 컸고, 피부는 주름 때문에 실제 몸보다 훨씬 더 넓었다. 그와 같은 크기의 코끼리가 두 마리나 들어앉아도 남을 정도였다. 그러나 마치 동굴처럼 엄청나게 큰 몸속에 오로지 저 혼자만 들어가 있기 때문에 그의 몸에는 주름이 무수히 잡혔다. 덕분에 풍채가 더욱 좋아 보이긴 했지만 그걸 누군가에게 뽐내려고 하지는 않았다. 자연이 준 선물이라고만 생각하며 기뻐하고 고마워했다. 사실 그는 외모에 별로 관심이 없었다. 외모에 관심을 갖기에 그는 생각이 너무 깊고 오묘하기 때문이었다.

필레몬이 생각이 많다고 해서 한 장소에 계속 머물러 있기만 하는 것은 아니다. 그도 가끔씩 한 시간 정도 숲으로 산책을 나가곤 했다. 우선 몸을 조금 움직이기 위해서고, 그 다음은 싱싱하게 물오른 나뭇잎을 뜯어 먹기 위해서다. 더구나 주름투성이 필레몬은 태어날 때부터 식욕이 왕성했다. 그것에 대해서도 그는 감사와 기쁨을 느끼며 살았다.

그의 성격은 까다롭지 않고 겸손하다. 어찌나 겸손한지 그렇게 큰 몸집을 가지고도 다른 동물을 괴롭히는 법이 없었다. 오히려 주위에 살고 있는 대부분의 동물들이 곧잘 그를 정자처럼 이용했다. 비라도 내리면 튼튼한 기둥 같은 그의 다리 사이로 들어가서 숨었고, 햇볕이 너무 뜨거우면 그의 그림자에 앉아 쉬기도 했다. 주름투성이 필레몬은 자신의 깊은 생각을 방해하지 않고, 조용히 있을 수 있는 한 다른 동물들이 어떻게 하든 상관하지 않았다.

이쯤에서 주름투성이 필레몬이 과연 무엇에 대해 그렇게 깊은 생각을 하는지 궁금할 것이다. 사실 그는 원대하고 멋진 사색을 사랑한다. 중요한 것은 원대한 것이어야만 한다는 것이다. 자기 겉모습이 큰 것처럼 정신적으로도 큰 것을 좋아했다.

예를 들어 그의 다리 밑에 흐르는 강물에 인도의 새파란 밤하늘이 비칠 때면 그는 대단히 감동스러워하며 이렇게 생각했다. 달이다! 단지 그것뿐이다. 달이다! 그것은 정말 원대한 생각이었다.

주름투성이 필레몬은 그 거대한 몸을 조금씩 움직이고 커다란 귀를 펄럭이면서, 밤하늘의 기적에 비해 자기 자신이 한없이 작고 무의미하다고 생각했다. 그리고 경건한 마음과 기쁨으로 가슴이 벅차오름을 느끼곤 했다.

물론 필레몬은 다른 것들에 대해서도 원대하고 멋진 생각을 품고 있었다. 예를 들면 작고 보잘것없을 것 같은 꽃 한 송이를 보더라도 이렇게 생각한다. 꽃이다! 그는 특별한 이유 없이 그런 생각을 한다. 주름투성이 필레몬은 겉모습은 그리 중요하지 않다는 것을 잘 알고 있었다. 그래서 조용하고 겸손한 것이다.

더구나 그는 수많은 세월 동안 오로지 한 가지 생각만 파고들었다. 그렇게 해야 더 크고 깊은 사색을 할 수 있기 때문이다. 주름투성이 필레몬 위로 드리워진 커다란 나무 위에서 종종 학술회의를 여는 원숭이들은 그가 하는 생각들은 발바닥을 뒤집듯 누구나 쉽게 할 수 있는 것이라고 주장하며 비웃었다.

주름투성이 필레몬은 그런 주장을 들을 때마다 살짝 미소를 짓고는 하얀 모래를 머리 위로 뿌렸다. 물론 아무 말도 하지 않는다.

동시에 네 발바닥을 뒤집을 수 있는 동물들은 모든 것을 발바닥 뒤집듯 쉽고 빠르게 끝낼 것이다. 하지만 무조건 빨리 끝내는 것만이 중요한 것이 아닐 때도 있다. 그들은 그걸 좀처럼 이해하지 못한다. 주름투성이 필레몬은 그러고 싶은 생각이 전혀 없다. 그는 현명하니까!

그가 서 있는 곳 조금 아래쪽에 강물이 있었다. 그 강물이 오른쪽으로 꺾이는 곳에는 썩은 물풀들이 둥둥 떠다니고, 잡초들이 물가에 수북이 쌓여 있어서 보기가 흉했다.

또한 역겨운 냄새가 사방에 진동했다. 주변에 사는 동물들은 고약한 냄새가 나는 그 쓰레기 더미를 멀찍이 치워 버리고 싶은 마음이 굴뚝같았다. 하지만 그렇게 하지 못했다. 그 속에 수많은 생물이 살고 있기 때문이었다.

그곳엔 아주 다양한 종류의 파리들이 떼 지어 모여 살고 있었다. 실제로 그 수가 얼마인지 자신들조차 알지 못했다. 파리는 원래 한 곳에 가만히 앉아 있지 못하는 생물이기 때문에 언제나 그 수가 뒤죽박죽이다. 어쨌든 상당히 많은 건 분명했다.

"우리는 세상에서 가장 고귀한 존재야. 우리들은 셀 수도 없을 만큼 숫자가 많거든. 만약 어느 날 갑자기 앞으로 이 세상을 더 어둡게 해야겠다고 마음먹는다면 태양을 가려 버릴 수도 있어. 그건 아주 간단해. 지금 햇빛이 비치고 있는 건 우리가 그렇게 하지 않았기 때문이야. 그러니까 내 말은 햇빛을 비치게 하는 건 바로 우리라는 거지, 알겠어? 세상의 모든 동물은 은혜에 감사하는 뜻으

로 우리의 여섯 발바닥 모두에 입을 맞춰야 해."

그들은 이런 생각이 너무나 확고해서 아무 거리낌 없이 숲 속의 동물들을 괴롭혔다. 허락 없이 다른 동물들 몸 위를 걸어 다니고, 입으로 쪼아 대거나, 간지럽혔으며 말로 표현하기 어려울 만큼 무례한 모습으로 앉아 있기도 했다.

다른 동물들이 그들을 좋아하지 않는 건 당연했다. 다만 개굴개굴 퀸틸리우스라는 개구리는 예외였는데, 그는 파리 떼를 맛있는 먹이로만 보았다.

어느 날 파리들은 자기들이 힘이 세고, 빠르고, 똑똑하고, 절대로 죽지 않는, 쉽게 말해서 세상에서 가장 위대한 존재임을 다른 동물들에게 보여 주기로 했다.

다만 그 결정을 어떻게 실천할 것인가, 그것이 문제였다. 마침 목요일이었기 때문에 그들은 해를 가려 어둡게 하려는 계획은 실행에 옮기지 않기로 했다. 그건 목요일에 할 짓이 아닌 것 같았다. 어차피 그들은 자기들이 원하기만 하면 언제든지 그렇게 할 수 있다고 확신하고 있었다. 그래서 굳이 그날일 필요도 없었다. 이에 대해 파리들은 모두 대단히 만족스러워했다.

"나한테 좋은 생각이 하나 있소."

썩은 물풀 더미 위에 앉아 있던 뚱뚱이 왕파리가 말했다.

모두들 기대에 가득 차 윙윙거렸다.

"알다시피 우리는 이 세상에서 가장 위대한 존재들이오. 그러니까 축구도 제일 잘하는 동물일 거요. 우리는 갈고리 같은 다리로 이 세상 어느 누구보다도 잘 달려 기막힌 솜씨를 뽐낼 수 있소. 왜냐하면……."

왕파리의 목소리가 더 커지자 파리들이 일제히 침묵했다.

"우리 모두 다리가 여섯 개씩 있기 때문이오. 내 사랑하는 동지들이여, 윙윙거리며 날 줄 아는 위대한 파리들이여! 한 팀에 다리가 전부 합해서 예순여섯 개가 있다는 상상을 해 보시오! 아무도 그 팀을 이길 수 없는 게 당연하지 않겠소? 우리는 분명 세계 챔피언이 될 것이오! 자, 우리와 축구 시합을 벌일 상대를 고르기 위해 동물들을 모두 초대해 봅시다. 우리와 싸울 팀이 과연 누구인지 분명하게 밝혀질 것이오."

요란한 박수갈채가 뒤따랐고, 파리들이 기쁨에 겨워 일제히 앞발을 비벼 댔다.

"저기요! 그렇다면 먼저 위원회를 조직해야 합니다. 어떤 팀을 상대로 제일 먼저 싸울 것인지, 두 번째로 겨룰 팀이 누구인지, 또 세 번째, 네 번째, 다섯 번째 시합은 누구와 할 것인지를 결정하는 위원회요."

초록빛 파리가 흥분하며 말했다.

"좋아. 위원회를 결성하기로 하겠소. 누가 참여할 거요?"

왕파리가 말했다.

위원회에 참여하고 싶어 하는 파리들이 너나없이 아우성쳤다.

"좋소."

어느새 회의를 진행하게 된 왕파리가 말했다.

"이것으로 위원회가 조직되었소. 회장 자리는 당연히 내가 맡아야겠지? 이제 위원회 회의를 시작하겠소. 첫 번째 안건, 맨 처음 누구를 상대로 싸울 것인가?"

파리들이 흥분하여 아우성쳤다. 발광하듯 윙윙거렸다.

다리가 다섯 개밖에 없는 늙은 파리가 말했다.

"우선 개미들을 상대로 싸우고, 그 다음에는 메뚜기, 그리고 그 다음에는⋯⋯."

그는 더 이상 말을 이을 수 없었다. 다른 파리들이 화를 내거나 비웃었기 때문이다.

"이것 보세요. 아예 달팽이나, 지렁이 같은 것과 싸워 보라는 말은 왜 하지 않는 거죠?"

젊은 파리가 빈정거리듯 말했다.

썩은 물풀 더미 위에 앉아 있던 뚱뚱이 왕파리가 소리쳤다.

"그만! 그런 시시껄렁한 이야기나 하려고 위대한 우리가 이렇게 모인 게 아니오. 첫 시합을 꼭 개미와 하겠다면, 모든 동물과 겨뤄서 이길 때까지 백 년쯤은 기다려야 할 것이오. 그러니 아예 처음부터 더 그럴 듯한 상대를 골라야 하지 않겠소?"

"그럼, 개구리를 상대로 하면 어떨까?"

다리가 다섯 개밖에 없는 늙은 파리가 풀죽은 모습으로 다시 말했다.

잠시 동안 침묵이 흘렀다.

"그걸 말이라고 하는 거요? 개구리랑 싸우는 것은 공평하지가 않소. 그런 말도 안 되는 소리 좀 집어치우시오!"

뚱뚱이 왕파리가 엄하게 소리쳤다.

"제 생각엔 제일 먼저 악어를 꺾어야 될 것 같습니다."

젊은 파리가 소리쳤다.

"아니, 원숭이부터!"

또 다른 파리가 소리쳤다.

그러자 모두 아우성치기 시작했다.

"아냐, 물소를! 아냐, 코뿔소를! 아냐, 호랑이를!"

바로 그때 최강주먹 하니발이라는 호랑이가 그곳을 지나쳐 갔다. 호랑이는 코를 실룩거리더니 물을 마시러 물가로 다가갔다.

"어이, 당신! 혹시 우리를 상대로 축구 시합을 벌일 용기 있소?"

젊은 파리가 거만하게 말하며 호랑이의 코 위로 날아갔다.

최강주먹 하니발은 성가신 파리를 내쫓느라 앞발을 휘두르며 화를 냈다. 그러나 파리는 끈질기게 주위를 맴돌다가 호랑이의 귓속으로 들어가 외쳤다.

"우리를 피해 숨을 생각이라면 기권으로 처리할 테니 그렇게 알고 있으쇼!"

원래 호랑이는 귀가 상당히 민감한 편이다. 머리를 세차게 흔들고, 앞발을 휘젓던 최강주먹 하니발은 밀림 지대로 급히 발길을 옮기며 투덜댔다.

"빌어먹을 파리들이 오늘 아주 극성이구먼. 곧 천둥이 치겠어."

젊은 파리가 썩은 물풀 더미로 돌아와 다른 파리들에게 말했다.

"모두들 봤지요? 감히 우리와 싸워 볼 생각을 하지 않더라고요! 일찌감치 기권해 버리던데요! 일단 호랑이는 이긴 셈이에요!"

한바탕 소란이 일어난 후 파리들은 어느 정도 진정되었다.

초록빛 파리가 일어서서 말했다.

"존경하는 회장님과 여기 계신 여러분! 이번 승리를 통해 우리는 감히 우리와 겨룰 수 있을 만큼 용기 있는 상대가 없다고 확신하게 되었습니다."

"옳소! 옳소!"

모든 파리가 소리쳤다.

"존경하는 위원회 여러분, 그나저나 궁금한 것이 하나 있습니다."

초록빛 파리가 세 개의 다리를 들어 올리며 말했다.

"우리가 이렇게 남들보다 훨씬 뛰어나다는 걸 증명하는 건 과연 우리 몸 중 어느 곳일까요?"

그가 말을 멈추고 잠시 뜸을 들였다. 썩은 물풀 더미 위에 침묵이 흘렀다. 셀 수 없이 많은 눈망울이 초록빛 파리를 향했다. 한결같이 기대에 찬 눈빛이었다. 초록빛 파리는 들어 올린 다리 세 개를 다시 밑으로 내리며 외쳤다.

"그건 바로 긴 코닙니다!"

초록빛 파리는 그 말을 증명이라도 해 보이려는 듯이 코를 최대한 길게 밖으로 빼 보였다.

"그러니 우리에게 맞는 상대는 다리가 네 개밖에 없기는 하지만 코끼리 밖에 없습니다."

파리들은 모두 크게 박수를 치며 좋아했다. 이렇게 해서 첫 번째 축구 시합의 상대는 주름투성이 필레몬으로 결정되었다. 곧 몇몇 선발 대원이 필레몬을 찾아갔다.

선발 대원들은 그 소식을 전하기 위해 필레몬의 귀 근처에서 윙윙거리거나 피부를 물어뜯기도 하면서 갖은 노력을 하였다. 그러나 필레몬은 몸집이 엄청나게 크고 피부가 두꺼운 데다가 늘 생각에 깊이 잠겨 있었기 때문에 아무것도 느끼지 못했다.

필레몬은 평소와 다름없이 작고 인자한 눈을 끔벅이며, 코를 흔들거나 고개를 끄덕이곤 했다. 선발 대원들은 필레몬이 승낙한 줄 알고 크게 기뻐하며 썩은 물풀 더미로 돌아갔다.

그 사이에 다른 파리들은 쇠똥구리를 찾아가 세상에서 제일 단단한 축구공을 만들어 줄 것을 부탁했다.

쇠똥구리는 날마다 해 왔던 것처럼 지푸라기를 모아 예쁘고 단단한 공을 만들어 위원회 앞까지 굴려서 갖다 주었다. 어차피 공을 만드는 것이 그의 일이었기 때문에 좀 더 크거나, 작은 것을 만드는 것은 별로 문제될 것이 없었다. 그리고 쇠똥구리는 공을 만드는 것 이외의 일에는 전혀 관심이 없었다.

결국 위원회에서는 지그재그로 재빨리 달리는 파리로, 열한 마리의 국가 대표 선수들을 선발했다. 팀명은 '썩물더(썩은 물풀 더미)'로 하기로 했다.

파리들은 기둥같이 생긴 코끼리 앞다리 쪽의 모래 더미에 경기

장을 마련한 다음 주름투성이 필레몬에게로 몰려갔다. 경기장은 아주 작았다. 코끼리에게는 더없이 작은 경기장이었다. 만약 필레몬이 그런 사정을 자세히 알고 있었다면 빙긋이 웃었을 것이다. 그러나 그는 다른 생각에 골몰해 있어서 전혀 눈치채지 못했다.

국가 대표 선수들이 각자 자기 위치로 갔다. 관중들은 바닥에 앉거나 주름투성이 필레몬의 몸 위에 앉았다. 사실 그렇게 되면 적과 함께 싸우는 셈이라서 원칙적으로는 허용이 안 되는 일이었지만 아무도 반대하지 않았기 때문에 그냥 앉았다.

경기가 시작되었다.

관중석에 팽팽한 긴장이 감돌았다. 자기들이 훨씬 뛰어나다는 것을 증명해 보이기 위한 중대한 시합이기 때문이었다. 사실 그들에겐 반드시 이기리라는 확신은 없었다.

중앙 수비수가 공을 굴려 왼쪽으로 보냈고, 왼쪽 공격수는 운동장을 가로지르며 오른쪽으로 공을 차 주었다. 그러자 오른쪽 공격수가 혼자서 코끼리의 앞다리 사이에 마련된 골대를 향해 힘차게 달려갔다. 관중석은 쥐 죽은 듯 조용했다. 오른쪽 공격수가 날렵한 몸짓으로 공을 몰고 나가 슛 골인! 얼마 지나지 않아 두 번째, 세 번째, 네 번째 골인이 이어졌다. 관중들은 승리의 기쁨을 만끽하며, 좋아서 어쩔 줄 몰라 했다.

반면 주름투성이 필레몬은 자기가 지금 축구 경기에서 지고 있다는 것도 눈치채지 못했다. 그는 여전히 딴생각을 하고 있었다. 경기 도중에 딱 한 번 긴 코로 모래를 한 줌 집어 머리 위에 뿌렸다. 그 결과 파리 위원회의 회장과 심판관으로부터 경고 조치를 받았다. 경기장의 일부인 모래로 싸우는 것이 허용되지 않기 때문이었다. 그러나 경고를 받았다는 사실도 주름투성이 필레몬은 전혀 눈치채지 못했다. 그렇게 경기는 계속 진행되었다.

시합 결과 108 대 0으로 '썩물더' 팀이 이겼다. 아무도 예상하지 못한 엄청난 승리였다! 거만한 파리 위원회의 기대치를 훨씬 웃도는 결과였다. 결과는 예상대로였지만 그렇게 큰 점수 차로 승리했다는 사실에 그들도 몹시 놀랐다.

승리의 기쁨에 들뜬 파리들은 썩은 물풀 더미가 있는 곳으로 돌아갔다. '썩물더' 국가 대표 선수들은 그날의 영웅으로 대접받았다.

그런데 저녁 무렵에 별로 좋지 않은 소식이 날아왔다. 하늘에 구름이 잔뜩 끼더니 비가 내리기 시작한 것이다. 인도의 밀림 지대에서 흔히 볼 수 있는 것처럼 비는 갑자기 폭우로 변했다. 최강 주먹 하니발의 예언이 적중한 셈이다.

근처에 사는 동물들이 몰려와 주름투성이 필레몬의 기둥 다리 밑으로 몸을 숨겼다. 강물이 범람하더니 위원회와 국가 대표 선수들이 썩은 물풀 더미와 함께 몽땅 떠내려갔다. 그들은 어디로 갔을까? 그런데 그들이 어디로 갔는지에 대해서는 아무도 알고 싶어 하지 않았다. 별로 중요한 일이 아니었기 때문이다.

비가 뚝 그쳤고, 인도의 검푸른 밤하늘이 묵묵히 흘러가는 강물 위에 다시 비쳤다.

여전히 자신이 참패했다는 사실을 모르고 있던 주름투성이 필레몬은 작고 인자해 보이는 눈을 찡그리고 엄청나게 큰 몸을 약간

뒤틀며 감동에 겨운 목소리로 외쳤다.

"달이다!"

단지 그 말뿐이었다. 다른 생각은 하지도 않았다.

"달이다!"

그것은 정말 원대한 생각이었다.

어느 무서운 밤

개구쟁이 아이가
무서운 꿈을 꾸다 한밤중에 깨어나
어머니를 불렀다.
그런데 대답 소리는커녕 아무 소리도 들리지 않았다.
무서워진 아이는 자리에서 일어나
부모님의 침실로 갔다.

침대는 텅 비어 있었다. 잠을 잔 흔적도 없었다!
아이는 추운 듯 온몸에 소름이 돋았다.
그때 갑자기 이런 생각이 들었다.
부모님이 밖으로 나가
크고 컴컴한 집에
나만 덩그러니 남겨져 있구나!

흠! 걱정만 하고 있어서는
안 될 일이야.
그래서 아이는 얼른
자기 침대로 돌아갔다.
잠에서 덜 깬 탓인지
발과 머리 두는 곳을 바꾸어
거꾸로 누웠다.

너무 컴컴해서 뭐가 뭔지 분간할 수 없었다.
아이는 어둠 속에서 가만히 귀를 기울였다.
가슴이 마구 뛰었다.
어, 잠깐! 저게 무슨 소릴까?
옆방에서 속삭이는 소리가
들릴 듯 말 듯 들려왔다.

아이는 참을 수 있을 때까지 최대한
숨죽이며 참았다.
혹시 잘못 들은 것은 아닐까?
아니, 분명히 확실하게 소리가 났다.
옷장 속에서 뭔가 바스락거리는 소리가 나고
누군가의 숨소리가 들려왔다.

삐걱! 마룻바닥에서 소리가 났다.

누군가 몰래 들어와 아주 조심스레

왔다 갔다 하는 것이 아닌가!

아이는 이불을 푹 뒤집어썼다.

하지만 그렇게 숨는다고 무슨 도움이 되겠는가!

소리는 여전히 들려왔다.

아이는 마치 열이 나는 것처럼 몸을 부들부들 떨었다.

그때 침대 밑에서 뭔가

꿈틀거리는 것 같았다.

더 이상 참을 수가 없었다.

얼른 침대 밖으로 뛰어나갔다.

이제 끝장이구나, 끝장이야!

아이가 떨리는 손으로 불을 켜려고 했지만

스위치가 손에 잡히지 않았다.

문도 보이지 않았다!

아이는 모르고 있었지만 거꾸로 누워 있었기 때문이었다.

아이는 캄캄한 방안을 헤맸다.

그때 옅은 불빛이 보였다.

아이는 창문이라고 생각했다.

그러나 창문이 아니라

거울이었다. 옅은 불빛 속에서

자기 자신의 모습과, 잘 알 수는 없지만
귀신이라고 생각되는 환영을 보았다.

아이는 큰 소리로 울기 시작했다.
차라리 가만 있는 편이 더 좋았을 것을!
더 무서워졌다.
아이는 달리기 시작했고, 뭔가와 부딪쳤다.
쾅! 의자가 넘어지고, 쨍그랑! 유리컵이 깨지고
꽃병이 박살 났다.
아이는 나쁜 꿈을 꿀 때면 늘 해 왔던 것처럼 달렸지만
어떻게 다른 방으로 가야 할지
어느 곳에 가서 숨어야 할지 몰라 당황했다.
한숨 소리, 쨍그랑 깨지는 소리, 우당탕거리는 소리들이
마치 시커먼 거인이 쇠사슬을
끌고 가는 소리처럼 들렸다.

아이는 밖으로, 무조건 밖으로 나가기 위해
계단이 있는 곳까지 달려갔지만

문은 잠겨 있었다!
아이는 겁에 질려 몸을 잔뜩 구부리고
한구석에 몸을 숨겼다.
몸이 추운 것처럼 바들바들 떨렸다.
캄캄한 어둠 속을 얼마나 지나갔을까?
1분이 영원같이 지루하게 느껴졌다.
아이는 끝까지 잠들지 않으려고 버텼지만
결국 잠들고 말았다.
몸을 잔뜩 구부리고 혼자서
차가운 층계에 주저앉은 채.

그때 밝은 빛이 안으로 들어왔다.
부모님의 얼굴이 보였다.
집으로 돌아오신 거다!
아버지가 아이를 안아
침대로 데려갔다.
아이는 멍하니 눈을 뜨고 쳐다보았다.

어머니가 쪽 소리를 내며 뽀뽀해 주었다.

"아이고 불쌍한 우리 보물단지, 무슨 일 있었니?"

아이는 두려워했던 사실이 부끄러워졌다.

"아니에요. 그냥 단지……,

겁은 안 났어요. 저도 이제 다 컸는걸요.

그렇게 오랫동안 어디에 다녀오셨어요?"

"프란츠 삼촌 댁에."

"그런데 엄마, 엄마 아빠가 밖에 나가도

집에는 다시 돌아오시는 거죠?"

"그럼 물론이지!"

어머니가 환한 미소를 지어 보였다.

피곤에 지친 아이는 그 말을 듣고

행복한 표정을 지으며 스르르 눈을 감았다.

악몽을 먹고 사는 요정

선잠 나라 사람들은 잠자는 것을 세상에서 제일 중요하게 생각한다. 그래서 나라 이름도 선잠 나라라고 지었다.

그리고 누가 얼마나 오래 잤느냐보다 얼마나 잘 잤느냐를 훨씬 더 중요하게 생각했다. 선잠 나라 사람들은 잠을 잘 자는 사람이 인자한 성품과 똑똑한 머리를 지녔다고 믿었기 때문이다. 그래서 그들은 잠을 제일 잘 자는 사람을 왕으로 떠받들었다.

옛날에 왕과 왕비가 살고 있었는데 그들에게는 예쁜잠이라는 이름의 어린 공주가 있었다. 공주는 이름만큼이나 예뻤다. 공주를 한 번이라도 본 사람은 그 아름다움에 반했다. 공주는 꿈같은 성에서 부모님과 함께 살았고, 꽃무늬가 많고 으리으리한 침대에서 잤다.

그런데 공주에겐 한 가지 이상한 버릇이 있었다. 저녁만 되면 어떻게 해서든지 자지 않으려고 변명을 늘어놓는 것이다.

사실 공주는 악몽을 자주 꾸었기 때문에 잠드는 것이 무척 두려웠다. 어른들도 악몽을 꾸면 몹시 괴로워하는데, 하물며 어린아이에게는 얼마나 괴로운 일이었겠는가. 게다가 불행하게도 예쁜잠 공주는 선잠 나라에 살고 있으니 말이다.

"그것참 안된 일이네!"

사람들이 걱정스럽게 고개를 저으며 수군거렸다. 왕과 왕비도 언제나 근심에 쌓여 있어서 그들의 본분인 잠을 잘 이루지 못했다. 그러는 사이 공주의 몸은 점점 더 여위고 얼굴색은 창백해져 갔다.

"이 일을 어떻게 해야 할까? 공주가 악몽을 꾸지 않기를 기도하는 수밖에 다른 방법이 없구나."

왕비가 한숨을 내쉬었다.

그러나 공주는 자꾸만 악몽을 꿨다. 결국 왕이 온 나라의 교수와 의사들을 불러 모았다. 그들은 공주의 침대 가에 둘러서서 라틴어로 뭐라고 말하면서 이것저것 약을 처방했다. 그래도 아무 소용이 없었다. 왕은 다른 나라에 사절단을 보내 늙은 목자와 약초 장수, 농부, 선원들을 찾아가 물어보게 했다. 그러나 누구에게도 뾰쪽한 수가 없었다.

마침내 왕은 예쁜잠 공주에게 도움을 주는 자에게 큰 상을 내리겠노라고 온 나라에 알리고, 신문 광고도 냈다. 그러나 아무도 나서는 사람이 없었다.

"내가 직접 찾아보겠소."

어느 날 왕이 말했다.

"그렇게 하세요."

왕비는 왕의 말을 듣고 기대감에 부풀었다.

왕비는 오랫동안 입지 않았던 왕의 여행복을 다림질하고, 배낭에 비상식량을 가득 채워 주었다. 이렇게 해서 왕은 세상 밖으로 나서게 되었다.

왕은 만나는 사람마다 붙잡고 물어보았다. 역무원, 소방관, 교사, 공장 일꾼, 택시 운전사, 야채 장수, 카우보이, 에스키모, 흑인 아이들을 비롯해 늙은 중국인에게까지 물어보았지만 악몽을 없애는 방법을 아는 사람은 아무도 없었다.

결국 왕은 피곤에 지치고, 절망감에 휩싸였다. 그는 어디로 더 가야 할지 결정을 내리지 못해 망설였다. 그렇다고 성으로 돌아가고 싶지는 않았다. 아주 난감한 상황이었다.

그는 정처 없이 무작정 걸었다. 날이 점점 어두워졌고 차가운 바람과 함께 하늘에서 눈송이가 날렸다. 왕은 그제야 겨울이 왔다는 것을 깨달았다.

왕은 길을 잃고 헤매다가 드넓은 황무지에 도착했다. 눈 쌓인 금작화 나무들이 기괴하고 이상한 모습으로 서 있었다. 그러나 왕은 피곤한 나머지 감각이 무뎌져 그것들을 봐도 무섭다는 생각이 들지 않았다.

조금 지나자 멀리 금작화 나무 덤불 속에서 뭔가 눈부시게 반짝거리는 것이 보였다. 한 줄기 달빛 같았는데 어찌나 빠르게 펄쩍펄쩍 뛰어다니는지 눈으로 쫓기가 어려울 정도였다. 왕은 가까이 다가가 보았다.

그곳에는 은빛 나는 아주 괴상하게 생긴 난쟁이가 있었다. 팔다리가 있는 가느다란 몸에 엉겅퀴나 고슴도치처럼 가시가 많이 돋아나 있는 커다란 머리가 붙어 있었다. 난쟁이가 반짝이는 눈으로 왕을 쳐다보며 함박웃음을 지었다. 배고픈 새끼 새의 주둥이처럼 잔뜩 벌리고 있는 난쟁이의 커다란 입이 이상해 보였다.

"아니, 어느 분께서 날 찾으시나? 난 너무나 배가 고파. 지금 당장 누가 내게 먹을 것을 주지 않으면 난 나를 삼켜 버릴 수밖에 없어."

난쟁이가 사근사근한 목소리로 말하고는 입을 어찌나 크게 벌리는지 머리뿐 아니라 작은 몸마저 입 속으로 쑥 숨어 버렸다.

"난 길을 잃었어. 이 황무지에서 어떻게 하면 나갈 수 있는지 길 좀 가르쳐 다오."

왕이 말했다.

"여기서는 아무도 나갈 수 없어요. 나와 함께 가지 않으면요. 그런데 난 음식을 먹어야만 밖으로 나갈 수 있어요."

난쟁이가 말했다.

왕이 배낭을 뒤져 보았지만 배낭 안은 이미 텅 비어 있었다.

"이런 먹을 게 아무것도 없구나. 너에게 버터 빵을 통째로 주고 싶었는데……."

"에이, 시시해요! 어차피 난 그런 걸 좋아하지도 않는다고요! 내가 누구인지 아직 모르시나요? 내가 무엇을 잘 먹는지 모르고 있단 말이에요? 도대체 여기서 무엇을 찾고 있던 중이었지요?"

"사람을 찾고 있었지. 내 딸 예쁜잠 공주가 악몽을 꾸지 않게 해 줄 수 있는 사람을 찾고 있었어."

달빛 같은 빛을 내뿜는 난쟁이가 펄쩍 뛰더니 갑자기 공손하게 굴었다.

"와아! 그렇다면 오늘은 괜찮은 음식을 먹을 수 있겠는걸! 드디어 초대를 받았구나! 이제야 초대를 받았어! 어서 그 외투를 주세요! 구두도 필요해요! 자, 이제는 초대에 응하러 가겠어요. 그 지팡이도 내게 주세요!"

왕은 어리둥절해 하며 갖고 있던 물건들을 순순히 내주었다.

"내가 무턱대고 이 물건들을 빼앗았다고 생각하겠지요? 나더러 도둑이라고 말할 수도 있지만, 사실은 그렇지도 않아요. 걱정 말아요, 곧 나한테 순순히 물건들을 넘기길 잘 했다고 생각하게 될 테니까. 이제부터 당신과 당신의 딸, 그리고 나 꿈먹보 모두에게 좋은 일이 생길 거예요."

난쟁이는 왕이 이유를 묻기도 전에 휘파람을 불고, 쩝쩝 입맛을 다셨다. 그랬더니 갑자기 이상한 일이 일어났다. 외투는 크고 새하얀 종이가 되었고, 지팡이는 덩치 큰 펜대가 되고, 장화는 초대형 잉크병이 되었다. 난쟁이가 펜을 잉크에 찍어 눈 깜짝할 사이에 글을 적어 내려갔다.

꿈먹보야, 꿈먹보야!
뿔칼을 갖고 어서 오너라!
유리 포크를 갖고 어서 오너라!
네 꼴깍 주둥이를 벌려라!
아이들을 놀라게 하는 악몽은
네가 얼른 삼켜 버려라!
그렇지만 예쁘고 좋은 꿈은
내 것으로 그대로 남겨 두어라!
꿈먹보야, 꿈먹보야,
내가 너를 초대할게!

난쟁이가 종이를 돌돌 말아 왕에게 건네주었다.

"자, 이제 예쁜잠 공주에게 달려가 이 주문을 외우라고 하세요. 전 머지않아 악몽을 맛있게 먹게 될 날만을 고대하고 있을게요. 벌써부터 군침이 돌아요. 뭐하고 있어요? 그렇게 멍청하게 서 있지 말고, 어서 빨리 달려요!"

"그래, 그런데 시간이 오래 걸릴 텐데……. 여기까지 오는 데도 시간이 오래 걸렸어. 아마 내가 살고 있던 성은 이 세상 반대쪽에 있을 거야."

왕이 곤란해 하며 고민을 털어놓았다.

"딱딱뚜따뚜따뚜!"

난쟁이가 중얼거렸다.

"당신네 인간들은 정말 한심해요. 그 주문 없이 난 이곳에서 나갈 수 없단 말이에요."

"이 노릇을 어쩐다?"

왕이 슬픔에 잠겼다.

"저기 있잖아요."

난쟁이가 킥킥거렸다.

"당신이 딸을 대신해서 나를 부르면 되잖아요."

"그렇게 하면 될까?"

"한번 해 봐요. 자, 어서, 주문을 외워요!"

난쟁이가 오른쪽 주머니에서는 뿔로 된 칼을, 왼쪽 주머니에서는 유리로 된 포크를 꺼내 잡고, 달리기 선수처럼 출발 신호를 기다렸다.

왕이 큰 종이를 펼쳐 들고 주문을 읽으려고 하다가 갑자기 무슨 생각이 났는지 종이를 다시 접고 말했다.

"그런데 꿈먹보야. 네가 가 버리고 나면 난 어떻게 되는 거지? 이 황무지에서 나 혼자는 도저히 집에 찾아갈 수 없는데 말이야. 그리고 난 이제 외투도 없고, 신발도 없구나. 그럼 여기에서 그냥 얼어 죽게 되는 건가?"

"그럴 리가! 당신네 인간들은 정말 너무 복잡해요! 자, 어서, 내 어깨 위에 올라타요. 내가 데리고 갈게요!"

사실 왕은 무거운 편이었기 때문에 난쟁이의 말이 믿어지지 않았다. 그렇지만 난쟁이가 시키는 대로 하는 수밖에 없었다.

왕은 난쟁이의 어깨 위에 올라탄 다음 종이를 펼쳐 들고 주문을 읽었다. 왕이 마지막 줄을 읽자마자 꿈먹보가 쏜살같이 달리기 시작했다.

"된다!"

흥분한 난쟁이가 소리를 꽥 질렀다.

"된다! 야호!"

"그런데, 뭐 하나 물어보자."

왕이 왕관을 꼭 붙잡은 채 헐레벌떡 말했다.

"네가 악몽을 먹어 치운다는 거지? 그러니까 네가 꿈을 먹는다는 거지?"

쉬이이익! 난쟁이가 순식간에 북극을 통과했다.

"물론이죠! 지독한 악몽일수록, 더 맛있어요. 많으면 많을수록 더 좋지요."

부시시식! 미국도 지나갔다.

"그럼 아름답고 좋은 꿈은 맛이 없냐? 그것 참 이상하다."

"이상할 것 전혀 없어요! 고슴도치가 제일 좋아하는 것이 뱀이라는 걸 모르세요? 그러니까 난 말하자면 꿈고슴도치예요. 그래서 나쁜 꿈을 더 맛있어 해요. 원래부터 그것을 먹기 위해 태어났

고, 지금까지도 잘 먹어 치우고 있다고요."

뷔시시식! 어느새 아프리카도 지나갔다.

"그런데…… 왜 너 혼자서는 못 오는 거지?"

거의 아무것도 듣지도 보지도 못하게 된 왕이 헉헉대며 말했다.

"벌써 말했잖아요. 누군가 나를 초대할 때만 갈 수 있다고요! 그리고 난 다른 사람이 내게 주는 것만 먹을 수 있어요."

난쟁이가 캑캑거리며 말했다.

꽈당! 갑자기 세상이 조용해졌다. 주변을 살펴보니 어느새 둘은 예쁜잠 공주 방에 와 있었다. 왕비는 옆에 앉아 있다가 공주와 함께 눈을 동그랗게 뜨고 쳐다보았다.

"이제 해결됐소!"

왕이 종이에 적혀 있는 주문을 왕비에게 보여 주었다. 세 사람은 기쁨에 넘쳐 서로 얼싸안았다.

그날 이후 공주는 악몽을 꿀 것 같은 두려운 마음이 들면 그 주문을 외워 꿈먹보를 초대했다. 직접 보지는 못했지만 잠이 들 때쯤에 뭔가 소곤소곤거리는 것 같은 소리를 종종 들을 수 있었다.

"잘 자거라, 애야, 걱정하지 마! 내가 돌봐 줄게. 그리고 나를 초대해 줘서 정말 고마워!"

그 이후 예쁜잠 공주는 악몽을 꾸지 않았다. 공주의 볼이 통통해지고 다시 발그스레하게 생기가 돌았다. 선잠 나라 사람들은 공주가 잠을 잘 잔다는 걸 무척 자랑스러워했다.

그 후 선잠 나라의 왕은 세상의 모든 어린이들이 필요할 때마다 꿈먹보를 부를 수 있게 주문과 함께 이 이야기를 책으로 엮어 내기로 했다. 그 이야기가 바로 이 책이다.

오필리아의 그림자 극장

어느 작고 오래된 도시에 오필리아라는 할머니가 결혼하지 않고 혼자 살고 있었다. 물론 아주 오래전 일이지만 오필리아가 태어났을 때 부모님은 그녀가 성장해서 아주 유명하고 훌륭한 배우가 될 거라고 생각했다. 그래서 이름도 유명한 연극배우의 이름을 따서 지어 주었다.

어린 오필리아는 부모님의 기대대로 시인처럼 멋진 말을 할 수 있게 되었지만 그밖에는 특별한 점이 없었다. 목소리가 너무 작았기 때문에 아주 유명한 배우도 될 수 없었다. 그러나 오필리아는 아주 보잘 것 없는 일이라도 연극과 관련된 일을 하고 싶었다.

마침 오필리아가 사는 도시에 예쁜 극장이 하나 있었다. 극장의 무대 바로 앞에는 객석에서 보이지 않는 상자가 놓여 있었다. 오필리아는 매일 저녁마다 그 상자에 들어가 배우들에게 대사를 불러 주는 일을 했다. 그런 일에는 오필리아의 작은 목소리가 안성

맞춤이었다. 관객들이 들을 수 없어야 하기 때문이었다.

오필리아는 평생 동안 그 일을 하면서 행복해했다. 세월이 지나면서 세상에 발표된 희극과 비극을 모조리 외울 수 있게 되어 나중에는 책을 펼쳐 볼 필요도 없게 되었다.

어느덧 세월이 흘러 오필리아는 할머니가 되었고 세상도 변했다. 영화관과 텔레비전 그리고 다른 볼거리들이 많이 생겨났다. 차츰 극장으로 연극을 보러 오는 사람이 줄어들었다. 사람들이 자동차를 갖게 되자, 이왕 연극을 보려면 더 유명한 배우가 나오고 볼거리도 풍성한 대도시의 극장으로 가길 원했다.

결국 오필리아가 일하던 극장은 문을 닫게 되었고, 배우들은 떠났다. 오필리아 역시 일자리를 잃게 되었다.

마지막 공연이 끝나고, 마지막 커튼이 내려졌다. 그러나 오필리아는 잠시 상자 속에 앉아 지나온 세월을 되돌아보았다. 그때 갑자기 무대 위를 오락가락하면서 커졌다가 작아지는 그림자가 보였다. 그러나 무대에는 그림자가 드리워질 만한 사람은 없었다.

"이봐요! 거기 누구요?"

오필리아가 작은 소리로 물었다.

그림자가 눈에 뜨이게 점점 줄어들더니 어떤 형태라고 딱 꼬집어 말하기 어려운 모양이 되었다. 그러더니 다시 몸을 반듯하게 세우고 커다랗게 변했다.

"죄송해요. 놀라게 해 드릴 생각은 없었어요. 아직 이 안에 사람이 있는지 몰랐거든요. 단지 갈 데가 마땅치 않아서 이 안으로 기어 들어온 것뿐입니다. 죄송하지만, 내쫓지는 말아 주세요."

그림자 쪽에서 어떤 남자 목소리가 들려왔다.

"댁은 그림자요?"

오필리아가 묻자 그림자가 고개를 끄덕였다.

"그림자에게는 반드시 주인이 있을 텐데."

"아뇨. 모두 그런 것은 아니에요. 세상에는 아무것에도 속해 있지 않고, 아무도 받아들이려 하지 않는 그림자가 수없이 많답니다. 저도 그중 하나지요. 제 이름은 '그림자여우'라고 합니다."

"그렇지만 누구에게도 속해 있지 않고 혼자면 외롭고 슬퍼질 텐데……."

"아주 슬프죠. 그렇지만 어떻게 하겠어요?"

그림자가 한숨을 내쉬며 말했다.

"혹시 나한테 오실라우? 나 또한 어느 누구에게도 속해 있지 않거든."

"정말요? 그렇게 된다면 얼마나 좋겠어요? 하지만 이미 당신에게는 그림자가 있잖아요."

"노력하면 서로 잘 지낼 수 있을 거요."

오필리아의 말에 그림자도 고개를 끄덕였다.

그 순간부터 오필리아의 그림자는 두 개가 되었다. 더러 그 사실을 눈치챈 사람들은 오필리아를 이상한 사람이라고 생각했다. 오필리아는 다른 사람들에게 시시콜콜한 것까지 다 말하고 싶지 않아 낮에는 그림자 두 개 중 하나를 아주 작게 만들어 손가방 속에 넣고 다녔다. 원래 그림자는 아무 데나 다 들어갈 수 있었다.

어느 날 오필리아는 간절히 기도하면 소원을 들어주리라는 희

망을 안고 교회에 앉아 하느님한테 기도를 올렸다. 그때 갑자기 교회의 흰 벽에 그림자 하나가 드리워졌다. 빼빼 마른 누군가가 구걸하듯 손을 내밀고 있는 것 같았다.

"당신도 아무에게 속해 있지 않은 그림자요?"

오필리아가 물었다.

"맞아요. 우리 같은 그림자를 받아 주는 사람이 있다는 소문이 있더군요. 혹시 댁이 그 분이신가요?"

그림자가 물었다.

"그렇긴 하지만, 난 그림자가 벌써 두 개나 있소."

오필리아가 말했다.

"그럼 하나 더 생긴다고 해서 문제될 것은 없겠네요. 나도 받아 줄 수 있나요? 아무에게도 속해 있지 않으니 너무 쓸쓸하고 슬퍼요."

그림자가 간청하듯 말했다.

"당신 이름이 뭐요?"

"'어둠무서워'라고 합니다."

"어서 내 안으로 들어오시구려."

이렇게 해서 오필리아의 그림자는 세 개가 되었다.

그날 이후 소문을 들은 수많은 그림자가 거의 매일 오필리아를 찾아왔다. 세상에는 주인 없는 그림자들이 아주 많았다.

네 번째 그림자는 이름이 '외톨이하인'이었다.

다섯 번째 그림자는 '쇠약한밤'이라고 했다.

여섯 번째 그림자는 '절대로다시'였다.

일곱 번째 그림자는 '텅빈무거움'이었다.

그렇게 계속 이어졌다.

아무도 갖고 싶어 하지 않는 수많은 그림자 때문에 작은 집이 꽉 찼다. 오필리아는 가난했지만 그들을 차마 밖으로 내보낼 수가 없었다. 점점 더 많은 그림자가 찾아왔다. 다행히도 그림자들은 먹을 음식과 따뜻하게 입을 옷을 필요로 하지 않았다.

한 집에 많은 그림자가 살다 보니 불편한 일이 생겨났다. 가끔씩 그림자들끼리 서로 좋은 자리를 차지하려고 뒤엉키며 싸우기도 했다. 그런 날 밤이면 오필리아는 통 잠을 이루지 못했다. 그래서 눈을 뜬 채 침대에 누워 작은 목소리로 그림자들을 달래기도 했지만 아무 소용 없었다.

오필리아는 싸움을 싫어했다. 단 감동적인 시를 인용하든가, 연극을 하면서 싸우는 것만은 예외였다.

어느 날 오필리아에게 좋은 생각이 떠올랐다.

"모두들 잘 들어. 내 곁에서 지내려면 배워 둬야 할 게 있어."

그림자들이 일제히 싸움을 그치고, 기대에 가득 찬 눈길로 오필리아를 쳐다보았다.

오필리아가 감동적인 시를 줄줄 외었다. 몇 구절은 천천히 반복하면서 들려주었다. 오필리아는 그림자들에게 따라해 보라고도 했다. 그림자들은 열심히 노력했고, 배우려는 의지도 강했다.

마침내 그림자들은 유명한 희극과 비극을 다 배우게 되었다.

그 후 그들의 삶은 전혀 다르게 변했다. 그림자는 자기가 원하는 대로 난쟁이도 되고, 거인도 되고, 사람이나 새, 혹은 나무나 탁자가 되기도 했다.

가끔 그림자들은 밤새도록 오필리아 앞에서 멋진 연극을 해 보였다. 그러면 오필리아는 그들이 난처해 하는 일이 없도록 작게 속삭이며 대사를 가르쳐 주었다.

낮에는 오필리아의 진짜 그림자를 제외한 모든 그림자가 손가방 속에서 살았다. 그림자들은 원하기만 하면 믿기 어려울 정도로 몸을 작게 만들 수 있었다.

사람들은 오필리아의 그림자들을 직접 볼 수는 없었지만 뭔가 이상한 일이 벌어지고 있다는 것을 알아챘다. 하지만 보통 사람들은 이상한 것을 별로 좋아하지 않는 법이다.

"오필리아 할머니가 이상해진 것 같아. 아무래도 양로원으로 보내서 보호를 받게 해야 할 것 같아."

사람들이 오필리아의 등 뒤에서 수군댔다.

심지어 이렇게 말하는 사람들도 있었다.

"혹시 미친 것 아냐? 언제 무슨 일을 저지를지 누가 알겠어?"

사람들은 슬슬 오필리아를 피하기 시작했다.

마침내 오필리아의 단칸방에 집주인이 찾아왔다.

"미안하지만 이제부터는 방 값을 두 배로 내셔야겠어요."

가난한 오필리아는 그렇게 할 수 없었다.

"그럼 미안하지만 집을 비워 주셔야겠어요."

오필리아는 갖고 있던 몇 가지 물건을 여행 가방에 챙겨 길을 떠났다. 기차를 타고 먼 곳으로 떠나려 했지만 막상 어디로 가야 할지 막막했다.

기차를 타고 한참 가다가 어딘가에 내린 그녀는 무작정 걷기 시작했다. 한쪽 손에는 여행 가방을 들고, 다른 한쪽 손에는 많은 그림자가 들어 있는 손가방을 들고서.

길은 끝도 없이 길게 이어졌다.

길이 끝나는 곳에는 바다가 있었다. 더 이상 앞으로 갈 수 없게 된 오필리아는 조금 쉬려고 앉았다가 깜박 잠이 들었다.

많은 그림자가 손가방에서 밖으로 나와 오필리아를 에워싼 채 앞날을 상의했다.

"사실 오필리아 할머니가 이렇게 된 것은 다 우리 때문이야. 우리를 돕다가 이렇게 되었으니까, 이제는 우리가 도와드려야 해. 모두 그동안 배운 것을 이용해 오필리아 할머니를 보살펴 드릴 수 있는 방법을 생각해 보자."

잠에서 깬 오필리아에게 그림자들은 자신들의 계획을 말해 주었다. 그러자 오필리아가 감격하며 말했다.

"아하! 정말 멋진 생각인걸!"

마침내 어느 작은 마을에 도착했을 때 오필리아는 여행 가방에서 흰색 침대보를 꺼내 장대에 매달아 놓았다. 그러자 그림자들이 가방에서 나와 침대보 위에서 오필리아에게서 배운 연극을 해 보였다. 그리고 오필리아는 그들이 대사를 까먹지 않도록 조그만 목소리로 속삭여 주었다.

처음에는 아이들만 몇 명 찾아와 이상하다는 듯이 쳐다보았다. 그러나 저녁이 되자 어른들이 찾아오더니 작은 구경거리에 대한 감사의 표시로 돈을 놓고 갔다.

그렇게 해서 오필리아는 이 마을, 저 마을, 이 도시, 저 도시로 옮겨 갔고, 그림자들은 왕이 되었다가 바보가 되기도 하고, 귀부인이 되기도 했다가 성질이 사나운 말이 되기도 하고, 마법사나 꽃으로 변하기도 했다.

연극을 지켜보다가 웃거나 눈물을 흘리는 사람도 있었다. 연극이 끝난 후 구경꾼들은 그녀에게 박수갈채를 보냈다. 그리고 많든 적든 돈을 내고 갔다. 오필리아는 얼마 지나지 않아 아주 유명해졌다.

얼마 후 오필리아는 그렇게 모은 돈으로 작은 중고차를 샀다. 그녀는 화가에게 부탁해서 자동차를 멋지게 색칠한 다음, 양쪽에 이렇게 적었다.

오필리아의 그림자 극장

그것을 타고 오필리아는 온 세상을 누볐고, 그림자들도 함께 다녔다.

사실 이쯤에서 이야기를 끝내야 할 것 같지만 이야기는 아직 끝나지 않는다.

어느 날 오필리아는 자동차를 타고 가다 눈보라를 만나 꼼짝도 하지 못하게 되었다. 그때 갑자기 이제까지 보았던 그 어떤 그림자보다 훨씬 더 시커멓고 큰 그림자가 오필리아 앞에 불쑥 나타났다.

"댁도 아무도 갖고 싶어 하지 않는 그림자요?"

오필리아가 물었다.

"그래요. 그런 것 같소."

그림자가 천천히 대답했다.

"나한테 오고 싶은가요?"

"나도 받아 주시겠소?"

커다란 그림자가 다가섰다.

"지금도 너무 많기는 하지만 댁도 어디든지 쉴 곳이 필요하겠지."

"내 이름부터 먼저 물어보지 않겠소?"

"이름이 뭔데요?"

"사람들이 나를 '죽음'이라고 부르지."

한참 동안 침묵이 흘렀다.

"그래도 날 받아 주겠소?"

"그래요. 어서 들어오시구려."

크고 차가운 그림자가 오필리아를 뒤덮었고, 주변이 캄캄해졌다. 오필리아의 눈이 갑자기 젊은 시절의 눈처럼 맑고 투명해졌다. 이제는 물건을 보기 위해 굳이 안경을 쓸 필요도 없게 되었다. 오필리아는 천국의 문 앞에 서 있었고, 주변에는 화려한 옷을 입은 아름다운 천사들이 웃고 있었다.

"당신들은 누구시오?"

오필리아가 물었다.

"우리를 몰라보시겠어요? 당신이 받아 주었던 그림자들이잖아요. 이제 우리도 구원받아 더 이상 떠돌아다니지 않게 되었답니다."

어느새 천국의 문이 열리고 환한 빛을 발하는 그림자들이 문 안으로 들어갔다. 그림자들은 오필리아를 멋진 궁전 안으로 데려갔다. 그곳에는 상상을 초월할 만큼 아름답고 멋진 극장이 있었다.

극장 간판에는 큼지막한 황금색 글자가 적혀 있었다.

오필리아의 그림자 극장

그곳에서 그림자들은 훌륭한 공연을 펼쳤다. 천사들은 연극을 통해 인간으로서 땅에 사는 것이 얼마나 애달프고 슬픈지, 또 얼마나 대단하고 우스꽝스러운지 알게 되었다.

오필리아는 배우들이 대사를 잊지 않도록 조그만 소리로 속삭여 주었다. 자비로운 하느님도 가끔씩 이곳으로 연극을 구경하러 온다는 소문이 있었다. 하지만 정말인지는 아무도 모른다.

미하엘 엔데의 무궁무진한 이야기보따리

아버지와 아들이 자주 만난 곳은 화가인 아버지의 작업실이었다. 창문도 없이 어두웠던 작업실에서 아버지는 멋진 클래식 음악을 틀어 놓고 아들과 마주 앉아 철학, 종교, 신화 그리고 문학에 대해 많은 이야기를 나누었다. 아들은 아버지가 그려 놓은 그림이 줄줄이 벽에 걸려 있는 화실에서 음악을 들으며 상상의 나래로 마음의 창문을 활짝 열고 무럭무럭 자라났다. 그렇게 자라난 아들은 독일 최고의 작가가 되었고, 그의 작품들은 40여 개 나라에 번역되어 2천만 부 이상 팔려 나갔다.

독일에서 가장 사랑받고 존경받는 작가 미하엘 엔데는 그렇게 성장했다. 그는 살맛 나는 즐거운 세상을 만들고 싶다는 큰 꿈을 품었고, 그 큰 꿈을 이루기 위한 열쇠를 찾아 헤맸다. 그는 그 열쇠가 전쟁의 포화 속에 뒤덮인 어두운 세상의 문을 여는 암호라고 믿었고, 그가 찾아낸 암호는 그가 남겨 놓은 무궁무진한 이야기보따리였다.

미하엘 엔데는 글을 쓸 때 두세 문장을 써 놓고는 그 의미가 충분히 익을 때까지 꿋꿋이 기다렸다가 다시 펜을 잡아 글을 쓰는 정성으로 작업을 해서 한 작품을 완성하는 데 6년이나 걸리기도 했다고 한다. 그렇게 온 마음을 다 바쳐서 쓴 글이라서 아직도 그의 글은 많은 독자들에게 감동을 준다.

미하엘 엔데의 글은 무엇보다 재미있고, 통쾌하고, 감동적이고, 사람을 깨우치게 만든다. 아무리 좋은 말이라도 너무 어려워서 책을 읽는 사람을 괴롭히거나, 또는 너무 쉬워서 책을 읽는 사람을 얕잡아 본 것 같은 글은 독자들로부터 외면당하지 않을 수 없다. 난 그의 글을 읽고 번역하면서 책 읽는 사람의 눈높이를 맞춘 그의 겸손함과 깊은 지혜에 큰 감동을 받았다.

명작의 기준 가운데 하나는 언제, 누가 읽어 보아도 같은 크기로 감동을 받게 하는 책이라고 생각한다. 이미 오래전에 한 번 번역해서 출판되었던 이 책이 다시 출판되기로 하였다는 소식에 엄마보다도 기뻐하던 우리 집 아이들의 모습에서 훌륭한 책은 생명이 길다는 것을 새삼 느꼈다. 좋은 책을 좋아하는 우리 독자들에게 기쁨의 선물이 될 것 같다.

－대전에서 유혜자

미하엘 엔데 동화 전집

초판 1쇄 2016년 7월 25일 | **초판 3쇄** 2022년 12월 30일
지은이 미하엘 엔데 | **그린이** 베른하르트 오버디에크 | **옮긴이** 유혜자
펴낸이 신형건 | **펴낸곳** (주)푸른책들 · **임프린트** 에프 | **등록** 제321-2008-00155호
주소 서울특별시 서초구 양재천로7길 16 푸르니빌딩 (우)06754
전화 02-581-0334~5 | **팩스** 02-582-0648
이메일 prooni@prooni.com | **홈페이지** www.prooni.com
인스타그램 @proonibook | **블로그** blog.naver.com/proonibook
ISBN 978-89-6170-554-7 03850

＊잘못된 책은 구입한 곳에서 바꾸어 드립니다.

이 도서의 국립중앙도서관 출판시도서목록(CIP)은 서지정보유통지원시스템 홈페이지
(http://seoji.nl.go.kr)와 국가자료공동목록시스템(http://www.nl.go.kr/kolisnet)에서 이용하실 수
있습니다.(CIP제어번호: CIP2016013561)

🅕 Fall in book, Fan of literature. 에프는 종이책의 새로운 가치를 생각하는 푸른책들의 임프린트입니다.